ये कहानियाँ औरतों की लिखी हुई हैं। भारत महादेश के दक्षिण, पश्चिम, पूर्व और उत्तर की दिशाओं की औरतों की। पर इन्हें जोड़नेवाला सूत्र सिर्फ़ यही नहीं है, इनमें कहानी की विधा को दिल के आर–पार ले जानेवाली करुणा, विस्मय और पीड़ा के साथ चौंकानेवाली ज़िन्दगियों के हलफ़नामे भी हैं।

भारतीय लेखिकाओं का यह कहानी संग्रह 'कथा' द्वारा सन् 1998 में अंग्रेज़ी में *सेपरेट जर्नी* के नाम से प्रकाशित हुआ था। कुछ कहानियाँ मेरी रुचि के अनुसार बदली गयीं। उर्दू और बांग्ला कहानियों का अनुवाद मैंने अंग्रेज़ी से न करके सीधे उन्हीं भाषाओं से किया। स्वयं एक लेखिका होने के नाते इन पिछली पीढ़ी की कहानियों ने मुझे जिस तरह समृद्ध किया, मुझे यक़ीन है कि पाठकों को वैसा ही अनुभव होगा।

–अनुवादक की ओर से

तेरह हलफ़नामे

अनुवाद

अलका सरावगी

वाणी प्रकाशन

वाणी प्रकाशन

4695, 21-ए, दरियागंज, नयी दिल्ली 110 002

फ़ोन : +91 11 23273167 फ़ैक्स : +91 11 23275710

शाखाएँ

अशोक राजपथ, पटना 800 004, बिहार

कॉफ़ी हाउस कैम्पस, महात्मा गांधी मार्ग, इलाहाबाद 211 001, उत्तर प्रदेश

महात्मा गांधी अन्तरराष्ट्रीय हिन्दी विश्वविद्यालय, वर्धा 442 001, महाराष्ट्र

www.vaniprakashan.com
marketing@vaniprakashan.in
sales@vaniprakashan.in

Terah Halafnaame
Translated by Alka Saraogi

ISBN : 978-93-5518-200-5
Collection of Stories

पेपरबैक प्रथम संस्करण : 2022, प्रकाशित प्रतियाँ : 1000

मूल्य : ₹ 299

आर. टेक ऑफ़सेट प्रिंटर्स, दिल्ली-110 032 में मुद्रित

वाणी प्रकाशन का लोगो मक़बूल फ़िदा हुसेन की कूची से

गरुत्मान की यात्रा

हिन्दी साहित्य से मेरे आजन्म अनुराग की एक अविस्मरणीय घटना थी : गरुत्मान प्रकाशन की स्थापना। मेरे अनुरोध पर अज्ञेय और पं. विद्यानिवास मिश्र ने 1986 में मेरे इस सपने को रूपाकार दिया। 'गरुत्मान' नाम अज्ञेय ने ही दिया। अक्टूबर 1986 में आयोजित जर्मनी के फ्रैंकफर्ट पुस्तक मेले में गरुत्मान ने हिन्दी की ऐसी सौ पुस्तकों की प्रदर्शनी लगाई जिनका अनुवाद विदेशी भाषाओं में होना चाहिए। वहाँ अनेक साहित्यकारों को लेकर पोडियम संवाद हुए, जिनका डॉ. रत्ना लाहिड़ी ने संचालन किया। नतीजतन विभिन्न प्रकाशकों के सहयोग से भारतीय भाषाओं की कई पुस्तकों का अंग्रेज़ी अनुवाद प्रकाशित हुआ। यथा श्रीकान्त शुक्ल की 'मगध', यू. आर. अनन्तमूर्ति की 'अवस्थे', तेजस्वी की 'करवालोह', अज्ञेय एवं पं. विद्यानिवास मिश्र की सम्पादित 'मॉडर्न हिन्दी पोएट्री' तथा रमेश मेनन का 'वन्स ए ब्लू गॉड'।

गीता धर्मराजन के सम्पादन में *सेपरेट जर्नी* का 'कथा' द्वारा सन् 1998 में भारत में प्रकाशन हुआ था। यह भारतीय भाषाओं से चयन की गयी स्त्री लेखिकाओं की बाईस कहानियों का संग्रह है। कुछ परिवर्तन के साथ इसी शीर्षक से तेरह कहानियों का यह संग्रह सन् 2003 में मन्त्रा पब्लिशिंग द्वारा लन्दन से भी प्रकाशित हुआ। सन् 2004 में पन्द्रह कहानियों के साथ यह संग्रह अमेरिका के कैरोलिना विश्वविद्यालय से प्रकाशित हुआ।

सन् 2022 में हिन्दी में पहली बार यह संग्रह 'तेरह हलफ़नामे' के नाम से प्रकाशित हो रहा है। इसके लिए मैं हिन्दी की सुपरिचित लेखिका अलका सरावगी की हृदय से आभारी हूँ जिन्होंने मेरे अनुवाद के अनुरोध को सहर्ष स्वीकार किया। हिन्दी की दो कहानियों को यथावत रखते हुए अलका जी की समृद्ध सक्षम भाषा ग्यारह अनूदित कहानियों को आलोकित करती है। सुधी पाठकों के समक्ष इसे प्रस्तुत करते हुए मुझे गौरव का अनुभव हो रहा है। वाणी प्रकाशन की अदिति माहेश्वरी–गोयल जी की भी मैं आभारी हूँ जिन्होंने अत्यन्त सुरुचि से इसे प्रकाशित किया है। मुझे विश्वास है कि भारत की तेरह स्त्री लेखिकाओं की कहानियों का यह अपूर्व संग्रह पाठकों को पसन्द आयेगा।

विनीत,

रेखा मोदी

भूमिका

इन कहानियों की ताक़त आपको झकझोर कर रख देगी, यह दावा रहा।

ये कहानियाँ औरतों की लिखी हुई हैं। भारत महादेश के दक्षिण, पश्चिम, पूर्व और उत्तर की दिशाओं की औरतों की। पर इन्हें जोड़नेवाला सूत्र सिर्फ़ यही नहीं है, इनमें कहानी की विधा को दिल के आर–पार ले जानेवाली करुणा, विस्मय और पीड़ा के साथ चौंकानेवाली ज़िन्दगियों के हलफ़नामे भी हैं।

"गंगापुत्र, मैं डायन नहीं हूँ," अपने पति से गुहार करती बच्चों को दफ़नाने का पुश्तैनी काम करनेवाली गंगादासी है। (महाश्वेता देवी : बांग्ला)। डायन का बेटा डकैतों से रेल दुर्घटना रोकने के लिए जान दे देनेवाली अपनी माँ के लिए कहता है– "मेरी माँ कभी डायन नहीं थी..."

श्मशान के किनारे रहनेवाली तरादोई (मामोनी गोस्वामी : असमिया) अपने भूतपूर्व प्रेमी की लाश ढोनेवाले लकड़ी के विराट सन्दूक में सोकर असीम सुख पाती है। भले ही वह ठाकुर तरादोई से शादी न रचा पाया हो, पर बारह साल से बिना शादी किये रह रहा था...

हलूदी (विश्वप्रिया : तमिल) ने तित्तूर की विधवाओं का संगठन बनाया है। उनके गीत और कर्मकाण्ड रचे हैं, जो उन्हें अपनी आत्मा को बोलने का मौक़ा देकर पुनर्जन्म देते हैं। पर अंग्रेज़ कलक्टर विलियम उसे ख़तरनाक मानकर उसकी मौत रचता है...

जवान विधवा पारू (उर्मिला पवार : मराठी) अपने सोलह सप्ताह के गर्भ का ज़िम्मेवार अपने प्रेमी को न ठहराकर पंचायत में झूठ कहती है कि उसका बलात्कार हुआ था और वह बच्चा नहीं गिरायेगी...

बच्चे जनानेवाली दाई लील्लीबाई (वैदेही : कन्नड़) को शहर के पहले फ़िल्म टॉकीज में चौकीदारी की नौकरी क्या मिलती है, शहर की औरतें बिना किसी पुरुष के सड़क पर पैर रखना और टॉकीज जाना सीख लेती हैं...

"ओ येल्लामा, मेरा बदन जलता है।" किसने मेरी जाँघों के बीच यह चूल्हा लगा दिया"– हिजड़ों की बस्ती में नाचती रुकमा (कमला दास : मलयालम) के चेहरे के जन्म के दाग में अपनी छब्बीस साल पहले खोयी बेटी खोजती एक माँ है...

एक माँ (चित्रा मुद्गल : हिन्दी) वह भी है जो बदलती दुनिया में ग्वालियर से दिल्ली आकर अपनी नौकरीपेशा बेटी के लिव–इन सम्बन्ध को जानकर हक्की–बक्की है...

ये न भुलाये जानेवाले स्त्री–पात्र आपको अनजानी दुनियाओं में ले जायेंगे, जहाँ स्त्री एक शोषित दुनिया की सबसे दबी हुई पात्र तो है, पर उसकी हिम्मत, उसका ज़िद्दी प्रेम, उसका जुझारूपन इस शोषित दुनिया को रोशन कर जाता है। ध्यान देने की बात है कि पुरुष यहाँ शोषक की भूमिका में नहीं दिखता, जैसा कि स्त्री–विमर्श का अक्सर अजेण्डा बन जाता है।

इन कहानियों में नाजायज़ औलाद को अपने बुढ़ापे का सहारा बताकर अपनानेवाला मेहतरानी गौरी का सिपाही पति है (इस्मत चुग़ताई : उर्दू), एक नाजायज़ बच्चे को धोखे से सौंपे जाने पर उसे निभानेवाला मास्टर रामकृष्णैया (टी. जानकी रानी : तेलुगु) है, अपने घर में मजबूरन ट्यूशन पढ़ानेवाले मिस्टर बोस हैं जो पढ़नेवाली लड़की की उनकी हैसियत के प्रति हिकारत और पत्नी के शक को झेलते बेचैन हैं (अनीता देसाई : अंग्रेज़ी)। मानवीय संवेदना की कौंध इन कहानियों को एक अलग आयाम और भावनाओं का धरातल देती है।

कृष्णा सोबती की पार्टीशन पर लिखी कहानी 'सिक्का बदल गया' और क़ुर्रतुलऐन हैदर की बड़े कैनवस की कहानी 'आवारागर्द' हमारे साहित्य की धरोहर हैं। अंजलि खाँडवाला की गुजराती कहानी अपने नेता पात्र इन्दूभाई के मार्फ़त राजनैतिक सत्ता की बनावट को काफ़्काई तरीक़े से बताती इस संग्रह की कहानियों को व्याप्ति देती है।

भारतीय लेखिकाओं का यह कहानी संग्रह 'कथा' द्वारा सन् 1998 में अंग्रेज़ी में *सेपरेट जर्नी* के नाम से प्रकाशित हुआ था। कुछ कहानियाँ मेरी रुचि के अनुसार बदली गयीं। उर्दू और बांग्ला कहानियों का अनुवाद मैंने अंग्रेज़ी से न करके सीधे उन्हीं भाषाओं से किया। स्वयं एक लेखिका होने के नाते इन पिछली पीढ़ी की कहानियों ने मुझे जिस तरह समृद्ध किया, मुझे यक़ीन है कि पाठकों को वैसा ही अनुभव होगा।

15 अगस्त, 2020

अलका सरावगी

अनुक्रम

डायन

महाश्वेता देवी

भागीरथ बहुत छोटा था, जब उसकी माँ चण्डी को एक डायन कहकर गाँव के बाहर निकाल दिया गया। डायन को साधारण चुड़ैल की तरह मारा नहीं जा सकता। डायन को मारने का अर्थ होता है कि गाँव के बच्चे भी ज़िन्दा नहीं रहेंगे। इसलिए चण्डी को गाँव से बहिष्कृत कर रेल लाइन के पास एक झोंपड़ी बनाकर रख दिया गया।

भागीरथ को एक सौतेली माँ ने बिना देखभाल के बड़ा किया। उसे पता ही नहीं था कि असली माँ कैसी होती है। उसने मैदान के पार छातिम के पेड़ के नीचे बने झोंपड़े को देखा था और सुना था कि चण्डी डायन वहाँ अकेली रहती है। कभी मन में नहीं आया कि चण्डी डायन किसी की माँ हो सकती है। भागीरथ दूर से उसकी झोंपड़ी की छत से लाल झण्डा लहराता देखता। कभी–कभी अप्रैल की भरी दोपहर में वह देखता कि लाल साड़ी में एक आकृति धान के खेतों की तरफ लकड़ी से टीन बजाती–बजाती सूखे हुए तालाब की तरफ जा रही है। उसके पीछे एक कुत्ता चल रहा है।

डायन जब कहीं जा रही होती है, उसे टीन बजाकर लोगों को आगाह करना होता है। यदि उसकी आँखें किसी युवा या बच्चे पर पड़ जायें, तो वह उसका पूरा ख़ून चूस लेगी। इसलिए डायन को अकेले रहना होता है। वह जब भी चलती है, सारे जवान और बूढ़े उसका रास्ता छोड़ दूर चले जाते हैं।

एक दिन, सिर्फ़ एक दिन भागीरथ ने अपने पिता मलिन्दर को डायन से बात करते देखा।

"आँखें नीची करो भागीरथ", पिता ने डाँटकर उधर नहीं देखने को कहा।

डायन तालाब के किनारे पंजों के बल खड़ी थी। भागीरथ ने तालाब में झलकती हुई उसकी लाल रंग की आकृति को देखा। धूप से तपकर ताँबई हुए चेहरा और उलझे हुए जटाओं में बँधे बाल। उसकी आँखें चुपचाप भागीरथ को अपने अन्दर उतार रही थीं। नहीं, वह भी उसे सीधे–सीधे नहीं देख रही थी। वह उसके प्रतिबिम्ब को उसी की तरह काले पानी के अन्दर हिलते हुए देख रही थी, जैसे वह उसे देख रहा था।

भागीरथ ने सिहरकर अपनी आँखें बन्द कर लीं और पिता से चिपक गया।

भागीरथ के पिता ने उसे गुस्से से कहा–"तुम यहाँ क्यों आयी हो?"

"मेरे बालों के लिए तेल नहीं है। घर में किरासन नहीं है। गंगापुत्र, मुझे अकेले डर लगता है।"

वह रो रही थी। चण्डी डायन रो रही थी। तालाब के पानी में उसकी आँखें आँसुओं से भरी तैर रहीं थीं।

"क्या तुम्हें उन लोगों ने एक सप्ताह का राशन शनिवार को नहीं भेजा?"

हर शनिवार को गाँव के डोम लोगों में से एक आदमी एक सप्ताह का सामान लेकर पेड़ के पास जाता– आधा किलो चावल, कुछ मुट्ठी दाल, तेल, नमक वगैरह। पेड़ को साक्षी बनने के लिए आवाज़ देते हुए वह डलिया वहाँ रख देता और जितनी तेजी से दौड़ सकता, वहाँ से भाग जाता।

"कुत्तों ने सारा चुरा लिया।"

"क्या तुम्हें कुछ पैसा चाहिए?"

"मुझे कौन सामान बेचेगा?"

"अच्छा ठीक है। मैं सामान ख़रीदूँगा और उधर पेड़ के पास रख दूँगा। अब जाओ!"

"मैं नहीं जा सकती। मैं अकेली नहीं रह सकती।"

"तो तुम डायन क्यों बनी? जाओ! जाओ यहाँ से!"

उसने तालाब के किनारे से थोड़ा सा कीचड़ और कुछ पत्थर उठा लिए।

"गंगापुत्र, यह लड़का क्या..."

गन्दी गाली देते हुए मलिन्दर ने उसके ऊपर कीचड़ और पत्थर फेंक दिए।

डायन भाग गयी।

मलिन्दर ने अपने हाथों से अपना चेहरा ढक लिया और बुरी तरह रोने लगा।

"मैं ऐसा कैसे कर सका? मैंने उसके शरीर पर पत्थर फेंके? वह शरीर मक्खन की तरह नरम हुआ करता था। मैं कैसे ऐसा जानवर बन गया?"

उसे शान्त होने में काफ़ी समय लगा। फिर उसने एक सिगरेट सुलगा ली।

"बाबा! तुमने...तुमने उससे बात की?"

मलिन्दर रहस्यमय तरीक़े से मुस्कुराया–"हाँ। तो क्या हुआ बेटे?"

भागीरथ के प्राण सूख गये।।

डायन से बात करने का मतलब है पक्की मौत।

अपने पिता के मरने का ख्याल उसे बुरी तरह डरा गया क्योंकि उसे अच्छी तरह पता था कि उसकी सौतेली माँ उसे घर से बाहर निकाल देगी।

तभी मलिन्दर ने बहुत दुःख भरी आवाज़ में कहा, "वह अभी डायन है, लेकिन वही तुम्हारी माँ है।"

भागीरथ के गले में कुछ उठता–सा महसूस हुआ। माँ? एक डायन किसी की माँ होती है? डायन क्या इन्सान होती है? उसने सुना है कि डायन दफनाए हुए बच्चों को धरती से निकाल कर गले

लगाकर अपना दूध पिलाती है... कि डायन की एक निगाह से ऊँचे पेड़ एक पल में सूख जाते हैं? वह–भागीरथ, एक लड़का–डायन के गर्भ से कैसे पैदा हुआ? वह समझ नहीं पाया।

"वह पहले औरत थी। तुम्हारी माँ थी।"

"तुम्हारी पत्नी?"

"हाँ। हमारी फूटी तक़दीर के कारण यह सब हुआ। तुम्हारी, उसकी और मेरी तक़दीर। एक बार डायन बनने के बाद अब वह इन्सान नहीं बन सकती। इसलिए तो मैं कहता हूँ कि तुम्हारी माँ नहीं है।"

भागीरथ अपने पिता की ओर आश्चर्य से देखता रहा। वे लोग मिट्टी की पुलिया से वापस लौट रहे थे। उसने अपने पिता को इस तरह से बात करते हुए कभी नहीं सुना था।

वे लोग साधारण डोम नहीं थे। श्मशान का काम उनके जिम्मे था। म्यूनिसपैलिटी सिर्फ़ एक परिवार को वहाँ काम करने देती थी। वे बेंत और बाँस से अच्छे–अच्छे सामान बनाते, सरकारी फॉर्म पर मुर्गियाँ पालते और कूड़े से खाद बनाते थे। पूरे डोम समाज में सिर्फ़ मलिन्दर को अपना नाम लिखना आता था, जिसके कारण उसे ज़िला के मुर्दाघर में हाल में नौकरी मिली थी। इस सरकारी काम में उसे 'मलिन्दर गंगापुत्र' का दस्तख़त करके बयालिस रुपये महीना मिलता। भागीरथ जानता था कि इसके अलावा मलिन्दर लावारिस लाशों के कंकाल को ब्लीचिंग पाउडर और चूने से साफ कर लेता था। एक पूरे कंकाल और यहाँ तक कि सिर्फ़ खोपड़ी या पसलियों की भी बहुत अच्छी क़ीमत मिलती थी। मुर्दाघर के अधिकारी डॉक्टरी की पढ़ाई करते लोगों को हड्डियाँ बेचकर अच्छा पैसा कमाते। उसमें से मिले पन्द्रह रुपये उसके पिता के लिए क़ाफी होते। उसने कुछ पैसा महाजनी के काम में लगा रखा था और उसके ब्याज से कुछ सुअर ख़रीद लिए थे। उसके पिता का उनके समाज में बहुत सम्मान था। वह ज़िला के दफ्तर में क़मीज और जूते पहनकर जाता था।

लाल आँखों से मलिन्दर डायन की झोपड़ी पर फहराते उस लाल झण्डे को देखता रहा, जो केसरिया क्षितिज पर सिन्दूर की टिक्की की तरह जल रहा था।

"उसके पास सब कुछ था, जब वह तुम्हारी माँ और मेरी बीवी हुआ करती थी। मैं उसे लहरिया की साड़ी और चाँदी के गहने देता। उसे खाना देता। उसके बालों में, उसके शरीर पर तेल लगाता। उसे अँधेरे से इतना डर लगा करता था", वह बुदबुदाया, "क्यों नसीब ने उसे एक डायन बना दिया? इससे अच्छा तो वह मर जाती। बेटा, तुम्हें पता है न कि ख़ुद उसके सिवा उसे और कोई नहीं मार सकता?"

"बाबा, औरत को डायन कौन बना देता है?"

"विधाता!"—मलिन्दर ने अच्छे से चारों तरफ देखा कि कहीं दोपहर की धूप में भागीरथ के आस–पास कोई छाया तो नहीं दिख रही।

एक डायन अपनी कला में माहिर होती है जैसे कि बाज़ार में कोई फूल बेचने वाली लड़की। अगर उसे कोई बच्चा चाहिए तो वह उसके पास जाती है। उसका चेहरा छाया में छुपा रहता है, भले ही चारों तरफ कड़ी धूप हो। वह लोगों को दिखायी नहीं पड़ती। वह अपने घूँघट की छाया चलते हुए बच्चे पर डाल देती है। अगर बच्चा मर जाये, तो वह निर्दोष बनने का अभिनय करते हुए मन–ही–मन हँसते हुए कहती है–"मुझे क्या पता था। मैं तो धूप में खाली उसके ऊपर छाँव कर रही थी। वह तो मक्खन की तरह पिघल गया। इतने में ही मर गया।"

नहीं, वहाँ कोई दुर्गन्ध मारते गन्दे लाल आँचल की छाया उसके बेटे के पास नहीं था। वह निश्चिन्त होकर बोला–

"बेटा डरने की क्या बात है? वह तुम्हें कभी कोई नुक़सान नहीं पहुँचाएगी।"—उसने कहा।

जैसे–जैसे दिन बीत गये, भागीरथ का ध्यान उस झोपड़ी की तरफ जाने लगा। चाहे वह धान के खेतों पर हो या गायों को मैदान

में चरा रहा हो, उसका दिमाग रेल की पटरियों पर चला जाता। यह देखने के लिए कि डायन अपने अकेलेपन से किस तरह डर रही थी, कैसे वह अपने बालों में तेल लगाती थी और उन्हें अप्रैल की हवा में कैसे सुखाती थी।

उसके पास जाने में उसे बहुत डर लगता था। अगर वह चला गया तो शायद कभी वापस नहीं आयेगा। क्या पता वह उसे हमेशा के लिए पेड़ या पत्थर बना दे। पर वह उधर ही देखता रहता। छातिम के पेड़ और डायन की झोपड़ी के बीच का आकाश ऐसा लगता जैसे कोई औरत का माथा हो, जिस पर लाल झण्डा–कभी लहराता और कभी झूलता–सिन्दूर की टिक्की की तरह जल रहा हो। उसके अन्दर एक पागल इच्छा उठती कि झोंपड़ी तक दौड़ जाये। वह अपनी इस इच्छा से डरता और वापस तेजी से घर का रास्ता नाप लेता। वह आश्चर्य करता कि डायन का बेटा होने के बावजूद उससे कोई बुरा व्यवहार क्यों नहीं करता!

अगर तुम डायन के बेटे से बुरा व्यवहार करोगे तो तुम्हारे बच्चे ज़िन्दा नहीं रहेंगे।

भागीरथ की सौतेली माँ जशी भी उससे बुरा व्यवहार नहीं करती थी। वह किसी तरह की कोई भावना उसके प्रति नहीं दिखाती कि उसे सौत के बच्चे से प्रेम है या नफरत। इसका सबसे कारण यह था उसके ख़ुद के बेटा नहीं था। उसकी दो लड़कियाँ थीं–सैरबी और गैरबी। उसका अपने पति पर कोई ज़्यादा जोर नहीं था क्योंकि एक तो उसने बेटा नहीं पैदा किया था और दूसरे उसके दाँत और मसूड़े इतने बाहर निकले थे कि उसके होंठ उन्हें छुपा नहीं पाते थे। वह कहती–"मेरे होंठ बन्द ही नहीं होते। हर समय ऐसे लगता है जैसे मैं दाँत निपोर रही हूँ। गंगापुत्र, जब मैं मरूँ तो मेरा चेहरा ज़रूर ढक देना। नहीं तो लोग कहेंगे–देखो, डोम की दंतुलि बीवी जा रही है।"

जशी सारे समय कुछ न कुछ काम करती रहती–घर साफ करना, चावल उबालना, लकड़ी इकट्ठी करना, गोबर के उपले बनाना,

सुअरों की देखभाल करना, अपनी बेटियों की सिर से जुएँ निकालना। वह भागीरथ को 'लड़का' कहती। 'लड़का खाना खाने आओ!' 'लड़के नहा लो!'—जैसे उन दोनों के बीच कोई बहुत औपचारिक रिश्ता हो। अगर वह उसका ध्यान नहीं रखेगी, तो डायन उसकी लड़कियों को काले जादू से मार सकती है। वह यह भी जानती थी कि बुढ़ापे में उसे भागीरथ के सहारे पर निर्भर रहना है।

कभी–कभी वह बैठ जाती, अपनी ठुड्डी हथेलियों पर रख लेती, खुले होंठों से मसूड़ों को दिखाती सोचती रहती, क्या पता डायन उसकी लड़कियों पर अभी काला जादू चला रही हो या उसकी बेटियों की मिट्टी की पुतलियाँ बना रही हो। ऐसे समय में जशी हमेशा से भी ज़्यादा बदसूरत लगती।

मलिन्दर ने जानबूझकर अपने समाज की सबसे बदसूरत लड़की से शादी की थी क्योंकि जब उसने सबसे सुन्दर लड़की से शादी की, तो वह चुड़ैल निकली थी। सब जानते थे कि वह अपनी पहली बीवी से बहुत ज़्यादा प्रेम करता था। शायद इस प्रेम के कारण ही वह भागीरथ को उसकी माँ चण्डी डायन के बारे में सारी बातें बताने के लिए विवश था।

एक दिन वे दोनों रेल की पटरी के किनारे चल रहे थे। मलिन्दर की बाँह के नीचे माँस का एक पोटला था। उसकी एक अजीब सी कमजोरी थी कि वह जिन सुअरों को पालता था, उन्हें काट नहीं पाता था। इसलिए वह उन्हें बड़ा कर दूसरों को बेच देता और जब ज़रूरत पड़ती, कुछ हिस्सा अपने ग्राहकों से ही ख़रीद लेता।

"थोड़ी देर हम इस पेड़ की छाया में बैठें?"—उसने अपने तेरह साल के बेटे से जैसे अनुमति लेते पूछा। उसके बाद वह बरगद के तने से पीठ सटाकर बैठ गया।

कुछ देर बाद भागीरथ ने पूछा—"बाबा, यह वही जगह है ना, जहाँ से डाकू लोग गुजरते हैं?" मलिन्दर को उसकी बातें सुनना अच्छा लगता था। उसे कई बार लगता था कि वह उसका बाप होने के लायक नहीं है।

उन दिनों शाम की जो रेलें सोनाडांगा, पलासी, धूबूलिया आदि दूसरी जगहों से गुजरतीं, उनमें डाका पड़ता था। ये डाकू हर आकार और शक्ल के होते। कभी वे भद्र आदमी बनकर आते, कभी ग़रीब विद्यार्थी बनकर, कभी शरणार्थी तो कभी किसी मकान के मालिक बनकर, जो रेल के डिब्बों में किसी तरह घुस आते। उसके बाद वे तय जगह और समय पर इमरजेंसी की चेन खींचकर रेल को अँधेरे में रोक देते। उनके साथी बाहर मैदान से तुरन्त अन्दर आ जाते। वे हर किसी को लूटते, मारते और कभी–कभी ज़रूरत पड़ने पर यात्रियों की हत्या कर भाग जाते। यह बरगद का पेड़ खासकर उनका पसन्दीदा मुकाम था। इसलिए भागीरथ ने डाकुओं के बारे में पूछा।

भागीरथ सरकारी प्राइमरी स्कूल में जाता था। एक दिन उनके अध्यापक ने उन्हें दीवाल पर एक पत्रिका बनवायी जिसमें उन्होंने ख़ुद सारे अक्षर लिख दिये थे और लड़कों को उसमें रंग भरना था। इस पत्रिका से भागीरथ को पता चला कि 1955 के अस्पृश्यता कानून के बाद भारत में कोई अछूत नहीं था। उसे यह भी पता चला कि भारत का संविधान कोई चीज़ है, जिसमें शुरू में ही यह लिखा हुआ है कि सारे लोग बराबर हैं। यह पत्रिका अब भी दीवाल पर थी, परन्तु भागीरथ और उसके जैसे विद्यार्थी जानते थे कि उनके सहपाठी और अध्यापक, सभी यह चाहते थे कि वे कुछ दूर हटकर बैठें। इस स्कूल में ऊँची जाति के वही बच्चे आते थे जो बहुत ग़रीब या ज़रूरतमन्द होते। आते भी क्यों, स्कूल तो चारों तरफ भरे थे।

मलिन्दर देखता था कि भागीरथ अब कुछ अलग तरीक़े से बात करता था और उसका लहजा भी बदल गया था।

भागीरथ ने डाकुओं के बारे में पुछा किन्तु मलिन्दर का दिमाग कहीं और था। उसकी आँखें खाली खेतों और उनके पार कहीं देख रही थीं, जैसे कि कुछ खोज रही हों। "बेटा," उसने कहा "मैं बहुत कठोर और निर्मोही हुआ करता था। किन्तु तुम्हारी माँ बहुत नरम थी। वह बहुत बार रोती थी। क्या विडम्बना है!"

सचमुच क्या विडम्बना थी। ऐसे लगता था कि जैसी भगवान आया और उसने एक दिन में उन दोनों का पासा उलट दिया। चण्डी डायन बन गयी, बिना दिल वाली, बच्चों का शिकार करने वाली डायन। मलिन्दर शान्त हो गया। उसे बनना पड़ा। यदि परिवार का एक व्यक्ति अतिप्राकृतिक दुनिया के दरवाज़े में गायब हो जाये, तो दूसरे को इन्सान बनकर रहना होता है।

मलिन्दर ने अपने बेटे का हाथ पकड़ लिया—"डरने की क्या बात है? तुम्हें वह सब क्यों नहीं पता हो, जो तुम्हारी माँ के बारे में सबको पता है?"—उसने कहा। "तुम्हारी माँ का नाम चण्डीदासी गंगादासी था। वह मरे हुए बच्चों को दफनाती थी। वह कालू डोम के परिवार से थी। वह श्मशान में दाह संस्कार करने वाली गंगापुत्रों की जाति से थी। वे लोग गंगापुत्र और गंगादासी—आदमी और औरत—कहलाते थे, जो गंगा नदी के तीर पर मरे हुए लोगों का संस्कार करते थे। उनके लिए सभी नदियाँ महान पवित्र गंगा के स्मरण से गंगा ही थीं।

मलिन्दर बाँस के पेड़ों और काटी हुई लकड़ियों को श्मशान में ले जाता, जबकि चण्डी बच्चों को दफ़नाने के कब्रगाह में काम करती थी। उन्हें अपने पुरखों से विरासत में ये काम मिले थे। कब्रगाह गाँव के उत्तर की तरफ था, जहाँ तालाब के किनारे एक बरगद का पेड़ था। उन दिनों पाँच साल की उम्र के पहले यदि कोई बच्चा मर जाता, तो उसके शव को जलाने की बजाए दफनाया जाता था। चण्डी के पिता क़ब्र को खोदकर उसके ऊपर काँटों की झाड़ी बिछाते ताकि सियारों से लाश को बचाया जा सके। "होई होई हैया!", उनकी शराब में डूबी ऊँची आवाज़ अँधेरे में भयंकर रूप से गरजती। चण्डी के पिता शराब और गाँजे पर ही ज़िन्दा रहते थे। हर शनिवार वे गाँव में हाथ में एक थाली लेकर घूमते और आवाज़ देते—"मैं आपका सेवक हूँ। मैं गंगापुत्र हूँ। मुझे मेरा राशन मिलेगा?"

गाँव के लोग उनसे बेहद डरते। अपने छोटे बच्चों को उनके रास्ते से दूर रखते, चुपचाप उनकी थाली भर देते और दूर चले जाते। एक दिन उनकी जगह हल्के रंग की आँखों और लाल बालों वाली लड़की आयी।

उसने कहा—"मैं चण्डी हूँ। गंगापुत्र की बेटी। मेरे पिता की मृत्यु हो गयी। मुझे उनको दिया जाने वाला राशन चाहिए।"

"तुम्हारे पिता का काम कौन करेगा? तुम करोगी?"

"हाँ, मैं बच्चों को दफनाउँगी और उनकी क़ब्र की रखवाली करूँगी।"

"तुम्हें डर नहीं लगता?"

"नहीं।"

चण्डी की भाषा में 'डर' नाम का कोई शब्द नहीं था। उसे यह समझ में नहीं आता था कि जब बच्चे मरते हैं तो माँ—बाप दुःख से रोते हैं। क्यों उन्हें तो दफनाना ही पड़ेगा। उन्हें घर में तो रख नहीं सकते। यही उसका काम था। बस इतनी सी बात थी। इसमें डरने की या दिल न होने की क्या बात थी? निश्चय ही ऊपरवाले ने उनका मरना तय किया था? कम—से—कम गंगापुत्रों का तो इसमें कोई हाथ नहीं था। तब लोग उनसे इतनी घृणा और नफरत क्यों करते थे?

यह वही चण्डी थी जिससे मलिन्दर की शादी होनी थी।

उन शुरुआती दिनों में भी मलिन्दर मुर्दाघर के अधिकारी के साथ हड्डियों का कारोबार करता था। वहाँ की हड्डियाँ खाद के लिए इस्तेमाल होती थीं और क़ाफी महँगी होतीं। मलिन्दर के पास पैसा भी था और हिम्मत भी। वह रात को घर लौटते समय मैदानों के पार ऊँची आवाज़ में बोलता—"मुझे किसी से डर नहीं लगता। मैं आग—भक्षक हूँ। मुझे किसी से कोई डर नहीं।"

एक रात उसे अकेली घूमती हुई चण्डी बरगद के पेड़ के नीचे मिली। उसके हाथ में लालटेन थी। "अरे कौन? क्या तुम्हें अँधेरे से डर नहीं लगता?"—उसने कहा।

चण्डी खिलखिलाकर हँस पड़ी, कहा ''तुम्हें पता नहीं, मैं आग—भक्षक हूँ?'' उसकी हँसी से वह अवाक रह गया। उसी अप्रैल में उसने उससे शादी कर ली। अगली अप्रैल में भागीरथ का जन्म हुआ।

एक दिन चण्डी भागीरथ को गोद में लिए रोती हुई आयी—"उन लोगों ने मुझे पत्थर मारे, गंगापुत्र! उन्होंने कहा मैं चुड़ैल हूँ।"

"उनकी हिम्मत कैसे हुई मलिन्दर गंगापुत्र की बीवी को पत्थर मारने की?"–उसने गरजते हुए कहा।

"अच्छा..अब तुम थोड़ी देर चिल्लाना बन्द करोगे और यहाँ कुछ देर के लिए बैठोगे?"

"ओह, ओह!"

"भागीरथ की क़मीज कहाँ है?"

मलिन्दर भूल गया था।

"कल ले आऊँगा। पक्का वादा रहा । एक लाल कमीज मेरे बेटे के लिए, एक लाल साड़ी और पीला ब्लाउज बेटे की माँ के लिए।"

"नहीं नहीं, मेरे लिए नहीं। इससे लोग और जल जाते हैं और मुझ पर बुरी नज़र डालते हैं।"

"क्या मैं नहीं जानता? प्राइमरी स्कूल में वे लोग हमेशा कक्षा से गायब रहते थे। सिर्फ़ मुझे ही अपने नाम का दस्तख़त करना आया। उनको जलन होती। मुझे सरकारी नौकरी मिल गयी। जलन और हुई। मैंने सोने की गुड़िया से ब्याह रचा लिया जो महान कालू डोम खानदान से थी। ज़्यादा जलन होने लगी। मैंने एक नया घर बनाया। दो बीघा ज़मीन लेकर साझेदारी की खेती करने लगा। वे जलन नहीं करने से कैसे बचते? हरामियों! जितनी इच्छा हो, उतनी जलन करो। मैं सब कुछ झेल सकता हूँ। मैं, मलिन्दर गंगापुत्र! मैं अपने बेटे को स्कूल भेजूँगा। वहाँ। रेल की पटरियों के पार!"

वह बोलता रहा और चण्डी वहाँ बैठी उसे एकटक देखते हुए एकदम चुप हो गयी।

"मुझसे अब और यह सब नहीं होता"–उसने अन्त में कहा–"मेरा कुदाल उठाने का दिल नहीं करता। पर यह भगवान की इच्छा है। मैं क्या कर सकती हूँ?"–वह अपने सिर को हिलाती रही और अपने पैरों को देखती रही।

अगर उसके पिता के परिवार में कोई आदमी होता, तो वह ये सारे काम करता। पर वहाँ कोई नहीं था। वह गंगापुत्र थी, श्मशान की रक्षक। वह पुरातन कालू डोम के परिवार की वंशज थी,

जिसने राज्य खोने पर महान राजा हरिश्चन्द्र को शरण दी थी। जब राजा चण्डाल बनकर श्मशान में रहने लगा, तो यह कालू डोम ही था जिसने उसे नौकरी दी। जब राजा को राज्य वापस मिल गया जो समुद्र की सीमा तक फैला था, उसने दान में बड़ी–बड़ी ज़मीनें देनी शुरू कीं। एक दिन राजदरबार में एक आवाज़ गरजती हुई बोली–"तुमने हम लोगों को क्या दिया है?"

यह वही पुरातन गंगापुत्र था। उसके जैसे लोग न कभी धीमी आवाज़ में बोल सकते थे और न ही धीमी आवाज़ सुन सकते थे क्योंकि उनके कानों में हमेशा जलती हुई चिता की आवाज़ें गूँजती रहती थीं।

"तुम्हारा क्या मतलब है?"

"तुमने ब्राह्मणों को गायें दी हैं, साधुओं को रोज की भिक्षा दी है। तुमने हमारे लिए क्या किया है?"

"दुनिया के सारे श्मशान घाट तुम्हारे हुए।"

"फिर से कहो।"

"दुनिया के मुर्दे जलाने के सारे घाट तुम्हारे!"

"कसम खाओ।"

"मैं ईश्वर की क़सम खाता हूँ।"

पुरातन गंगापुत्र अपने हाथ ऊपर उठाकर पागल की तरह ख़ुशी से नाचने लगा–"हाँ ! सारे मुर्दे जलाने के घाट हमारे। सारे मुर्देघाट हमारे! सारी दुनिया की क़ब्रगाहें हमारी!"

ऐसे वंश की उत्तराधिकारी चण्डी क्या अपने पैतृक काम को ठुकरा सकती थी? क्या उसकी यह हिम्मत हो सकती थी कि वह भगवान को दण्ड देने के लिए आमन्त्रण दे? उसका डर हर दिन बढ़ता गया। वह क़ब्र खोदने के बाद अपना मुँह फेर लेती।

काँटेदार झाड़ियों से क़ब्र को ढकने के बाद भी उसका डर और परेशानी बनी रहती। किसी भी समय वह पौराणिक आग उगलता सियार आकर अपने बड़े–बड़े पंजों से खोदकर अन्दर दबे शरीर को चुराकर ले जायेगा।

हे भगवान! हे भगवान! हे भगवान! चण्डी बिना आवाज़ के रोती और भागकर घर लौट जाती। वह दीया जलाकर भागीरथ के लिए बैठकर प्रार्थना करती। उस समय वह गाँव के हर बच्चे के लिए प्रार्थना करती कि वह हमेशा जीवित रहे। उसके मन में हाल में यह कमजोरी आ गयी थी। अपने बच्चे के कारण अब वह हर मरने वाले बच्चे के लिए बहुत गहरे दर्द का अनुभव करती। उसके दूध से भरे स्तन दुखने लगते, अगर वह बहुत ज़्यादा देर तक क़ब्रगाह में रह जाती। वह चुपचाप अपने पिता को दोष देती। उसे कोई अधिकार नहीं था कि अपनी बेटी को इस कठोर काम का व्रत देता।

एक दिन उसने कहा–"आप लोग इस काम के लिए किसी और को ले आओ। मैं अब इस काम के लायक नहीं रही।"

गाँव में उसकी बात किसी को सुनाई नहीं दी। मलिन्दर लाशों, चमड़ी और हड्डियों का, दूसरों के लिए घृणित कारोबार कर कठोर हो चुका था, उस पर भी कोई असर नहीं हुआ। उसने उसका मजाक उड़ाते हुए कहा–"नक़ली छायाओं से डरना! यह क्या?" अगर वह बहुत ज़्यादा रोती, तो वह कहता, "क्या किया जाये? तुम्हारे परिवार में कोई है भी तो नहीं, जो यह काम करे।"

उसी समय की बात है कि यह भयानक घटना घटी।

मलिन्दर की एक बहन उनके गाँव आयी हुई थी। उसकी एक छोटी लड़की थी टुकनी, जो चण्डी से बहुत हिली–मिली हुई थी। उस समय गाँव में छोटी माता का बहुत जोर चल रहा था। चण्डी और उसके लोग कभी टीका नहीं लगाते थे। उसकी जगह वे शीतला माता को प्रसन्न करने पूजा करते, जो इस महामारी से बचाती थी। जब टुकनी को छोटी माता हो गयी, तो चण्डी अपनी ननद के साथ छोटी लड़की को गोद में लिए देवी माँ की पूजा करने के लिए गयी। शीतला माँ का मन्दिर रेल लाइन बनते समय काम करनेवाले बिहार के कुलियों द्वारा बनाया हुआ था। वहाँ पर हमेशा एक पण्डित रहता था।

भाग्य को यही मंजूर था कि वह छोटी लड़की कुछ दिन बाद मर गयी। हालाँकि वह चण्डी के घर में नहीं मरी थी, फिर भी लड़की के माता–पिता और सबने चण्डी को उसकी मौत के लिए ज़िम्मेदार ठहराया।

"क्या ? मैंने क्या किया है?"

"हाँ तुमने..."

"नहीं। मुझे दोष मत दो," उसने लोगों से प्रार्थना की।

"हाँ, तुम्हीं ने!"

चण्डी साँप की तरह फुँकार उठी–

"नहीं, कभी नहीं। मैंने कभी टुकनी या किसी और बच्चे का बुरा नहीं चाहा। तुम नहीं जानते, मैं किस वंश की हूँ!"

अचानक वहाँ खड़े उन डरपोक, कुसंस्कारी, अन्धविश्वासी लोगों ने अपनी आँखें नीची कर लीं। किसी ने फुसफुसाकर कहा–"और उस दूध का क्या, जो तुम्हारे स्तनों से छलक रहा था, जब तुम टुकनी की क़ब्र पर मिट्टी डाल रही थी!"

"ओह, तुम लोग कितने मूर्ख हो"–उसने उन्हें अचरज और नफरत से देखा।

"अच्छा ठीक है," उसने कुछ देर बाद कहा–"मेरे पुरखों का श्राप मुझे लगने दो, मुझे डर नहीं है। मैं आज से ही यह काम छोड़ रही हूँ।"

"काम छोड़ रही हो!"

"हाँ, आज से तुम सब बहादुरों का काम होगा, उन क़ब्रों की रक्षा करना। मैं बहुत दिनों से यह काम छोड़ना चाहती थी। गंगापुत्र को सरकारी नौकरी मिलने वाली है। मुझे इस सड़े हुए काम को करते रहने की कोई ज़रूरत नहीं है।"

सबको चुप कराते हुए वह घर लौट आयी। उसने मलिन्दर से कहा कि यदि उसे अपनी नौकरी की जगह पर एक कमरा मिल जाये तो वे वहीं चले जायेंगे।

"तुम्हें पता है वे लोग मुझे क्या कहकर बुलाते हैं?"

उससे मजाक कर उसे शान्त करने के लिए मलिन्दर ने जोर से हँसकर कहा–"हाँ? क्या बुलाते हैं तुमको? तुम डायन हो?"

चण्डी बुरी तरह काँपने लग गयी। उसने छत को सम्भाले हुए लकड़ी के खम्भे को सहारे के लिए पकड़ लिया। उत्तेजना, गुस्से और दुख के साथ वह उस पर चिल्लायी–"तुम यह शब्द कैसे बोल पाये? तुम, जिसका ख़ुद का एक बच्चा है! मैं डायन हूँ? अपने बच्चे को छोड़ मरे हुए बच्चों को दूध पिलाती हूँ?"

"ओह! चुप रहो।"–मलिन्दर ने भी चीख़कर कहा।

वह बिलकुल दोपहर का समय था। वही समय, जब आदमियों के ऊपर शैतान अपना जादू चलाता है। यह वह समय था जब भयंकर गुस्सा और ईर्ष्या भूखे पेट और गर्म दिमागों के ऊपर चढ़ जाता है। मलिन्दर अपने समाज के लोगों के तरीक़ों को अच्छी तरह जानता था।

"मैं डायन नहीं हूँ। नहीं, मैं डायन नहीं हूँ"–चण्डी की दुःख भरी चीख चील के पंखों पर बैठकर दूर–दूर चारों तरफ गर्म हवाओं के साथ फैल गयी, जो गाँव के हर कोने–कोने तक पहुँचती हैं।

उसने उसी तरह अचानक रोना बन्द कर दिया जिस तरह उसने शुरू किया था। उसने मलिन्दर से प्रार्थना की–"हम कहीं भाग जाते हैं। जब अँधेरा हो जाये।"

"कहाँ जाओगी?"

"कहीं भी"।

"लेकिन कहाँ?"

"मुझे नहीं पता"–भागीरथ को अपनी बाँहों में लेकर वह मलिन्दर के पास खिसक आयी–"मेरे और पास आओ। मुझे तुम्हारी छाती पर सिर रखने दो। मैं इतना डर गयी हूँ। मैंने अपने पुरखों का काम छोड़ दिया। मुझे बहुत डर लग रहा है। आज मैं इतनी डरी हुई क्यों हूँ? मुझे लगता है कि मैं कभी तुम्हें और भागीरथ को नहीं देख पाऊँगी। हे भगवान!"

मलिन्दर ने इतना कहकर बेटे से बात करनी बन्द कर दी और अपनी आँखें पोंछने लगा—"बेटा, अब मैं जब पीछे मुड़कर देखता हूँ, तो मुझे लगता है कि उस दिन भगवान ने ही ये शब्द उसके मुँह में डाल दिये थे।"

"उसके बाद क्या हुआ?"

"कुछ दिनों तक चण्डी ऐसे बैठी रही जैसे उसे पूरा होश न हो। वह घर में कुछ खटर—पटर करती और प्रायः भागीरथ को अपनी बाँहों में लेकर गाना गाती रहती। वह बहुत धूपबत्तियाँ जलाती और घर में चारों तरफ दीये जलाती। कई बार ऐसा लगता जैसे वह हवा में किसी की बात को ध्यान से सुनने की चेष्टा कर रही हो।

दो महीने बिना किसी घटना के बीत गये। चण्डी को काम के लिए बुलाने कोई नहीं आया। इन दिनों किसी तरह का काम भी नहीं था। वे तीनों बहुत शान्ति से रह रहे थे। चण्डी वापस ठीक हो गयी। उसने कहा—"मरे हुए बच्चों के लिए कुछ और व्यवस्था होनी चाहिए। अभी जो है, वह बहुत भयानक है।"

मलिन्दर ने कहा—"हो जायेगी। धीरे—धीरे चीज़ें बदल रही हैं।"

"मुझे क्या मालूम कि मैंने सही किया या नहीं। देखो,कई रातों को मुझे ऐसा लगता है कि मुझे अपने पिता की हाँक सुनाई देती है।"

"तुम्हें उनकी आवाज़ सुनती है?"

"हाँ, मुझे ऐसा लगता है कि वह 'होई होई हैया' कह रहा हो, जैसे कि वह क़ब्र से सियारों को भगा रहा हो।"

"चण्डी, चुप हो जाओ।" मलिन्दर के अन्दर डर अपना माथा उठाने लगा। कई बार उसे लगता कि चण्डी चुड़ैल बनती जा रही है। कई बार वह रात को चौंककर उठ जाती थी और उसे लगता कि मरे हुए बच्चे अपनी क़ब्रों में रो रहे हैं। शायद जो लोग बोल रहे थे, सच है। शायद यह गाँव छोड़कर शहर चला जाना ही ठीक रहेगा।

डोम समाज उसे भूल नहीं गया था। वे लोग उस पर लगातार निगाह रख रहे थे, भले ही उसे इस बात का बिलकुल पता नहीं था।

समाज सीधे–सीधे या छिपाकर किसी पर निगाह रख सकता है, अगर वह ऐसा चाहता है। ऐसा कुछ नहीं है, जो समाज नहीं कर सके।

एक आँधी की रात मलिन्दर शराब पीकर बहुत गहरी नींद में सो रहा था, कि उसका आँगन लोगों की भीड़ से भर गया। उसमें से एक ने, जो चण्डी का कोई चाचा लगता था, उसे आवाज़ देकर कहा–"आकर ख़ुद देख लो कि तुम्हारी बीवी डायन है या नहीं?" मलिन्दर उठकर बैठ गया और उसने उन लोगों को अपनी नींद भरी आँखों से देखा। "बाहर आओ और देखो। हरामजादे! तुम एक डायन को अपनी बीवी बनाकर रख रहे हो और हमारे बच्चों की ज़िन्दगी ख़तरे में है।"

मलिन्दर बाहर आ गया। वह बरगद के पेड़ के नीचे श्मशान को देख सकता था, जहाँ लालटेन और टॉर्च लिए लोग भीड़ में चुपचाप खड़े थे।

"चण्डी! तुम?!" मलिन्दर की चीत्कार ने जैसे शून्य के छुरी से टुकड़े कर दिये। सब स्तब्ध थे, देखें अब ये लोग क्या करते हैं।

"चण्डी!"

वह वहीं खड़ी थी। उसके हाथ में कटार थी और बगल में एक तरफ काँटों की झाड़ी का ढेर था।

"मैं इनसे गड्ढों को भरने की कोशिश कर रही थी।"

"तुम उठकर क्यों बाहर निकली?"

"सियारों ने अचानक रोना बन्द कर दिया था। मुझे अन्दर से किसी ने कहा कि वे वहीं पर हैं। गड्ढों के ऊपर लाशों को खोदते हुए।"

"तुम एक डायन हो"–सारे गाँव वालों ने जैसे मन्त्र की तरह उच्चारण करते हुए कहा।

"मरे हुए लोगों का ध्यान रखनेवाला कोई नहीं है।"

"तुम एक डायन हो।"

"यह मेरे पुरखों का काम है। इन लोगों को इस बारे में क्या मालूम?"

"तुम एक डायन हो।"

"नहीं ,नहीं। मैं डायन नहीं। मेरा ख़ुद का अपना बेटा है। उसके लिए दूध से मेरी छातियाँ भारी हैं। मैं डायन नहीं। गंगापुत्र तुम क्यों नहीं कहते? तुम तो सब जानते हो।"

मलिन्दर उसे घूरता रहा जैसे कि सम्मोहन में हो। उस हल्के से प्रकाश में उस आकृति को, जिसकी छातियाँ बारिश से भीगे कपड़ों में बाहर निकली पड़ रही थीं। उसका दिल दर्द से फट रहा था। उसके अन्दर कोई बोल रहा था–'उसके पास मत जाओ। भले एक साँप के पास चले जाओ, भले आग के पास चले जाओ। पर नहीं। अब नहीं। उसके पास नहीं, भले ही तुमने उससे बहुत प्यार किया हो। उसके पास मत जाओ, वरना सर्वनाश हो जायेगा।'

मलिन्दर सामने आया और उसने चण्डी की तरफ लाल ख़ूनी आँखों से देखा। फिर उसने एक जानवर की तरह आवाज़ निकाली–"ओहोहो। तुम हो एक डायन। क़ब्र में कौन था जिसे तुम अपना दूध पिला रही थी?"

"गंगापुत्र! हे भगवान!"–चण्डी के अन्दर से जो भयानक रूलाई निकली, उससे धरती में दबे मुर्दे, उसके पिता की बेचैन आत्मा और यहाँ तक कि उसका पुरखा कालू भी डर गया। जब कोई इन्सान इस दुनिया से अतिप्राकृतिक दुनिया में निष्कासित कर दिया जाता है, तब सुनते हैं कि आत्मा ऐसे ही रोती है। ऐसे ही आकाश, धरती, पाताल को कँपाकर।

मलिन्दर दौड़कर अपने ससुर का शनिपूजा का ढोल लेने गया और वापस कब्रगाह पर लौट आया। ढोल को बजाते हुए वह गाँव को कँपाते हुए चिल्लाया–"मैं मलिन्दर गंगापुत्र, यह घोषणा करता हूँ कि मेरी पत्नी डायन है, एक डायन है।"

"उसके बाद क्या हुआ?"–भागीरथ ने पूछा।

"बाद में बेटे, उसे अकेले बेलतला में रहना पड़ा। वह अकेले रहने में डरती थी, पर अभी भी अकेली है। सुनो, सुनो, देखो डायन कैसे गाती है।"

उनके पास बहुत दूर से एक अजीब तरह का गाने का सुर तैरता हुआ आया। उसके साथ–साथ एक टीन का डब्बा बजाया जा रहा था। पहले लगा कि गीत में कोई शब्द नहीं हैं, किन्तु धीरे–धीरे शब्द साफ होते गये।

निंदिया रानी आओ
मेरे राजा को सुलाओ
आओ निंदिया रानी आओ...

भागीरथ इस गाने को जानता था। यह वही गाना था जो उसकी सौतेली माँ अपनी बेटियों को सुलाते समय गाती थी। यह गाना उसकी आत्मा के अन्दर घुस गया, उसके खून में मिल गया और उसके कानों में किसी दुर्बोध दर्द की तरह बजने लगा।

"चलो घर चलें बेटा!" मलिन्दर सम्मोहित से भागीरथ को वापस घर ले आया।

कुछ दिन बाद भागीरथ एक दिन दौड़कर सूखे तालाब पर दोपहर में गया। उसे टीन की आवाज़ सुनायी पड़ी थी। डायन की छाया पानी में काँप रही थी। डायन उसकी तरफ नहीं देख रही थी। वह आँखें नीची किये घड़े में पानी भर रही थी।

"तुम्हारे पास दूसरी साड़ी नहीं है क्या? तुम्हें ऐसी साड़ी चाहिए जो इस तरह फटी न हो?"

डायन चुप थी। उसने अपना चेहरा एक तरफ घूमा लिया था।

"क्या तुम्हें अच्छे कपड़े पहनना है?"

"गंगापुत्र के बेटे को घर जाना चाहिए।"

"मैं...मैं अब स्कूल जाता हूँ। मैं एक अच्छा लड़का हूँ।"

"मुझसे बात मत करो। मैं डायन हूँ। मेरी छाया भी शैतानी है। क्या गंगापुत्र के बेटे को यह नहीं मालूम?"

"मुझे डर नहीं लगता।"

"अभी एक दम दोपहर है। छोटे बच्चों को इस तरह इस गर्मी में बाहर नहीं घूमना चाहिए। लड़के को घर जाना चाहिए।"

"क्या तुम्हें अकेले डर नहीं लगता?"

"डर? नहीं, मुझे किसी चीज़ से डर नहीं लगता। एक डायन को अकेले रहने में किस चीज़ का डर होगा?"

"तब फिर तुम क्यों रोती हो?"

"कौन कहता है?"

"मैंने सुना है।"

"उसने मुझे सुना है। रोते हुए!"– लाल छाया पानी में काँपने लगी। डायन की आँखें भर आयीं थीं। डायन ने आँखें पोंछीं। कहा –"गंगापुत्र के बेटे को घर जाना चाहिए और उसे क़सम खानी होगी कि डायन के नज़दीक कभी नहीं आना है...वरना...वरना...मैं गंगापुत्र को बता दूँगी।"

भागीरथ ने देखा वह मुड़कर मिट्टी की पुलिया से दूर भागती चली गयी। उसके बाल उसके चेहरे को घेरे उड़ रहे थे। उसकी लाल साड़ी हवा में फहरा रही थी।

वह बहुत देर तक तालाब के किनारे अकेले बैठा रहा, जब तक कि तालाब का पानी वापस शान्त नहीं हो गया। उसे वह गाना सुनना था जो उस दिन उसे गाते सुना था।

उधर डायन अपनी झोंपड़ी में बैठी जाने क्या क्या सोच रही थी। बहुत देर बाद वह उठी और उसने एक शीशे का टूटा हुआ टुकड़ा निकाला।

"मैं अब अपनी छाया रह गयी हूँ।"–उसने कहा। उसने अपने बालों में कंघा फिराने की कोशिश की, पर वे बुरी तरह उलझे हुए थे।

वह बच्चा अच्छे कपड़ों की बातें क्यों कर रहा था? तब वह बहुत छोटा था, उसे कुछ याद नहीं होगा। मेरे लिए अच्छे कपड़े लाने की उसे क्या ज़रूरत है?

उसने अपने ख़्यालों को बटोरने के लिए माथे पर बल डाला। बहुत दिनों से उसने किसी चीज़ के बारे में कुछ नहीं सोचा था। वहाँ पत्तों की सरसराहट, हवा की सीटियों और रेल की खड़खड़ाहट के सिवाय अब कुछ नहीं बचा था। ये सारी आवाज़ें उसके ख़्यालों को दबा जाती थीं।

किसी तरह आज उसके दिमाग में एक बात साफ–साफ आयी– बच्चे के साथ कोई भयानक घटना घटने वाली है। उसे एक पत्नी की तरह मलिन्दर की लापरवाही पर अचानक बहुत जोर गुस्सा आया। अब बच्चे की देखभाल किसके जिम्मे थी? उसे डायन की आँखों से कौन बचाएगा?

उसने उठकर लालटेन जलायी और रास्ते पर फटाफट चल पड़ी। वह रेल की पटरियों के साथ–साथ चलती जा रही थी। उसे पटरियों के पार जाती सड़क दिखायी दी। वहाँ पर रेलवे फाटक बन्द करने वाले आदमी का कैबिन था। अपने काम से लौटते हुए मलिन्दर इधर से मुड़कर मिट्टी की पुलिया का रास्ता पकड़ेगा। वह उधर की तरफ जा रही थी कि तभी उसने उन लोगों को देखा। कुछ लोग रेल की पटरियों से कुछ हटा रहे थे। नहीं, वे लोग पटरियों के ऊपर बाँस जमा कर रहे थे। फाइव अप लालगोला पैसेंजर ट्रेन अभी शाम को बुधवार की डाक के साथ आनेवाली थी। इसका मतलब उसमें बहुत रुपया होगा। उसके लिए वे बहुत दिनों से इन्तजार कर रहे थे।

"तुम कौन हो?"

उसने लालटेन को ऊपर उठाया और अपने चेहरे के पास घुमाया। उन लोगों ने ऊपर देखा और उसे देखकर उनकी आँखें डर से फैल गयीं और उनके चेहरे काले पड़ गये। उसने कभी अपने समाज के लोगों को इतना डरा हुआ नहीं देखा था।

"यह तो डायन है।"

"तो तुम लोग पटरियों पर बाँस रख रहे हो? तुम लोग रेल को लूटोगे?

क्या मुझसे डर कर भाग रहे हो? अरे, पहले इन बाँसों को बाहर फेंको, नहीं तो बहुत बुरा होगा।"

वे लोग वह नहीं ठीक कर सकते थे जो वे कर चुके थे–यानी की पटरियों को साफ करना और दुर्घटना को रोकना। वे यह नहीं कर सकते थे। यह समाज हमेशा से ऐसा ही है, यह इसी तरह काम करता है। वैसे ही जैसे उन लोगों ने नगाड़े बजाकर बहुत धूम–धाम से उसे डायन घोषित किया था।

बारिश के थपेड़ों के बीच उसने अपनी लालटेन उठायी। वह एकदम असहाय थी। वह क्या कर सकती थी? अगर वह सचमुच चुड़ैल होती तो उसके नौकर अँधेरे के राक्षस उसकी बात मान लेते और रेल को रोक देते। वह निःसहाय क्या कर सकती थी?

वह रेल की तरफ पटरियों पर दौड़ने लगी। वह अपने हाथों को हवा में बुरी तरह लहरा रही थी कि किसी तरह रेल रुक जाये–"आगे मत आओ। मत आओ। आगे बाँस का ढेर लगा हुआ है"–वह चीखती रही, जब तक कि रेल की गूँज ने उसकी आवाज़ को नहीं दबा दिया और रेल की बत्ती ने उसे नहीं निगल लिया।

चण्डी का नाम उसकी बहादुरी और त्याग के लिए दूर–दूर तक फैल गया। उसके कारण एक बड़ी ट्रेन दुर्घटना रुक गयी थी। सरकारी लोगों ने भी इसके बारे में सुना। जब मुर्दाघर से उसकी लाश निकली, दरोगा बाबू अपने साथ जिला विकास अफसर को लेकर मलिन्दर के घर पर आया–"रेल विभाग ने चण्डी गंगादासी के लिए एक मैडल की घोषणा की है। मैं तुम्हारे बारे मैं सब जानता हूँ। वह अकेली रहती थी। पर उसकी तरफ से यह लेनेवाला कोई तो होगा। उसने एक अद्‌भुत बहादुरी का काम किया है। सब उसकी प्रशंसा कर रहे हैं। क्या वह तुम्हारी पत्नी थी?"

सब एकदम चुप थे। लोग एक दूसरे की तरफ देखते हुए शर्म से अपनी गर्दन खुजला रहे थे और नीचे देख रहे थे। कोई फुसफुसाया–"हाँ सर, वह हम में से ही एक थी।"

इस घोषणा से भागीरथ इतना चकित हुआ कि वह एक चेहरे से दूसरे चेहरे को देखता गया। क्या वे अन्त में उसे स्वीकार कर रहे थे?

" ठीक है, पर सरकार रुपयों का इनाम तो सारे लोगों को एक साथ नहीं दे सकती।"

भागीरथ आगे आया–"वह मुझे दीजिए सर।"

"और तुम कौन हो?"

"वह मेरी माँ थी।"

"माँ?"

"हाँ, सर", भागीरथ ने कहा और अफसर ने सब कुछ कागज़ पर उतारना शुरू किया।

भागीरथ की आँखों से आँसू गिर रहे थे। उसने गला खँखारकर कहा, "मेरा नाम भागीरथ गंगापुत्र है। मेरे पिता, आदरणीय मलिन्दर गंगापुत्र। घर, डोमटोली, गाँव दहारहाटी...मेरी माँ..."

वह एक क्षण के लिए रूका और फिर उसने बिलकुल साफ कहा–"मेरी माँ, स्वर्गवासी चण्डीदासी गंगादासी", भागीरथ के गले से जोर की सुबकी निकली..."मेरी माँ स्वर्गवासी चण्डीदासी गंगादासी सर। एक डायन नहीं थी। कभी भी डायन नहीं थी मेरी माँ।"

अफसर ने लिखना बन्द कर के सिर उठाया और भागीरथ की तरफ देखता रहा। उसके बाद उसने भीड़ की तरफ देखा। सारे डोम चुपचाप खड़े थे, आँखें नीची किये, जैसे उन्हें कोई दण्ड मिला हो। चारों तरफ छायी चुप्पी दमघोंटू और असहाय थी।

दो हाथ

इस्मत चुग़ताई

रामअवतार लड़ाई से वापस आ रहा था। उसकी माँ बूढ़ी मेहतरानी अब्बा मियाँ से चिट्ठी पढ़वाने आयी थी। रामअवतार को छुट्टी मिल गयी थी। जंग ख़त्म हो गयी थी न! इसलिए रामअवतार तीन साल बाद वापस आ रहा था। बूढ़ी मेहतरानी की चीपड़–भरी आँखों में आँसू टिमटिमा रहे थे। मारे शुक्रगुजारी के वो दौड़–दौड़ कर सब के पाँव छू रही थी। जैसे इन पैरों के मालिकों ने ही उसका इकलौता पूत लड़ाई से ज़िन्दा सलामत मँगवा लिया हो।

बुढ़िया पचास बरस की होगी, पर सत्तर की मालूम होती थी। दस–बारह कच्चे–पक्के बच्चे जने, उनमें बस रामअवतार बड़ी मिन्नतों–मुरादों से जिया था। अभी उसकी शादी रचाए साल भर भी नहीं बीता था कि रामअवतार की पुकार आ गयी। मेहतरानी ने बहुत बावेला मचाया मगर कुछ न चली। रामअवतार वर्दी पहन कर आखिरी बार उसके पैर छूने आया, तो उसकी शान–ओ–शौकत पर वह बेइन्तिहा फ़िदा हुई, जैसे वो कर्नल ही हो गया था।

सब लोग मुस्कुरा रहे थे। रामअवतार के आने के बाद जो ड्रामा होने की उम्मीद थी, सब उसी पर आस लगाये बैठे थे। हालाँकि रामअवतार लड़ाई पर तोप–बन्दूक छोड़ने नहीं गया था, फिर भी सिपाहियों का मैला उठाते–उठाते उसमें कुछ सिपाहियाना आनबान और अकड़ पैदा हो गयी होगी। भूरी वर्दी पहनकर वो पुराना रामअवतरवा वाक़ई न रहा होगा। नामुमकिन है कि वो गौरी की करतूत सुने और उसका जवान खून बेइज़्ज़ती से खौल न उठे।

जब तक रामअवतार रहा, उसका घूँघट फुट भर लम्बा रहा और किसी ने उसके चेहरे का जलवा न देखा। खसम गया तो क्या बिलख–बिलख कर रोई थी, जैसे उसकी माँग का सिन्दूर हमेशा के लिए उजड़ रहा हो। थोड़े दिन रोई–रोई आँखें लिए सिर झुकाये मैले की टोकरी ढोती फिरी, फिर आहिस्ता–आहिस्ता उसके घूँघट की लम्बाई कम होने लगी।

कुछ लोगों का ख़्याल है कि ये सारा वसन्त की ऋतु का किया–धरा है। कुछ साफ कहते थे, "गौरी थी ही छिनाल, रामअवतार के जाते ही कयामत हो गयी।" कम्बख़्क्त हर वक़्त हीही, हर वक्त इठलाना। कमर पर मैले की टोकरी लेकर काँसे के कड़े छनकाती जिधर से निकल जाती, लोग बदहवास हो जाते। धोबी के हाथ से साबुन की बट्टी फिसलकर हौज में गिर जाती। बावर्ची की नज़र तवे पर सुलगती हुई रोटी से उचट जाती। भिश्ती की बाल्टी कुएँ में डूबती ही चली जाती। चपरासियों तक की बिना कलफवाली पगड़ियाँ ढीली हो कर गर्दन में झूलने लगतीं। जब ये सिर–से–पैर की कयामत घूँघट में से बाण फेंकती गुजर जाती, तो पूरा मोहल्ला एक बेजान लाश की तरह सकते में रह जाता। फिर एकदम चौंककर वे एक–दूसरे की दुर्गति पर ताने कसने लगते। धोबिन मारे गुस्से के कलफ की कुण्डी लुढ़का देती। चपरासिन छाती से चिपटे लौण्डे को बेबात तमाचे जड़ने लगती। बावर्ची की तीसरी बीवी पर हिस्टीरिया का दौरा पड़ जाता।

नाम की गौरी थी। पर कम्बख़क्त काली बहुत थी, जैसे उल्टे तवे पर किसी बावर्ची ने पराठे मलकर चमकता हुआ छोड़ दिया हो। चौड़ी फूँकना सी नाक, फैला हुआ मुँह, दाँत माँजने का उसकी सात पुश्त ने फैशन ही छोड़ दिया था। आँखों में काजल थोपने के बाद भी दाईं आँख का भेंगापन ओझल न हो सका, फिर भी टेढ़ी आँख से न जाने कैसे जहर में बुझे तीर फेंकती थी कि निशाने पर बैठ ही जाते थे। कमर भी लचकदार न थी। खासी कठला सी थी, झूठन खा–खा दुम्बा हो रही थी, चौड़े भैंस के से खुर। जिधर से निकल जाती, कड़वे तेल की सड़ाँध छोड़ जाती। हाँ, आवाज़ में बला की कूक थी।

तीज–त्योहार पर लहककर कजरिया गाती, तो उसकी आवाज़ सबसे ऊँची लहराती चली जाती।

बुढ़िया मेहतरानी यानी उसकी सास बेटे के जाते ही बदमिजाज हो गयी। बैठे–बैठाये एहतियातन गालियाँ देती, उस पर नज़र रखने के लिए पीछे–पीछे फिरती। मगर बुढ़िया अब टूट चुकी थी, चालीस बरस मैला ढोने से उसकी कमर हमेशा के लिए एक तरफ लचककर वहीं रुक गयी थी। वो हमारी पुरानी मेहतरानी थी। हम लोगों के ओलनाल उसी ने गाड़े थे। ज्यूँ ही अम्माँ के दर्द उठने लगते, मेहतरानी दहलीज पर आकर बैठ जाती और पूरे वक्त लेडी डॉक्टर तक को काम की हिदायतें देती, बलाओं को दफा करने के लिए कुछ मन्त्र–तावीज भी लाकर पट्टी से बाँध देती। मेहतरानी की घर में खासी बुजुर्गाना हैसियत थी।

इतनी लाड़ली मेहतरानी की बहू यकायक लोगों की आँखों में काँटा बन गयी। चपरासिन और बावर्चिन की तो बात ही क्या, हमारी अच्छी–भली भावजों का माथा उसे इठलाते देखकर ठनक जाता। अगर वो उस कमरे में झाड़ू देने जाती जिसमें उसके मियाँ होते, तो वो हड़बड़ा कर दूध–पीते बच्चे के मुँह से छाती छीन कर भागतीं कि कहीं वो डायन उनके शौहरों पर टोना–टोटका न कर रही हो।

गौरी क्या थी, बस एक मरखना लम्बे–लम्बे सींगों वाला साँड़ था कि छूटा हुआ फिरता था। लोग अपने काँच के बर्तन–भाँडे दोनों हाथों से समेटकर कलेजे से लगाते। जब हालात ने नाजुक सूरत पकड़ ली, तो वहाँ की महिलाओं का एक बाकायदा गुट अम्माँ के दरबार में हाजिर हुआ। बड़े जोर–शोर से ख़तरा और उसके खौफनाक नतीजों पर बहस हुई। पति–रक्षा की एक कमेटी बनायी गयी जिसमें सब भावजों ने पूरे जोर–शोर से वोट दिये और अम्माँ को मुखिया का ओहदा सौंपा गया। सारी औरतें हैसियत के अनुसार जमीन, पीढ़ियों और पलंग की अदवाइन पर बैठीं, पान के टुकड़े बाँटे गये और बुढ़िया को बुलाया गया। निहायत इत्मीनान से बच्चों के मुँह में दूध देकर सभा में खामोशी कायम की गयी और मुकद्दमा पेश हुआ।

"क्यों री चुड़ैल, तूने अपनी कुटनी बहू को छूट दे रखी है कि हमारी छातियों पे मूँग दले, इरादा क्या है तेरा... क्या मुँह काला कराएगी?"

मेहतरानी तो भरी ही बैठी थी, फूट पड़ी... "क्या करूँ बेगम साहब! हरामखोर को चार चोट की मार भई दी मैं तो। रोटी भी खाने को न दिये। पर राँड मेरे तो बस की नहीं।"

"अरे रोटी की क्या कमी है उसे" बावर्चिन ने अँटा फेंका। सहारनपुर की खानदानी बावर्चिन और फिर तीसरी बीवी... क्या ऐंठ थी कि अल्लाह की पनाह! फिर चपरासिन, टालन और धोबिन ने मुकद्दमे को और संगीन बना दिया। बेचारी मेहतरानी बैठी सबकी लताड़ सुनती और अपनी खुजली वाली पिण्डलियाँ खुजलाती रही।

"बेगम साहब आप जैसी बताओ वैसे करने से मोए ना थोरी, पर का करूँ का, राण्ड का टेंटवा दबाये दियों?"

अम्माँ ने राय दी... "मोई को मैके फुँकवा दे।"

"ए बेगम साहब कहीं ऐसा हो सके है?" मेहतरानी ने बताया कि बहू मुफ्त हाथ नहीं आयी है। सारी उम्र की कमाई, पूरे दो सौ झोंके हैं, तब मुसटन्डी हाथ आयी है। इतने पैसों में तो गायें आ जातीं, मजे से भर कलसी दूध देती। ये राँड तो दुलत्तियाँ ही देती है, पर अगर उसे मैके भेज दिया गया तो उसका बाप उसे फौरन दूसरे मेहतर के हाथ बेच देगा। बहू सिर्फ़ बेटे के बिस्तर की शान ही तो नहीं। दो हाथों वाली है, पर चार आदमियों का काम निपटाती है। रामअवतार के जाने के बाद बुढ़िया से इतना काम क्या सम्भलता? ये बुढ़ापा तो अब बहू के दो हाथों के सदक़े में बीत रहा है।"

महिलाएँ कोई नासमझ न थीं। मुआमला नैतिकता से हट कर अर्थशास्त्र पर आ गया था। वाक़ई बहू का वजूद बुढ़िया के लिए लाजिमी था। दो सौ रुपये का माल–किस का दिल है कि फेंक दे, इन दो सौ के इलावा ब्याह पर जो बनिये से लेकर खर्च किया था, जजमान खिलाये थे, बिरादरी को राज़ी किया था। ये सारा ख़र्चा कहाँ से आयेगा। रामअवतार को जो तनख़्वाह मिलती थी, वो सारी उधार

में डूब जाती थी। ऐसी मोटी ताजी बहू अब तो चार–सौ से कम में न मिलेगी। पूरी कोठी की सफाई के बाद और आस–पास की चार कोठियाँ निपटाती है। राँड काम में चौकस है वैसे।

फिर भी अम्माँ ने अल्टीमेटम दे दिया। कि "अगर उस लुच्ची का जल्द–से–जल्द कोई इन्तजाम न किया गया, तो कोठी के अहाते में नहीं रहने दिया जायेगा।"

बुढ़िया ने बहुत बावेला मचाया, जाकर बहू को मुँह भर गालियाँ दीं, झोंटे पकड़ कर मारा पीटा भी, बहू उसकी जर–ख़रीद थी। पिटती रही। बड़बड़ाती रही और दूसरे दिन बदला लेकर सारे अमले की धज्जियाँ बिखेर दीं। बावर्ची, भिश्ती, धोबी और चपरासियों ने अपनी बीवियों की मरम्मत की। यहाँ तक कि मेहतरानी की बहू के मुआमले पर मेरी तमीज़दार भाभियों और शरीफ भाइयों में भी खटपट हो गयी, और भाभियों के मैके तार जाने लगे। गरज मेहतरानी की बहू हरे–भरे खानदान के लिए सूई का काँटा बन गयी।

मगर दो–चार दिन के बाद बूढ़ी मेहतरानी के देवर का लड़का रामरत्ती अपनी ताई से मिलने आया, और फिर वहीं रहने लग पड़ा। दो–चार कोठियों में काम बढ़ गया था, सो वो भी उसने सम्भाल लिया। अपने गाँव में आवारा घूमता था। उसकी बहू अभी नाबालिग थी। इसलिए गौना नहीं हुआ था।

रत्तीराम के आते ही मौसम एकदम पलटकर बिलकुल ही बदल गया। जैसे घनघोर घटायें हवा के झोंकों के साथ तितर–बितर हो गयी हों। बहू के कहकहे खामोश हो गये। कांसे के कड़े गूँगे हो गये। जैसे गुब्बारे से हवा निकल जाये और वो चुपचाप झूलने लगे। बहू का घूँघट झूलते–झूलते नीचे की तरफ बढ़ने लगा। अब वो बजाय बिना नत्थी के बैल के निहायत शर्मीली बहू बन गयी। महिलाओं ने इत्मीनान की साँस ली। स्टाफ के मर्द उसे छेड़ते भी, तो वो छुई–मुई की तरह लजा जाती, और ज़्यादातर वो घूँघट में से भैंगी आँख को और तिरछा करके रत्तीराम की तरफ देखती। वह फौरन बाजू खुजलाता सामने आकर डट जाता।

बुढ़िया पुरसुकून अन्दाज में दहलीज़ पर बैठी अधखुली आँखों से ये मजेदार ड्रामा देखती और गुड़गुड़ी पिया करती। चारों तरफ ठण्डा–ठण्डा सुकून छा गया जैसे फोड़े का मवाद निकल गया हो।

मगर अब बहू के खिलाफ एक नयी लड़ाई क़ायम हो गयी। यह अमले की मर्द जात का किया–धरा था। बात–बेबात बावर्ची, जो अब तक उसे परांठे तलकर दिया करता था, कुण्डी साफ न करने पर गालियाँ देता। धोबी को शिकायत थी कि वो ज्यूँ कलफ लगाकर कपड़े रस्सी पर डालता है, ये हरामजादी धूल उड़ाने आ जाती है। चपरासी मर्दाने में दस–दस मर्तबा झाड़ू दिलवाते, फिर भी वहाँ की गन्दगी का रोना रोते रहते। भिश्ती जो उसके हाथ धुलाने के लिए कई मश्कें लिए तैयार रहता था, अब सहन में छिड़काव करने को कहती, तो घण्टों टालता रहता। ताकि वो सूखी ज़मीन पर झाड़ू दे, तो चपरासी गर्द उड़ाने के जुर्म में उसे गालियाँ दे सके।

मगर बहू सिर झुकाए सबकी डाँट–फटकार एक कान से सुनती, दूसरे कान से उड़ा देती। न जाने सास से क्या जाकर कह देती कि वो काएँ–काएँ करके सबका भेजा चाटने लगती। अब उसकी नज़र में बहू निहायत सदाचारी और नेक हो चुकी थी।

फिर एक दिन दाढ़ीवाले दारोगा जी जो तमाम नौकरों के सरदार थे और अब्बा के खास सलाहकार समझे जाते थे, अब्बा के सामने हाथ जोड़कर हाज़िर हुए, और उसकी भयानक बदमाशी और गलाजत का रोना रोने लगे। मेहतरानी की बहू और रत्तीराम के नाजायज ताल्लुकात सारे माहौल को गन्दा कर रहे थे। अब्बा जी ने मुआमला सेशन को सिपुर्द कर दिया, यानी अम्माँ को पकड़ा दिया। महिलाओं की सभा फिर से बैठी और बुढ़िया को बुला कर उसकी ख़बर ली गयी।

"अरी निगोड़ी तुझे ख़बर भी है कि तेरी कुटनी बहू क्या गुल खिला रही है?"

मेहतरानी ने ऐसे चौंककर देखा जैसे कुछ नहीं समझती कि किस ग़रीब का जिक्र हो रहा है। जब उसे साफ–साफ बताया गया कि

चश्मदीद गवाहों का कहना है कि बहू और रत्तीराम के ताल्लुकात वाहियात हद तक खराब हो चुके हैं और दोनों बहुत ही आपत्तिजनक हालत में पकड़े गये हैं, तो बुढ़िया बजाय अपनी बेहतरी चाहने वालों का शुक्रिया अदा करने के, बहुत आगबबूला हुई। बड़ा बावेला मचाने लगी– "रामओतरवा होता तो उन लोगों की खबर लेता जो उसकी मासूम बहू पर तोहमत लगाते हैं।"

बहू निगोड़ी तो अब चुपचाप रामअवतार की याद में आँसू बहाया करती है। काम–काज भी जान तोड़ कर करती है। किसी को शिकायत नहीं होने देती। ठिठोली भी नहीं करती। लोग उसके नाहक दुश्मन हो गये हैं। बहुत समझाया मगर बुढ़िया मातम करने लगी कि सारी दुनिया उसकी जान के पीछे लग गयी है। आख़िर बुढ़िया और उसकी मासूम बहू ने लोगों का क्या बिगाड़ा है। वो तो किसी के लेने में, ना देने में, वो तो सबकी बातों को छुपाती आयी है। आज तक उसने किसी का भाण्डा फोड़ा? उसे क्या ज़रूरत जो किसी के फटे में पैर डालती फिरे। कोठियों के पिछवाड़े क्या नहीं होता। मेहतरानी से किसी का मैला नहीं छुपता। इन बूढ़े हाथों ने बड़े–बड़े लोगों के गुनाह दफन किये हैं। ये दो हाथ चाहें, तो रानियों के तख़्त उलट दें, पर नहीं उसे किसी से बैर नहीं, पर अगर उसके गले पर छुरी दबाई गयी तो शायद गलती हो जाये। वैसे वो किसी के राज अपने बूढ़े कलेजे से बाहर नहीं निकलने देगी।"

उसका ताव देखकर फौरन छुरी दबाने वालों के हाथ ढीले पड़ गये। सारी महिलाएँ उसका पक्ष लेने लगीं। बहू कुछ भी करे, उनके अपने किले तो महफूज थे तो फिर शिकायत कैसी? कुछ दिन बहू के इश्क़ का चर्चा कम हो गया। लोग कुछ भूलने से लगे, पर ताड़ने वालों ने ताड़ लिया कि कुछ दाल में काला है। बहू का भारी भरकम जिस्म भी दाल के काले को ज़्यादा दिन न छिपा सका, और लोग पूरे जोर–शोर से बुढिया को समझाने लगे। मगर इस नये मुद्दे को बुढ़िया ने बिलकुल उड़नछू कर दिया, बिलकुल ऐसे बन जाती जैसे वह एकदम ऊँचा सुनने लगी है। अब वो ज़्यादातर खाट पर लेटी

बहू और रत्तीराम पर हुक्म चलाया करती। कभी खाँसती–छींकती बाहर धूप में आ बैठती तो वो दोनों उसकी ऐसी देखरेख करते जैसे वो कोई पटरानी हो।

भली बीवियों ने उसे समझाया। रत्तीराम का मुँह काला करो और इससे पहले कि रामअवतार लौट आये, बहू का इलाज करवा डाल। वो ख़ुद इस फन में माहिर थी। दो दिन में सफाई हो सकती थी। मगर बुढ़िया को कुछ जैसे समझ ही न आया। बिलकुल इधर–उधर की शिकायतें करने लगी कि उसने घुटनों में पहले से ज़्यादा ऐंठन होती है। कोठियों में लोग बहुत ही ज़्यादा बादी चीज़ें खाने लगे हैं। किसी न किसी कोठी में दस्त लगे ही रहते हैं। उसकी टाल–मटोल पर नसीहत देनेवाले जल कर ख़ाक हो गये। माना कि उसकी बहू औरत जात है, नादान है, भोली है। बड़ी–बड़ी शरीफ जादियों से खता हो जाती है, लेकिन उनकी आला खानदान की इज्जतदार सासें यूँ कान में तेल डाल कर नहीं बैठ जातीं। न जाने ये बुढ़िया क्यों सठिया गयी थी। जिस बला को वो बड़ी आसानी से कोठी के कूड़े की तह में दफन कर सकती थी, उसे आँखें मीचे पलने दे रही थी।

रामअवतार के आने का इन्तजार था। हर वक़्त धमकियाँ तो देती रहती थी–

"आन दे राम अवतार का, कहाँगी। तोरी हड्डी पसली एक कर दे।" और अब रामअवतार लड़ाई से ज़िन्दा वापिस आ रहा था। फिज़ा ने साँस रोक ली थी। लोग एक भयंकर हँगामे के इन्तजार में थे।

लोगों को सख़्त कोफ़्त हुई जब बहू ने लौण्डा जना। बजाय उसे ज़हर देने के बुढ़िया की मारे ख़ुशी के बाँछें खिल गयीं। रामअवतार के जाने के दो साल बाद पोता होने पर वह कतई चकित न थी। घर–घर पुराने कपड़े और बधाई समेटती फिरी। उसका भला चाहने वालों ने उसे हिसाब लगाकर बहुतेरा समझाया कि ये लौण्डा रामअवतार का हो ही नहीं सकता, मगर बुढ़िया को कतई समझ न आया।

उसका कहना था असाढ़ में रामअवतार लड़ाई पर गया। बुढ़िया पीली कोठी के नये अंग्रेज़ी बनावट के सण्डास में गिर पड़ी थी। अब चैत लग रहा है, और जेठ के महीने में बुढ़िया को लू लगी थी। मगर बाल–बाल बच गयी थी। तभी से उसके घुटनों का दर्द बढ़ गया... "वैद जी पूरे हरामी हैं, दवायें खड़िया मिला कर देते हैं।" उसके बाद वो बिलकुल असल सवाल से हटकर पागलों की तरह ओल–फोल बकने लगती। किसके दिमाग में इतना बूता था कि वो बात इस काइयाँ बुढ़िया को समझाता, जिसे ना समझने का वो फ़ैसला कर चुकी थी।

लौण्डा पैदा हुआ तो उसने रामअवतार को चिट्ठी लिखवाई–

"रामअवतार को चुम्मा, प्यार के बाद मालूम हो कि यहाँ सब कुशल हैं और तुम्हारी कुशलता भगवान से नेक चाहते हैं और तुम्हारे घर में पूत पैदा हुआ है सो तुम इस खत को तार समझो और जल्दी से आ जाओ।"

लोग समझते थे कि रामअवतार ज़रूर आगबबूला होगा। मगर सबकी उम्मीदों पर ओस पड़ गयी जब रामअवतार का ख़ुशी से भरा खत आया कि वो लौण्डे के लिए मोज़े और बनियान ला रहा था। बुढ़िया पोते को घुटने पर लेटाये खाट पर बैठी राज किया करती। भला इससे ज़्यादा हसीन बुढ़ापा क्या होगा– सारी कोठियों का काम तुरत–फुरत हो रहा हो, महाजन का सूद पाबन्दी से चुक रहा हो और घुटने पर पोता सो रहा हो।

खैर लोगों ने सोचा, रामअवतार आयेगा और उसे असलियत मालूम होगी, तब देख लिया जायेगा। रामअवतार जंग जीत कर आ रहा था। आख़िर सिपाही है, क्यों न खून खौलेगा। लोगों के दिल धड़क रहे थे। मोहल्ले की फिज़ा जो बहू की बेशर्मी की वजह से सो गयी थी, दो–चार खून होने और नाकें कटने की आस में जाग उठी।

लौण्डा साल भर का होगा, जब रामअवतार लौटा। मोहल्ले में खलबली मच गयी। बावर्ची ने हाँडी में ढेर–सा पानी झोंक दिया ताकि इत्मीनान से पीटने का लुत्फ उठाये। धोबी ने कलफ का बर्तन उतार कर मुण्डेर पर रख दिया और भिश्ती ने बाल्टी कुएँ के पास पटक दी।

रामअवतार को देखते ही बुढ़िया उसकी कमर से लिपटकर चिंघाड़ने लगी, मगर दूसरे पल खीसें काढ़े वह लौण्डे को रामअवतार की गोद में देकर ऐसे हँसने लगी जैसे कभी रोई ही न हो।

रामअवतार लौण्डे को देखकर ऐसे शरमाने लगा, जैसे वही उसका बाप हो। झटपट उसने सन्दूक़ खोल कर सामान निकालना शुरू किया। लोग समझे खुखरी या चाकू निकाल रहा है, मगर जब उसने उसमें से लाल बनियान और पीले मोजे निकाले, तो सारे अमले की मर्दानगी पर चोट लगी। हत्त तेरे की, साला सिपाही बनता है, हिजड़ा जमाने भर का। और बहू सिमटी–सिमटाई जैसे नयी–नवेली दुल्हन, काँसे की थाली में पानी भरकर रामअवतार के बदबूदार फौजी बूट उतारे और चरण धो कर पिये।

लोगों ने रामअवतार को समझाया, फब्तियाँ कसीं, उसे मूरख कहा, मगर वो मूरख की तरह खीसें काढ़े हँसता रहा, जैसे उसकी समझ में नहीं आ रहा हो। रत्तीराम का गौना होने वाला था, सो वो चला गया।

रामअवतार की इस हरकत पर ताज्जुब होने से ज़्यादा लोगों को गुस्सा आया। हमारे अब्बा, जो आमतौर पर नौकरों की बातों में दिलचस्पी नहीं लिया करते थे, वो नाराज़ हो गये। अपनी सारी वकालत को दाँव पर लगा कर रामअवतार को बात मनवाने पर तुल गये।

"क्यूँ बे, तू तीन साल बाद लौटा है ना?"

"मालूम नहीं हुजूर थोड़ा कम ज़्यादा... इत्ता ही रहा होगा।"

"और तेरा लौण्डा साल भर का है।"

"इत्ता ही लगे है सरकार। पर बड़ा बदमास है सुसर।" रामअवतार शरमाये।

"अबे तू हिसाब लगा ले।"

"हिसाब...? क्या लगाऊँ सरकार।" रामअवतार ने मरगिल्ली आवाज़ में कहा।

"उल्लू के पट्ठे ये कैसे हुआ?"

"अब जे मैं का जानूँ सरकार... भगवान की देन है।"

"भगवान की देन, तेरा सिर... ये लौण्डा तेरा नहीं हो सकता।"

अब्बा ने उसे चारों ओर से घेरकर मनवाना चाहा कि लौण्डा हरामी है, तो वो कुछ मान सा गया। फिर मरी हुई आवाज़ में अहमकों की तरह बोला–

"तो अब का करूँ सरकार...

"हरामजादी को मैंने बड़ी मार दी"–फिर वो गुस्से से बिफर कर बोला।

"अबे निरा उल्लू का पट्ठा है तू... निकाल बाहर क्यों नहीं करता कम्बख़त को।"

"नहीं सरकार कहीं ऐसा हुए सके हैं..." रामअवतार घिघियाने लगा।

"क्यूँ बे?"

"हुजूर ढाई–तीन सौ फिर सगाई के लिए काँ से लाऊँगा और बिरादरी जिमाने में सौ–दो सौ अलग खरच हो जायेंगे।"

"क्यूँ बे, तुझे बिरादरी क्यों खिलानी पड़ेगी? बहू की बदमाशी का जुर्माना तुझे क्यों भुगतना पड़ेगा?"

"जे मैं ना जानूँ सरकार। हमारे में ऐसा होय है।"

"मगर लौण्डा तेरा नहीं रामअवतार... उस हरामी रत्तीराम का है।" अब्बा ने आज़िज़ आकर समझाया।

"तो का हुआ सरकार... मेरा भाई होता है रत्तीराम कोई गैर नहीं, अपना खून है।"

"निरा उल्लू का पट्ठा है।" अब्बा भन्ना उठे।

"सरकार लौण्डा बड़ा हो जावेगा, अपना काम समेटेगा," रामअवतार ने समझाया–"वो दो हाथ लगाएगा सो अपना बुढ़ापा तर जायेगा।" लज्जा से रामअवतार का सिर झुक गया।

और न जाने क्यों एकदम रामअवतार के साथ अब्बा का सिर झुक गया, जैसे उनके जेहन पर लाखों करोड़ों हाथ छा गये... ये हाथ हरामी हैं न हलाली, ये तो बस जीते–जागते हाथ हैं जो दुनिया के चेहरे की गलाजत धो रहे हैं, उसके बुढ़ापे का बोझ उठा रहे हैं। ये नन्हे–मुन्हे मिट्टी में लिथड़े हुए स्याह हाथ धरती की माँग में सिन्दूर सज़ा रहे हैं।

हिजड़ा

कमला दास

बम्बई के पास सायन–कोलीवाड़ा उपनगर के इलाक़े में एक बस्ती है, जहाँ सिर्फ़ हिजड़े रहते हैं। लहरदार टीन की छत वाली झोंपड़ियों में, जहाँ कूड़े के ढेर में सब्ज़ियों के छिलके सड़ते रहते हैं, हिजड़े और उभयलिंगी चारपाइयों पर सोते हुए या ब्रेडफ्रूट के पेड़ों के नीचे बैठे बीड़ी पीते दिख जाते हैं। वे साड़ी पहने रहते हैं, पर कइयों के चेहरों पर दाढ़ी के चिन्ह दिखते हैं।

शहर में या उसके आस–पास जब भी कोई लड़के का जन्म होता है, हिजड़े बच्चे के घर अपना पारम्परिक नृत्य कर आशीर्वाद देने पहुँच जाते हैं। इसके बदले में घर की औरतें नाचनेवालों को आटा, नारियल, चावल और गुड़ देती हैं। हिजड़ों को कन्जूसी से बहुत नफरत है। यदि कोई उन्हें गुस्सा कर दे, तो वे अपने घाघरे उठाकर अपने विकृत गुप्तांग दिखा देते हैं। देखने वालों का इससे बड़ा तिरस्कार कुछ नहीं हो सकता। हिजड़े जब भी अपनी ढोलकी बजाते और पायल झनकाते पास से गुजरते हैं, औरतें डरती हुई उन पर कुछ सिक्के फेंक देती हैं और जल्दी से दूर हट जाती हैं। उनके डर और नाक चढ़ाने को देख हिजड़े उन्हें पलट कर देखते और हँसते हैं। उनके चुटकुले हमेशा अश्लील और भद्दे होते हैं। हिजड़े प्रायः सफेद सूती साड़ी पहनते हैं, पर उभयलिंगी नाइलान की साड़ियाँ और घेरदार घाघरे पसन्द करते हैं। बम्बई में बहुत से लोग मानते हैं कि हिजड़े बच्चों को चुराकर उनके गुप्तांगों को काटकर नपुंसक बना देते हैं।

किन्तु इसका कोई चश्मदीद गवाह नहीं मिलेगा। इस ख़तरनाक प्रजाति का गुस्सा भी कौन मोल लेगा? यह तो सच है कि बच्चों का अपहरण होता है। वरना कोलीवाड़ा की हिजड़ा–बस्ती की जनसंख्या कम क्यों नहीं होती?

बस्ती की निर्विवाद नेता रामकिंकरी है। उसे सब रामभाऊ कहते हैं। वह छह फुट लम्बा और काला है। हमेशा सफेद साड़ी पहनता है। कभी मुस्कराने की कृपा करे, तो उसके पीले दाँत, जो क़ब्रों पर लगे पत्थरों जैसे दिखते हैं, तम्बाकू से रंगे मुँह से निकल आते हैं। शाम के समय रामभाऊ को अपनी प्रिय हिजड़ी मोटी–ताज़ी सकूबाई से तेल–मालिश करवाना बहुत पसन्द है। इसका लुत्फ उठाने वह अपने लम्बे–दुबले शरीर को चारपाई पर पसार देता है। सकूबाई उसकी धूप से सिकी खाल पर ब्राह्मी का तेल रगड़ती और उसके शरीर के थोड़े से माँस को ऐसे मलती है, जैसे रोटी के लिए आटा गूँथ रही हो। वह बोलती रहती है और रामभाऊ सिर्फ़ घुरघुराता रहता है। मालिश के बाद वह फीकी चाँदनी में घूमता रहता है और जो पड़ोसी उससे सलाह माँगते हैं, उनसे बात करता रहता है।

ऐसी ही एक शाम को शहर से एक बूढ़ी औरत उसके पास आयी। उसने गुजराती तरीक़े से साड़ी पहन रखी थी। उसने कोई गहना नहीं पहन रखा था। यहाँ तक कि उसके कान भी खाली थे। उसकी आँखों में चमक थी, जैसी पागलों की आँखों में होती है।

बूढ़ी औरत रामभाऊ की चारपाई के पास खड़ी होकर उसे घूरने लगी।

"यह बुढ़िया कौन है? कहाँ से आयी है?" सकूबाई ने पूछा। वह उसे देखने के लिए रुक गयी थी।

"तुम यहाँ नहीं आ सकती," रामभाऊ ने चारपाई पर लेटे–लेटे ही कहा,"इस बस्ती में मेरी आज्ञा के बिना कोई नहीं आ सकता।"

बूढ़ी औरत मुस्कुराई। वह ज़मीन पर बैठ गयी और उसने अपने पाँव सामने की तरफ फैला लिए। "मैं थक गयी हूँ," उसने कहा, "मैं सुबह ही घर से निकल गयी थी।"

"तुम्हारा घर कहाँ है" सकूबाई ने पूछा।

"मेरा घर वॉर्डन रोड पर है," बूढ़ी औरत ने कहा, "मैं साथ में पैसे लेना भूल गयी थी। इसलिए बस से नहीं आ सकी। पूरे रास्ते पैदल चलकर आयी हूँ। मैंने क़सम खाई है कि तब तक घर नहीं लौटूँगी, जब तक मैं अपनी बेटी को नहीं खोज निकालती।"

"तुम्हारी बेटी?" रामभाऊ ने पूछा, "हिजड़ों की बस्ती में तुम अपनी बेटी को क्यों खोज रही हो? यहाँ सिर्फ़ हमारे जैसे लोग रहते हैं।"

"वह भी एक हिजड़ा है," बूढ़ी औरत ने कहा, "मेरी शादी के सत्रह साल बाद वह पैदा हुई थी। मैंने बहुत जगह तीर्थयात्रा की, तब वह वह मेरे गर्भ में आयी, पर जब वह पैदा हुई थी, तो वह हिजड़ा थी। ईश्वर ने उसे वैसे ही बनाया था। किन्तु उसका चेहरा पूर्णिमा के चाँद की तरह था। मैंने उसका नाम पूनम रखा था। उसके एक गाल पर शंख की तरह का जन्म का निशान था। ज्योतिषी ने मुझे बताया कि यह निशान बहुत शुभ होता है। इससे परिवार में बहुत पैसा आयेगा, पर मेरी सास ऐसे बच्चे को पैदा करने के लिए मुझे माफ नहीं कर सकी। मेरा पति बच्चे से नफरत करता था। उसके बाद एक दिन मैं नौकरों के स्नानघर में नहा रही थी कि तुम लोगों ने उसे चुरा लिया।"

"तुम गलत कह रही हो," रामभाऊ ने कहा, "हम बच्चे नहीं चुराते। हम उन्हें अच्छा दाम देकर ख़रीदते हैं। हमारे नैतिकता के नियम बहुत कड़े हैं।" सकूबाई ने पूछा– "बच्चा कब खोया था?"

"इस दिवाली को अठारह साल हो जायेगे उसे जनमे हुए। दिवाली की पहली रात को ही उसका अपहरण हुआ था। मैं नौकरों के स्नानघर में नहा रही थी।"

"क्या तुम एक नौकरानी थी?" सकूबाई ने पूछा–"मैंने सोचा कि तुम एक अमीर गुजराती परिवार की हो।"

"सो तो मैं हूँ," बूढ़ी औरत ने कहा, "लेकिन पूनम के जन्म के बाद उन लोगों ने मुझ पर बहुत अत्याचार किये। उन्होंने मुझे और मेरे बच्चे को नौकरों की कोठरी में छुपाकर रखा।

मुझे डर लगता था कि वे मेरी बच्ची का गला घोंट देंगे। मैं रात भर जागकर उसकी रखवाली करती थी।"

रामभाऊ चारपाई से एक राजा की तरह उठा। उसने बूढ़ी औरत के चेहरे में झाँका और भुनभुनाया—"तुम्हारी बच्ची मर गयी होगी। वह इस बस्ती में तो बिलकुल भी नहीं है।"

"मैं तब तक घर नहीं लौटूँगी जब तक मुझे मेरी बेटी नहीं मिल जाती,"बूढ़ी औरत ने कहा।

"तुम्हें यहाँ रहने का कोई अधिकार नहीं है। ये हिजड़ों की बस्ती है," सकूबाई ने कहा।

उसी समय पायलों की आवाज़, ढोल की थाप और घाघरों के सरसराने के साथ हिजड़ों का एक गुट वहाँ आया। उन लोगों ने कपड़ों के बड़े–बड़े गट्ठर उठा रखे थे, जिनको उन्होंने रामभाऊ के सामने रख दिया। उसने गठरियों को खोला और सारी चीज़ों का मुआयना किया। फिर उसने कहा—"यह बूढ़ी औरत अपनी बेटी को खोजने आयी है, जो इसके घर से अठारह साल पहले चोरी हो गयी थी।"

पूरा गुट चुपचाप उसकी बात सुनता रहा। "यह कहती है कि इसकी लड़की चाँद की तरह चमकती थी और उसके एक गाल पर शंख जैसा जन्म का निशान था।"

"वह पक्का हमारी रुकमा होगी। रुकमा गोरी है और उसके बाँये गाल पर जन्म का निशान है," एक हिजड़े ने कहा।

"बेवकूफ औरत की तरह बात करना बन्द करो"—रामभाऊ चिल्लाया।

"ऐसा यहाँ कोई नहीं रहता"—दूसरे हिजड़े ने कहा।

"तुम वापस चली जाओ। अँधेरा हो गया है," रामभाऊ ने कहा।

बूढ़ी औरत ने सिर्फ़ सिर हिलाया।

"देखो बुढ़िया, हम नहीं चाहते कि पुलिस तुम्हें खोजती हुई यहाँ पर आये। वार्डन रोड के अपने घर चली जाओ,"—सकूबाई ने कहा।

"हाँ, हम यहाँ पर पुलिस का आना नहीं चाहते"—हिजड़ों ने कहा।

"मैं अपनी लड़की के बिना घर नहीं लौटूँगी"—बूढ़ी औरत ने कहा और वह ज़मीन पर पसर गयी।

"ज़मीन पर मत लेटो। अभी कुछ देर में बारिश होने वाली है," रामभाऊ ने कहा।

"तुम यहाँ नहीं रह सकती"–सकूबाई बोली।

"अगर मेरी लड़की यहाँ रह सकती है तो मैं भी रह सकती हूँ। मैं बहुत अच्छा खाना बनाती हूँ। मैं तुम लोगों के लिए पातरा, ढोकला, खाण्डवी बना दूँगी। अगर तुम्हारे पास घी होगा, तो प्याज भूनकर तुम्हारे लिए खिचड़ी भी बना दूँगी।"

"तुम एक अमीर औरत हो। तुम हमारे लिए खिचड़ी कैसे बनाओगी?"–सकूबाई ने कहा।

"मेरे घर में मुझे कोई प्रेम नहीं करता। मेरी सास मुझे पागल कहती है। जब भी मुझे देखती है, थूकती है और दुबारा नहाने चली जाती है"–बूढ़ी औरत ने कहा।

"तुम्हारी सास तो बहुत बूढ़ी होगी। वह जल्द ही मर जायेगी। उसके मरने के बाद तुम ख़ुश रहोगी। तब तुम्हें कोई पागल नहीं बुलाएगा"–सकूबाई ने कहा।

रामभाऊ कुएँ की तरफ चला गया। पानी निकालते हुए वह अपने सीने को धोने लग गया। पानी निकालने की आवाज़ ने बुढ़िया को जैसे शान्ति दी। उसने अपनी आँखें बन्द कर लीं।

"क्या तुम भूखी हो?"–सकूबाई ने पूछा। बुढ़िया ने कोई जवाब नहीं दिया।

"अगर मैं तुम्हें दो रोटी और कुछ सब्ज़ियाँ ला दूँ, तुम खाओगी?"–सकूबाई ने पूछा। "इसे पूछने से क्या फ़ायदा?"–रामभाऊ ने कहा। उसकी आवाज़ पानी गिरने की आवाज़ के ऊपर से आ रही थी।

"उसे दे दो। उसे ज़रूर भूख लगी होगी।"

"रुकमा, इस बूढ़ी औरत के लिए कुछ रोटियाँ लाओ," सकूबाई ने कहा।

एक सुन्दर जवान लड़की ने खिड़की खोली और बाहर देखकर कहा–"बूढ़ी औरत? वह यहाँ क्यों आयी है?"

"वार्डन रोड से एक गुजराती औरत है। अपनी खोई हुई लड़की को देखने आयी है।"

रुकमा अपनी खोली से बाहर आ गयी और उसने बूढ़ी औरत को ज़मीन पर लेटे देखा। चाँद की रोशनी उस सुन्दर जवान लड़की के चेहरे पर पड़ रही थी और वह अतीव सुन्दरी लग रही थी। उसके कान में पहने हुए टॉप्स जगमगा रहे थे।

रामभाऊ चिल्लाकर बोला–"रुकमा, जाकर खाना बनाओ।"

"रामभाऊ, मुझे यहाँ कुछ देर चाँदनी में रहने दीजिए। मैं बहुत थक गयी हूँ। मैं घाटकोपर के घरों के सामने कंकरीट के जलते हुए फर्श पर घण्टों नाची हूँ,"–जवान लड़की ने प्रार्थना की–"अगर आप मुझे आराम किये बिना नाचते रहने कहेंगे, मैं दिवाली के पहले ही मर जाऊँगी।" उसने लाल घाघरा पहन रखा था। इस घाघरे की रुपहली किनारी अरब सागर में उठने वाली चाँदनी में चमकती लहरों की तरह लग रही थी। बूढ़ी औरत उसकी रुपहली किनारी की तरफ ऐसे देखती रही जैसे किसी सम्मोहन में हो। रुकमा के गाल का जन्म का निशान चाँद की रोशनी में जैसे ज़िन्दा हो गया था।

बूढ़ी औरत उठी और रुकमा की तरफ गिरती–पड़ती चली। "तुम कितने साल की हो?"–उसने पूछा।

"वह छब्बीस साल की है,"– रामभाऊ चिल्लाया, "इसके अलावा वह मैसूर की है। वह यहाँ सिर्फ़ चार साल पहले आयी है। वह तुम्हारी बेटी नहीं हो सकती।"

"तुम्हारी माँ कौन है?"– बूढ़ी औरत ने रुकमा के चेहरे में झाँकते हुए पूछा।

"धरती मेरी माँ है– भूमि देवी। हाँ, धरती ही मेरी माँ है"–रुकमा बोली।

वह गोल–गोल घूम कर नाचने लगी। उसके सफेद हाथ हवा में हिल रहे थे।

"ये सफेद कबूतरों की तरह हैं"–बूढ़ी औरत ने कहा। हाँ, यह लड़की सचमुच पूनम के जैसी थी।

रामभाऊ ने अपने को रगड़–रगड़ कर साफ कर लिया था और उसमें से लाइफबॉय साबुन की गन्ध आ रही थी। वह रुकमा के नाच पर अब ढोलकी बजाने लगा। ढोलकी की आवाज़ सुनकर बूढ़ी औरत को ऐसा लगा जैसे उसके माइग्रेन का दर्द उठने वाला हो।

चाँद की रोशनी तेज़ हो गयी थी। झोंपड़ियों और धूल में भरे ब्रेडफ्रूट के पेड़ों के ऊपर चाँद का पीलापन अचानक सुनहरा हो गया। ऐसे लगा कि पेड़ों की शाखाओं से पन्ने झूल रहे हों।

"ओ येल्लामा, मुझे मेरे दुःखों से बचा लो..."–रुकमा गा रही थी। उसके कूल्हे हिल रहे थे और उसका चेहरा चाँद की रोशनी की तरफ उठा हुआ था।

"ओ येल्लामा, मेरा बदन जलता है
किसने मेरी जाँघों के बीच यह चूल्हा लगा दिया
किसने मेरे खून की नदी के आर–पार यह बाँध बना दिया
ओ येल्लामा, मुझे इस दुख से बचा लो।"

टीन की छतों की झोंपड़ियों से छायायें निकलकर रुकमा के चारों तरफ खड़ी हो गयीं। रुकमा अपनी आँखें बन्द किये नाच रही थी। उसके ऊपर के होंठ पर पसीने की बूँदें झिलमिला रहीं थीं। उसके घूम–घूमकर नाचने से उसके नंगे टखनों पर पड़ी हुई लाल धूल का रंग खाक जैसा लगने लगा था।

अचानक बिजली गरजने की आवाज़ आयी और उसके बाद थोड़ी सी बारिश आयी जिसमें चूहों के पेशाब की गन्ध थी। बूढ़ी औरत के नथुने फड़कने लगे।

"तुम मेरी बेटी नहीं हो," वह बुदबुदाई, "मेरी बेटी गोरी थी। तुम तो लाल हो। भूमि की तरह लाल। तुम तो भूमि देवी की लड़की हो। मैंने तुम्हें अपनी बेटी समझने की गलती कैसे कर ली?"

ढोलकी फिर से बजने लगी। बूढ़ी औरत को लगा कि बादल गरज रहे हैं। वह तेज–तेज चलती हुई उधर चली गयी जिधर रेलवे स्टेशन की नीली बत्तियाँ जल रही थीं। दूर पर रुकमा के पायलों की झंकार कम होते–होते सन्नाटे में बदल गयी थी।

ख़ाली सन्दूक

मामोनी रायसम गोस्वामी

इतनी रात कोई नहीं उठता था। वे लोग भी नहीं, जो श्मशान के किनारे पर रहने लगे थे। तरादोई की झोंपड़ी के सामने वाले हिजल के पेड़ पर कुछ बुलबुलें बोल रहीं थीं। पीली चोंचवाली गारुबोक का एक झुण्ड अभी–अभी ब्रह्मपुत्र के पूरब में क्षितिज की तरफ उड़ गया था। आदमी के जलते माँस की दुर्गन्ध श्मशान से उठकर दूर नींबू के फूलों की मीठी सुगन्ध से जा मिली थी।

तरादोई ने झोंपड़ी से बाहर आकर हयबर को हिजल के पेड़ के नीचे खड़ा देखा। वह शवदाह–गृह में जलाने की लकड़ी बेचता था। यह फिर आ गया! उसके पतले लम्बे पाँव उसके काले कच्छे से निकल ज़मीन में गड़े थे। उसके सफेद दाँत चूसे हुए गन्ने की तरह चमक रहे थे।

तरादोई वापस मुड़कर झोंपड़ी में भाग गयी।

"क्या बचा है इस शरीर में, जिसके लिए तुम यहाँ आते हो?"–वह बुदबुदाई–"क्यों मुझे शान्ति से नहीं जीने देते?"

उसके शब्द उसे अच्छी तरह याद थे। उसके कानों में वे फिर हथौड़ी की चोट की तरह बज उठे–"तुम्हारा वह शराबी पति जेल से जल्दी नहीं छूटनेवाला है। मतलब अगर वह कभी छूटा तो! उसने एक नहीं, दो–दो लोगों को कुचलकर मार डाला है। यह तो साबित हो चुका है कि वह शराब पीकर गाडी चला रहा था। किन्तु चिन्ता मत करो। मैं हूँ तो। मैं मदद करूँगा, बस तुम रात को दरवाज़ा खुला रखना। कम–से–कम तुम्हारे बच्चों को भूख से मरना नहीं पड़ेगा।"

तबसे हयबर इस आशा में कि उसने दरवाज़ा खुला रखा होगा, वहाँ आधी रात के बाद सुबह होने के पहले आकर हिजल के पेड़ के नीचे खड़ा हो जाता। चिड़ियाँ चहचहाना शुरू करतीं और उसके सिर के ऊपर फूलों से रस पीने लगतीं।

अन्त में जब तरादोई बाहर निकली, तो देखा हिजल के पेड़ के नीचे हयबर नहीं था। नहीं, जलाने की लकड़ी का व्यापारी दूसरे लोगों की तरह उस लकड़ी के सन्दूक को छिपकर देखने नहीं आया था, जो वह श्मशान से उठा लायी थी। उसने चारों तरफ देखा कि कोई छिपा हुआ देख तो नहीं रहा है।

ये कैसे लोग थे जो भूखे कुत्तों की तरह दूसरों को सूँघते थे? बेशर्म हरामी! जैसे कि वे तुम्हें नंगा कर देंगे, अगर उनकी मर्जी चले। चकरोड का जमींदार कल ही मरा था। चौकीदार हलधर की अधेड़ बीवी क्या जमींदार के उरिम की लकड़ी के पलंग पर उसके साथ नहीं सोती थी? क्या लकड़हारे सुकुरा की बीवी श्मशान के जले कोयलों से हुक्का नहीं पीती थी? कई लोगों ने अधजले शवों से सोने की अँगूठियाँ निकाली थीं, पर लोग उन चीज़ों की बातें कभी नहीं करते थे। किसी को मतलब नहीं था कि हलधर की भूतनी सी बीवी जमींदार के साथ कैसे सोती है। श्मशान के पास फैली झुग्गियों और झोपड़ियों में मरे हुए लोगों के सामान भरे पड़े थे। जाने कितनी बढ़िया चीज़ें ऐसी घटिया जगह से उठाई गयी थीं। पर लोगों की आँखें बस उसी के काले सन्दूक पर लगी थीं।

तरादोई अपनी झोपड़ी में लौट आयी। उसने अपने सोते हुए बच्चों को देखा। उनकी पसलियाँ गिनी जा सकती थीं। उनके पतलून ढीले होकर ऐसे लटके हुए थे जैसे कसाई की दुकान पर बकरों की खालें लटकी रहती हैं। पर उनके पास वह लकड़ी का सन्दूक तो था। उसके वहाँ होने भर से तरादोई को ताकत मिल रही थी। उसने सन्दूक पर हाथ फेरा, जैसे उसे सहला रही हो। उसके दोनों तरफ खुदे बकुल के फूल एकदम असली लग रहे थे। उसने अपने गाल फूलों पर लगा दिये। फिर और दिनों की तरह वह उस बड़े सन्दूक में घुसकर लेट गयी। सन्दूक का विराट मुँह खुला रहा।

कितना अजीब है। सचमुच अजीब। असीम आनन्द का अनुभव करते हुए तरादोई बिना हिले-डुले बहुत देर तक सन्दूक में पड़ी रही, जिसमें यात्रा करते शव को निकाल लेने के बाद उसे फेंक दिया गया था। जब उसने इसे श्मशान से उठाया था, उसमें से ख़ून से सने कुछ बर्फ के टुकड़े उसे निकालने पड़े थे। यह बात वह भूल ही गयी थी। तरादोई रोने लगी।

कुछ देर बाद वहाँ से एक पुलिस की जीप चिंघाड़ती हुई गुजरी। आमतौर पर सिर्फ़ पुलिस की गाड़ियाँ ही यहाँ से गुजरती थीं। क्या गोली चलने से मारे गये लोगों के शवों को जलाने के सर्टिफिकेट ठीक से दिये गये थे? क्या चौकीदार की रपट सही थी कि एक अवैध बच्चे का शव बिना सर्टिफिकेट के जला दिया गया था? लावारिस लाशों का क्या हुआ? पुलिस इन्हीं मामलों की तफतीश के लिए इधर आती थी। यहाँ क्या तो यह लाशों का कारोबार था या सातगाँव की वेश्याओं का। ऐसे लगता था कि चिता की लपटें जितनी ऊँची उठतीं, वेश्याओं के शरीर की गरमी उतनी ही बढ़ जाती। पुलिस के लिए यहाँ बहुत से मामले रहते, जिससे उनकी गाड़ियों की आवाज़ाही लगी रहती। इससे पुलिस और शवदाह-समिति के सदस्यों में झगड़े भी लगे रहते।

तरादोई पुलिस की जीप की आवाज़ से चौंककर उठी। सिन्दूर और फूल, जिनसे माथे का सिंगार किया जाता है, सन्दूक में बिखरे पड़े थे। कितनी अजीब बात थी कि उसका अस्तित्व इस बेजान सन्दूक से बिलकुल एकाकार हो गया था। उसे लगा जैसे उसने अपने प्रेमी के साथ उसी के पलंग पर रात बितायी हो। इस लकड़ी के सन्दूक पर उसके व्यक्तित्व की छाप थी-उसके बाल, तेल और सिन्दूर। कल रात उसने अपनी शादी का ब्लाउज अपने चिथड़ों के ढेर से निकालकर पहना था। उसके कपड़ों में बस यही एक बचा था, जो फटा हुआ नहीं था। किरासन तेल की झपकती बत्ती में उसने शीशे में अपने को देखकर वैसे ही उत्तेजित मन से अपने बाल काढ़े थे, जैसे दस साल पहले बनाये थे। कँघे की अपने कन्धों और गले

की हड्डियों से रगड़ को भी उसने महसूस तक नहीं किया था। उन दिनों उसे अपनी हड्डियों के होने का आभास तक नहीं था क्योंकि वे नरम–नरम माँस की परत में दबी हुई थीं। अब तो लोग उसे श्मशान के आस–पास रहनेवाले बहुत से कंकालों में से एक की तरह ही गिनते थे।

क्या कोई देख रहा था?

इन दिनों लोग दरवाज़ों, खिड़कियों और दीवालों की दरारों और छेदों से झाँकते हैं। उसके बच्चे सो रहे थे। वे अक्सर शिकायत करते कि लोग उन पर बराबर जासूसी करते हैं। "डूब मरने की बात है। शर्म करो। लाश के बक्से में कोई सोता है? फेंको इसे!"–वे आवाज़ें कहना चाहती थीं।

तरादोई सन्दूक में आराम से लेट गयी। अद्भुत अनुभव था।

अचानक दरवाज़े पर किसी ने जोरदार लात मारी। तरादोई चौंकी और घबराकर उठ बैठी। कानों पर जोर देते हुए उसे अपने भाई सोमेश्वर की दहलाती हुई आवाज़ सुनाई दी–"तरादोई, तरादोई!"

सोमेश्वर पुलिस में काम करता था।

तरादोई ने जैसे ही दरवाज़ा खोला, पुलिस की वर्दी में एक आदमी घुस आया। उसका गठा हुआ शरीर था और बड़ी–बड़ी मूँछें थीं। उसने भद्दे जूते पहन रखे थे और उसके हाथ में बड़ी–सी लाठी थी।

"मुझे समय ही नहीं मिला कि तुम्हारी खोजख़बर लेता। आज मेरी ड्यूटी इधर की तरफ लगी है। सातगाँव की उस औरत ने तो यहीं दुकान लगा ली है। ऐसे लगता है इस संसार से सदाचार पूरी तरह ख़त्म हो गया है। उस दिन वह बरुआ मरा और उसके दो बेटे उसकी लाश को जलाने के लिए लाये। एक बेटा अन्तिम संस्कार कर रहा था, दूसरा जाकर वेश्या के कमरे में घुस गया। सचमुच बहुत बुरे दिन आ गये हैं !"

अचानक सोमेश्वर ने मुँह से एक लम्बी साँस खींची और कुछ क़दम पीछे हट गया, जैसे उसने वहाँ कोई साँप देख लिया हो।

वह उस विशाल, फूल–पत्तियों की कारीगरी से सजे लकड़ी के सन्दूक को देखता रहा। फिर पास जाकर उसने अपनी छड़ी से उसे ठकठकाया और उसके चारों तरफ घूम आया। अन्त में वह घुटनों के बल उसके एक तरफ बैठ गया और अपना रूमाल निकालकर उसने अपनी आँखें रगड़ीं। वह आदमी जो कुछ मिनट पहले एक आँधी की तरह अन्दर घुसा था, अब एक हारे हुए निराश सिपाही जैसा लग रहा था।

उसने तरादोई की तरफ देखा और टूटे स्वर में बोला–"घर में पानी है? मुझे एक गिलास पानी देना।"

पानी गिटककर अपना सिर नीचे किये हुए वह बोला–"तो मैंने जो सुना था, वह सच था। सारू बोपा की लाश इस सन्दूक में यहाँ आयी थी। मैं हवाई–अड्डे से उसके परिवार के साथ कुछ दूर तक गया था। हाँ, यह ठीक वही सन्दूक है।"

तरादोई को सीधे आँखों में देखते हुए वह बोला–"मैं भूला नहीं हूँ कि तुम उनके लिए काम करती थी। सबको पता है कि सारू बोपा के पिता, ठाकुर साहब की तुमने कितनी सेवा की थी। उनके खून और मवाद से भरे सारे कपड़ों को तुम साफ करती थी। और सारू बोपा?"– सोमेश्वर की आवाज़ भावनाओं में डूबी थी–"वह तुम्हें कितना पसन्द करता था। उस समय वह तुमसे शादी करने पर उतारू था। ठाकुर परिवार में इसे लेकर कितना झमेला उठा था। उसके बाद उसका ऊपरी असम में तबादला हो गया...और फिर यह दुर्घटना।

तरादोई ने अचानक पूछा–"उसकी मृत्यु कैसे हुई?"

"एक जीप से। कितना सुगठित आदमी था। खून से सने बर्फ के टुकड़ों को हटाने के बाद मैंने उसके शरीर को चिता पर लेटाने में मदद की। मेरे इन दोनों हाथों से। उसका ताजा जवान ख़ून मेरे हाथों..." तरादोई को एक मूर्ति की तरह खड़े देख वह अपनी बात पूरी नहीं कर पाया। वह बड़ा काला सन्दूक अपने खुले मुँह के साथ एक रहस्यमय गुफा जैसा था जो उन दोनों को एक दूसरे से अलग कर

रहा था और आपस में अजनबी बना रहा था। अचानक सोमेश्वर उठ खड़ा हुआ और चिल्ला उठा। उसके हाव–भाव नाटकीय थे–"तरादोई, वह जमाना गया जब साहेब लोग मजदूरों की बेटियों से शादी करते थे। जेंकिंस साहेब की कब्र की घास बहुत ऊँची हो गयी है जिन्होंने एक मजदूर की बेटी से शादी की। बड़े साहब के बेटे, सारू बोपा ने क़सम खाई थी कि वह तुमसे शादी करेगा। पर वह कर पाया? क्या वह तुम्हें इस नरक से निकालकर टीन की छत वाले घर में जगह दे पाया?"

तरादोई से उसके पूरे शरीर को कँपाती एक साँस निकली। "उसने कभी शादी नहीं की सिर्फ़ इसलिए कि वह मुझसे शादी नहीं कर पाया। पूरे बारह साल बीत गये। शायद वह कभी शादी नहीं करता।"

वह भीमकाय हवलदार तरादोई को गुस्से से घूरता रहा। अपनी मोटी लाठी से फर्श पर तीखी ठकठक करते हुए वह खड़ा हो गया और तरादोई को गरजते हुए गाली बकने लगा, "तुम अभी भी वैसी ही बेवकूफ हो, जैसी तुम तब थी, जब तुमने ठाकुर के बेटे को अपने को पूरी तरह दे दिया। मैं पुलिस में काम करता हूँ। इसलिए मुझे सब पता है और मैं पूरी तैयारी के साथ आया हूँ।"

तरादोई अपने भाई को निरीह सी खड़ी देखती रही। उसने खण्डहर से कुछ क़ीमती सामान बचाकर निकाल लिया था। क्या उसका भाई उसे उससे भी वंचित करना चाहता था?

अब तक सोये हुए बच्चे जाग गये थे। वे तीनों–तरादोई और उसके दोनों लड़के–एक कोने में साथ चिपके खड़े थे, जैसे श्मशान के भूत हों। सोमेश्वर ने अपनी जेब को टटोलना शुरू किया। लड़कों ने सोचा कि वह उनके लिए कुछ लाया होगा, उस आदमी की तरह जो उनकी माँ के लिए बाहर इन्तजार करता रहता था। आखिर वह उनका मामा था, हालाँकि उनके पिता के जेल जाने के बाद वह एक बार भी उनकी खोजख़बर लेने नहीं आया था। वे तीनों सोमेश्वर को घूरते रहे। तरादोई अपने दिल की धड़कनों को सुन पा रही थी।

सोमेश्वर ने अपनी जेब से चिट्ठियों का एक बण्डल निकाला और उसके चेहरे पर फेंक दिया–"ये लो! उसकी शादी के कार्ड", उसने कहा, "यह जानते हुए कि क्या चल रहा है, मैं तैयारी करके आया था। सारू बोपा तुम्हारे लिए हमेशा के लिए अविवाहित नहीं रहने वाला था। उसकी शादी तय हो चुकी थी। कार्ड छप चुके थे। पढ़ो इन्हें! पढ़ो! जब दुर्घटना घटी तब वह शादी के लिए अपने घर जाने के रास्ते पर था। पढ़ो इन्हें और उसकी आत्मा की शान्ति के लिए प्रार्थना करो।"

वह कमरे के बाहर निकलने को था, तभी उसने बच्चों को अपनी माँ से चिपके हुए देखा। उसने कुछ सिक्कों के लिए जेब टटोली, पर उसका दिमाग दूसरी बातों पर था। तरादोई ने उसे बड़बड़ाते हुए सुना–"अगर मुझे शोक मनानेवालों को अपना शरीर बेचनेवाली वह औरत मिल जाये या हयबर को मैंने रंगे हाथों पकड़ लिया, तो यहाँ आना सफल हो जायेगा। वह हरामी हयबर दीमक खाई लकड़ी को साल की लकड़ी बताकर बेचता है।"

जेब से मुट्ठी भर सिक्कों को निकालकर सोमेश्वर ने उन्हें बच्चों के बढ़े हुए हाथों में ठूँस दिया और जैसे आया था वैसे ही चला गया। जैसे ही बच्चों की अँगुलियाँ सिक्कों पर कसीं, वे भूखे बच्चे नजदीक की दुकान पर भाग लिए। तरादोई शादी के कार्ड के ढेर के पास ही जमी खड़ी थी। उसने उनकी तरफ ऐसे हाथ बढ़ाया जैसे कोई चिता की राख से मरे हुए की हड्डियों को उठाने के लिए हाथ बढ़ाता है। हाँ, सचमुच ये किसी की शादी के आमन्त्रण पत्र थे।

तरादोई कई दिन तक बाहर नहीं निकली। उसके बेटे असहनीय भूख से तड़पते उन लोगों से भीख माँगते रहे, जो वहाँ लाशें जलाने आते थे। किसी ने अन्तिम संस्कार के लिए सिर पर बाँधा गमछा छोटे लड़के के सिर पर बाँध दिया। लड़कों ने श्मशान से दो खाली शराब की बोतलें खोज निकाली थीं। उन्हें धोकर उन्होंने उस कुएँ के पानी से भर लिया, जिसके पास बैल पर चढ़े हुए यम की मूर्ति थी। अपनी भूख मिटाने के लिए वे पानी पीते रहे।

पड़ोसियों को पता था कि तरादोई के घर चूल्हा नहीं जल रहा है। काला बड़ा सन्दूक खुले मुँह वैसे ही पड़ा था, जैसे नरक की गुफा का द्वार हो। हिजल के पेड़ के नीचे खड़ा आदमी लगातार पहरा देता रहा।

एक सुबह, जब आकाश में रात का अन्धकार अभी भी चिपका हुआ था, तरादोई और उसके दोनों बेटे लकड़ी के सन्दूक को श्मशान में खींचकर लाते हुए दिखायी दिये। तरादोई ने सन्दूक को उस जगह पर रखा, जहाँ वह अवैध बच्चा गैरक़ानूनी तरीक़े से जलाया गया था। उसके बाद उसने सन्दूक में आग लगा दी।

हिजल के पेड़ पर बुलबुलें शोर मचा रही थीं। ब्रह्मपुत्र के ऊपर सूरज निकल रहा था। बैंगनी और भूरे बादलों के घेरे उससे चिपके ऐसे लग रहे थे, जैसे किसी बदकिस्मत वेश्या का फीका, उतरा हुआ चेहरा हो, जो किसी अनचाहे अजनबी के साथ समय बिताने की बात पर लाल हो रही हो। बादल असहायता और अदमनीय ताक़त के विचित्र योग को उस चेहरे पर दिखा रहे थे।

सन्दूक के जलते हुए टुकड़े चारों तरफ फैले थे। सुबह की रोशनी में वह एक ताजे काटे हुए बकरे की खाल जैसा लग रहा था जिसे धरती पर सुखाने के लिए फैला दिया गया हो।

तरादोई अपनी झोंपड़ी से बाहर आयी।

उसने कोई चादर नहीं पहन रखी थी।

वह आदमी जो हिजल के पेड़ के नीचे हमेशा खड़ा रहता था, वहाँ नहीं था।

आवारागर्द

क़ुर्रतुलऐन हैदर

पिछले साल, एक रोज शाम के वक़्त दरवाज़े की घण्टी बजी। मैं बाहर गयी। एक लम्बा–तड़गा यूरोपीयन लड़का कैनवस का थैला कन्धे पर उठाये सामने खड़ा था। दूसरा बण्डल उसने हाथ में सम्भाल रखा था और पैरों में धूल से भरी पेशावरी चप्पलें थीं। मुझे देखकर उसने अपनी दोनों एड़ियाँ जरा–सी जोड़कर सिर टेढ़ा किया। मेरा नाम पूछा और एक लिफ़ाफ़ा थमा दिया।

"आपके मामू ने ये ख़त दिया है"–उसने कहा।

"अन्दर आ जाओ"–मैंने उससे कहा और जरा अचम्भे से ख़त पर नज़र डाली। ये अल्लन मामूं का ख़त था और उन्होंने लिखा था "हम लोग कराची से सिंध वापस जा रहे थे। माकली हिल पर कब्रों के दरमियान इस लड़के को बैठा देखा। इसने अँगूठा उठाकर लिफ्ट की फर्माइश की और हम इसे घर ले आये। ये दुनिया के सफर पर निकला है और अब हिन्दोस्तान जा रहा है। ओटो बहुत प्यारा लड़का है। मैंने इसे हिन्दोस्तान में अजीजों के नाम ख़त दे दिये हैं। यह उनके पास ठहरेगा। तुम भी इसकी मेजबानी करो।

नोटः इसके पास पैसे तक़रीबन बिल्कुल नहीं हैं।"

लड़के ने कमरे में आकर थैले फ़र्श पर रख दिये और आँखें चुंधियाकर दीवारों पर लगी हुई तस्वीरें देखने लगा। इतने ऊँचे कद के बावजूद उसका बच्चों का सा चेहरा था, जिस पर हल्की हल्की सुनहरी दाढ़ी–मूँछ बहुत अजीब सी लग रही थी।

एक और हिच–हाईकर (Hitch Hiker), मैंने जरा कोफ़्त से सोचा। अल्लन मामूं, बेचारे फरिश्ता जैसे आदमी, इसकी चिकनी–चुपड़ी बातों में आ गये होंगे। ये दुनिया देखे हुए आवारागर्द अपने मतलब से रास्ते चलनेवाले हर किसी से दोस्ती कर लेने का फ़न खूब जानते हैं।

"शाहिदा ने भी आपको सलाम कहा है।" उसने मेरी तरफ मुड़कर बड़े अपनेपन से कहा।

"शाहिदा?"

"आपकी कज़िन शाहिदा। मैं बनारस में उनके यहाँ ठहरा था और लखनऊ में आपकी फूफी के यहाँ। और चटगाँव में अँकल अनवर के यहाँ रहूँगा और अगर दार्जिलिंग जा सका तो कज़िन मुतहरा के घर पर ठहरूँगा"–उसने जेब में से बहुत से लिफाफे निकाले।

"बैठो ओटो, चाय पियो"–मैंने एक लम्बी साँस लेकर कहा। मुझे वो दो डच हिच–हाईकर याद आये, जिन्होंने कराची में लड्डन मामूं के घर पर डेरा डाल दिया था, क्योंकि उनके पास पैसे ख़त्म हो गये थे।

"मैं तुर्की और ईरान होता हुआ आया हूँ और जर्मनी से यहाँ तक मैंने मोटरों और लॉरियों में लिफ़्ट लिए हैं। अब लंका जाऊँगा। फिर थाईलैंड वगैरह। वहाँ से कारगो–बोट के जरिये जापान, अमरीका और इसके बाद घर वापस। इस वक्त तो मैं औरंगाबाद से एक ट्रक पर आ रहा हूँ।"

"बेहद ऐडवेंचर रहे होंगे तुम्हारे सफर में।"

"हाँ, इस्तांबुल में मैं तीन रातें गलता के पुल के नीचे सोया और ईरान में.." फिर उसने कई छोटे–छोटे ऐडवेंचर सुनाये।

"मैं कोलोन यूनीवर्सिटी में पढ़ता हूँ।" उसने आगे बताया।

"पाकिस्तान और हिन्दोस्तान में तुमने क्या फ़र्क़ पाया?"–खाने की मेज पर मैंने उससे पूछा।

"वहाँ सब लोग मुझसे कश्मीर के मसले पर बड़े जोशख़रोश से बातें करते थे। यहाँ कश्मीर और पाकिस्तान का ज़िक्र बहुत कम किया जाता है। यहाँ के मसले..."फिर उसने हिन्दोस्तान के मसलों पर एक अच्छी–ख़ासी बातचीत की। कुछ देर बाद उसने कहा,

"मैं दौलतमन्द पर्यटकों और आम यूरोपियनों और अमेरिकनों की तरह महज ताजमहल देखने नहीं आया हूँ। मैं रात–भर दुकानों के बरामदों में सोता हूँ। किसानों की झोंपड़ियों में रहता हूँ। मजदूरों से दोस्ती करता हूँ। हालाँकि उनकी जबान नहीं समझ सकता।"

खाने के बाद उसने बम्बई का नक़्शा निकालकर फ़र्श पर फैलाया। अंग्रेज़ लोग बम्बई के वास्तुशिल्प को विक्टोरियन गोथिक कहते थे।

"यहाँ क्या–क्या चीज़ें देखने लायक़ हैं?

"एलीफैंटा और अपोलो बन्दर और.."

"ये सब गाईड बुक में भी मौजूद हैं"–उसने जरा बेसब्री से मेरी बात काटी और हिन्दोस्तान के आर्थिक और सामाजिक मुद्दों पर निहायत ज्ञानपूर्ण और समझदार बातचीत से मुझे चकित किया।

"ओटो, तुम्हारी उम्र कितनी है?"–मैंने मुस्कुरा कर पूछा।

"मैं इक्कीस साल का हूँ"–उसने बड़ी गम्भीरता से जवाब दिया–"और जब जर्मनी वापस पहुँचूँगा, तो बाईस साल का हो जाऊँगा। उसके अगले साल मुझे डॉक्टरेट मिल जायेगा। मैं यूनिवर्सिटी में जर्मन रोमांटिक कविता का अध्ययन कर रहा हूँ। जर्मनी में सिर्फ़ डॉक्टरेट मिलता है, आपके बी.ए., एम.ए. की तरह।"

बाद में वो देर तक जर्मन रोमांटिक कविता, अन्तरराष्ट्रीय राजनीति और हिन्दुस्तानी आर्ट पर रोशनी डालता रहा। वो तस्वीरें भी बनाता था। किस कदर जहीन लड़का है, मैंने दिल में सोचा।

ज़्यादातर जर्मनों की तरह बेहद संजीदा, धुन का पक्का और मजाक करने की आदत से तक़रीबन खाली।

"मैं रात को सोने से पहले आपकी किताबें देख सकता हूँ?"

"यक़ीनन।"

रात गये तक हॉल के कमरे में रोशनी जलती रही। सुबह तीन बजे गुसलख़ाने में पानी गिरने की आवाज़ आयी, तो मेरी आँख खुल गयी। वो रातोंरात नहा–धोकर तैयार हो चुका था ताकि सुबह को उसकी वजह से घरवालों को परेशानी न हो। नाश्ते के वक़्त उसने

हिन्दोस्तान के बारे में उस किताब पर विचार–विमर्श किया जो उसने रात–भर में पढ़ कर ख़त्म कर डाली थी। फिर उसने बम्बई का नक्शा उठाया और सैर के लिए निकल गया। उसके थैले में पाँच किताबें थीं, जिन पर कमरा ठीक करते वक़्त मेरी नज़र पड़ी। गेटे की फाउस्ट, हाईने की नज़्में, रिल्के, ब्रेख्त और पवित्र बाइबल।

शाम को जब वो थका–हारा, मगर बेहद ख़ुश वापस आया, तो मैंने उससे कहा, "ओटो! कल रात तुम ख़ुदा से इन्कार करते थे, मगर बाइबल साथ लेकर घूमते हो!" इस पर ओटो ने ख़ुदा की कल्पना को इन्सान की एक भावनात्मक सहारे की ज़रूरत बताते हुए क़ायदे की बहस की।

"ओटो, तुम एलीफैंटा गये थे? वहाँ की त्रिमूर्ति और देवता..."

"मैं कहीं भी नहीं गया। विक्टोरिया गार्डन में दिन–भर बैठा आदमियों की भीड़ को देखता रहा। इन्सान! इन्सान ही सबसे बड़ा देवता है।"

"हाँ हाँ... ये तो बिल्कुल ठीक है। मगर तुमने खाना कहाँ खाया?"

"मैंने एक दर्जन केले ख़रीद लिए थे।" मुझे तुरन्त सख़्त अफसोस हुआ कि चलते वक़्त कुछ सैंडविच उसके साथ देने मुझे क्यों नहीं याद रहे। मुझे अल्लन मामूं के खत का ख़्याल आया जिसमें उन्होंने लिखा था कि उसके पास पैसे तक़रीबन बिल्कुल नहीं हैं।

खाने की मेज पर उसने कहा, "मैं बहुत दिनों बाद पेट भरके खाना खा रहा हूँ।"

मैं उससे जर्मनी के बारे में बातें करती रही। बर्लिन की दीवार का जिक्र करते हुए उसने मुझे बताया कि वो बहुत सख़्त ऐन्टी–कम्युनिस्ट है।

"घर पर मेरी अम्माँ भी मेरे लिए बहुत मजेदार खाना पकाती हैं। आप मेरी अम्माँ से मिलकर बहुत ख़ुश होंगी। अब उनकी उम्र बयालिस साल की है। मुसीबतों ने उनको वक़्त के पहले बूढ़ा कर दिया है, मगर वो अब भी दुनिया की एक हसीन औरत हैं।"

"तुम उनके इकलौते लड़के हो?"

"हाँ, मेरे अब्बा फौजी अफसर थे। अम्माँ प्रशिया की रहने वाली हैं। अम्माँ सत्रह साल की थीं, जब उन्होंने अब्बा से शादी की। अब्बा पोलैंड के युद्ध में मारे गये। मैं उनके मरने के दूसरे महीने पैदा हुआ। बमबारी से बचने के लिए मुझे कन्धे से लगाये–लगाये अम्माँ जाने कहाँ–कहाँ घूमती रहीं। वो मुझे गोद में उठाये, सिर पर रूमाल बाँधे, फुलबूट पहने थोड़ा–सा सामान मेरे प्रैम में ठूँसे, गाँव–गाँव फिरती रही थीं। खेतों–खलिहानों में छुपती रहती थीं। अम्माँ पोलैंड में एक गाँव में छुपी हुई थीं, जब पोलिश फ़ौजी उस रात उस मकान में घुस आये। मैं उस वक़्त पूरे चार साल का था। मेरे बचपन की सबसे तेज याद उस ख़तरनाक रात की है... मैं डर कर पलंग के नीचे घुस गया। जब अफसरों ने मेरी अम्माँ को पकड़कर अपनी तरफ खींचा तो मैं ज़ोर–ज़ोर से रोने लगा। वो अम्माँ को घसीटकर बाहर खेतों में ले गये। अम्माँ कई दिन बाद वापस आयीं। वो फौजियों से बचने के लिए इतने अर्से तक एक खलिहान में छुपी रहीं थीं और मैं उस खाली मकान में अकेला था। बाहर गोलियाँ चलने की आवाज़ पर सहम–सहम कर कोनों में छुपता फिरता था और रेफ्रिजरेटर और बावर्चीखाने की अलमारियाँ खोल–खोल कर खाने की चीज़ें तलाश करता था। जो कुछ पड़ा मिल जाता था, भूख के मारे मुँह में रख लेता था। मगर वो अलमारियाँ सब ऊँची–ऊँची थीं जिनमें खाने–पीने का सामान रखा था।" वो चुप हो गया और खामोशी से खाना खाने में लीन हो गया। "ये चावल बहुत मज़े के हैं।" उसने चन्द मिनट बाद आहिस्ता से कहा।

इसी वजह से मैं जंग का तकलीफदेह जिक्र उससे नहीं छेड़ना चाहती थी। मैं जंग के बाद बड़ी होने वाली नस्ल से इस तरह के कँपा देनेवाले वाकिये सुन चुकी थी। मुझे वो फ्रांसीसी लड़की याद आयी जिसने फ्रांस पर आफत के बाद इसी ओटो के ही कौम के जर्मनों की दरिन्दगी के क़िस्से सुनाये थे। उसी पोलैंड में, जहाँ ओटो और उसकी माँ पर ये सब बीती, उसी जमाने में वो नात्सी गैस चैम्बर भी दिन–रात काम कर रहे थे।

वहाँ रोजाना हज़ारों यहूदियों को मौत के भेंट चढ़ाया जाता था और... मुझे उस रूसी लड़की का क़िस्सा याद आया। अपने सारे खानदान को अपने सामने जर्मन मशीनगन से ढ़ेर होते देखकर भारी सदमे से उस रूसी लड़की के बाल एक पल में सफेद हो गये थे। ये 1945 के बाद के यूरोप की नौजवान नस्ल थी।

"अब तुम्हारी माँ कुछ काम करती हैं?" मैंने पूछा।

"नहीं, वो महज एक गृहिणी हैं। उनको फौजी बेवा की हैसियत से पेंशन मिलती है। हमारा छोटा–सा दो कमरों का मकान है। मैं शाम की शिफ्ट में एक फैक्ट्री में काम करता हूँ। मेरी अम्माँ बहुत भोली–भाली हैं। एस्ट्रोलॉजी में यकीन रखती हैं और नियम से गिरजा जाती हैं। पिछले साल मैंने साइकिल पर सारे जर्मनी का चक्कर लगाया था... जर्मनी दुनिया का बेहद हसीन मुल्क है।"

"हर मुल्क उसके बाशिन्दों के लिए दुनिया का सबसे हसीन मुल्क होना चाहिए। मगर तुम 'नये नात्सी' न बन जाना।"

"नहीं। मैं 'नया नात्सी' नहीं बनूँगा। मुझे यहूदियों से बहुत ज़्यादा नफरत नहीं है।" उसने सादगी से कहा। मुझे हँसी आ गयी।

"मेरे नाना और नानी अब भी पूर्वी जर्मनी में हैं। मगर हम उनसे नहीं मिल सकते...जिस तरह आपका आधा खानदान यहाँ है, और आधा पाकिस्तान में।" उसने काँटा उठाकर मुझे समझाया।

दूसरे रोज उसने वादा किया कि शहर की देखने लायक़ जगहें ज़रूर देखकर आयेगा। मगर वो उस रोज भी दिन–भर रानी बाग में बैठा रहा। चौथा दिन उसने वार्डन रोड़ पर भोलाभाई देसाई इंस्टिट्यूट के बरामदे में बैठ कर लाओस की जंग के बारे में कई लेख पढ़ने में गुजारा। अन्दर लड़कियाँ नाच सीख रहीं थीं और हॉल में हुसैन की नयी तस्वीर की नुमाइश हो रहीं थी। "लिहाजा मैं साथ–साथ आर्ट व कल्चर से भी रू–ब–रू होता रहा" –उसने वापस आकर कहा।

बम्बई में वो सारे फासले पैदल तय करता था और वार्डन रोड से फ्लोरा फाउंटेन तक पैदल जाता था।

"मैं आठ आने से एक रुपया रोज तक खर्च करता हूँ और ज़्यादातर केले खाता हूँ। हर जगह बेहद मेहमाननवाज़ लोग मिल जाते हैं। क्या ये अजीब बात नहीं कि इन्सान व्यक्तिगत तौर पर इस कदर सीधा–सादा और नेक है और सामूहिक हैसियत में दरिन्दा बन जाता है?" ये सवाल करने के बाद वो मुँह लटकाकर बैठ गया। उस दिन वो एक ट्रक कम्पनी से तय कर आया था कि बैंगलोर तक उनके ट्रक पर जायेगा।

सुबह–सवेरे उसने अपने थैले में किताबें और कपड़े ठूँसे। दूसरा थैला, जो उसका सफर का टेंट और बिस्तर था, लपेटकर कन्धे पर रखा, ख़ुदा–हाफ़िज़ कहा और ट्रांसपोर्ट कम्पनी के दफ्तर फ्लोरा फाउंटेन पैदल रवाना हो गया।

ओटो को गये कई महीने गुजर गये। अल्लन मामूं का खत आया, तो मैंने उन्हें शिकायत से लिखा कि आपके बेटे ओटो ने यहाँ से जाकर ये भी ख़बर न दी कि कमबख़्त अब कहाँ की खाक छान रहा है। मैंने ये खत पोस्ट किया ही था कि शाम की डाक से ओटो का लिफाफा आ गया। उसके टिकटों पर लाओस के बादशाह की तस्वीर बनी थी और ख़त में लिखा था, "वो जर्मन लड़का जो आपके घर पर ठहरा था, आपको भूला नहीं है। आप मेरे ऊपर बहुत मेहरबान थीं। (मेरी अंग्रेज़ी कमजोर है, गलतियाँ माफ कीजिएगा) आप मेरे साथ बड़ी बहन की तरह पेश आयीं और मैं मोहब्बत पर बहुत यक़ीन रखता हूँ। इसकी वजह शायद ये है कि अभी बहुत कमउम्र हूँ, लेकिन आपने ठीक कहा था, दुनिया में सिर्फ़ वही लोग ख़ुश रह सकते हैं जो ज़िन्दगी को बगैर किसी पशोपेश के और बगैर सवाल किये मंजूर कर लें। हम जितने ज़्यादा सवाल करते हैं, उतना ही ज़्यादा एहसास होता है कि ज़िन्दगी क़ाफी कठिन है।

लंका में मैं नेवरा ईलिया से कनेडी एक टूरिस्ट बस के जरिये गया। बस में एक सिंघाली व्यक्ति से मेरी दोस्ती हो गयी। उसने रास्ते में मुझे अपने साथ खाना खिलाया। उसका नाम राजा था। उसने मेरे लिए फल भी ख़रीदे। बस में बहुत से ढोल रखे थे।

राजा खूब गाने गाता रहा। झरने बहुत खूबसूरत लग रहे थे। राजा ने मुझसे कहा–चलो हम नहायें। चन्द मिनट बाद वो मर चुका था। वो पानी में डूब गया था। दो घण्टे की तलाश के बाद उसकी अकड़ी हुई लाश हमें एक चट्टान के नीचे मिली। ये सब क्या है। मैं सोचता रहा कि ये कैसे हुआ। हममें से कोई भी राजा को उस हादसे से बचा न सका था। क्या ये इत्तेफाक था या इसी को क़िस्मत कहते हैं? राजा अपने माँ–बाप का इकलौता लड़का था। उसके सब बहन–भाई पाँच और पन्द्रह की उम्रों के दरमियान मर चुके थे। उसका बाप अन्धा है और माँ बहुत बीमार। राजा पर ही उन लोगों की ज़िम्मेदारी थी।

मदुराई में एक नौजवान शायर ने मुझसे कहा कि दुनिया की वजह से वो बहुत दुखी है। मद्रास में मैंने रेडियो इंटरव्यू से कुछ रुपये कमाये। फिर मैं पेनांग गया जो बड़ा खूबसूरत द्वीप है और वहाँ बेशुमार चीनी रहते हैं।

एक मालगाड़ी के आखिरी डिब्बे मैं बैठ कर में बैंकाक पहुँचा। वहाँ बौद्ध आश्रमों में ठहरता रहा और साधुओं के साथ खाना खाता रहा। दोपहर को खूबसूरत लड़कियाँ और रंगीन लिबास पहने औरतें अपनी–अपनी किस्मत और भविष्य का हाल पूछने साधुओं के पास आती थीं।

ज़्यादातर भिक्षु मोहब्बत के भूखे हैं और बेतहाशा तम्बाकू पीते हैं और कोई काम नहीं करते। बूढ़ी धार्मिक औरतें उन्हें खाना और पैसे देती रहती हैं। बहुत से भिक्षु आश्रमों में इसलिए बैठे हैं कि उन्हें मेहनत करना अच्छा नहीं लगता। ये लोग बहुत आलसी हैं, मगर उनके मजहब में आलसीपन को यह कहकर जायज माना जाता है कि वे निर्वाण की तलाश में हैं। यह सच है कि उनमें से कई वाक़ई संजीदगी से ध्यान लगाने में लगे हैं, लेकिन ज़्यादातर भिक्षु खाने और औरतों से गप्प करने के अलावा सोते रहते हैं।

नॉन्गकाई में मैं मेकांग नदी में नहाया उसके बाद लाओस आ गया।

दीनतीन एक बड़े से गाँव की तरह है। धूप बहुत तेज है और सड़कें धूल भरी हुई। सिर्फ़ रातें ख़ुशगवार हैं क्योंकि अँधेरा सारी बदसूरती, जुल्म, हिंसा और मार–काट को अपने अन्दर छुपा लेता है। मच्छर बहुत हैं।

सवाना तक एक हवाई जहाज में मुझे मुफ्त की लिफ्ट मिल गयी और अब मैं पकसे में मौजूद हूँ। फिर कम्बोडिया जाऊँगा। मैं अंकल अनवर के पास चटगाँव नहीं जा सका क्योंकि बर्मा से पूर्वी पाकिस्तान दाखिल होने में बड़ी दिक्कतें थीं। मैंने लाल चीन और उत्तरी वियतनाम के लिए वीज़ा की दरख़ास्त दी है। पिकिंग और हनोई से मुझे नॉमपेन्ह में जवाब मिल जायेगा। कल मैं यहाँ से दक्षिणी वियतनाम जा रहा हूँ।

इस गलत–सलत अंग्रेज़ी के लिए दोबारा माफी चाहता हूँ।

आपका बहुत शुक्रगुजार,

ओटो क्रूगर।"

फ़रवरी 1963 की एक विदेशी पत्रिका में 'वियतनाम का जंगल युद्ध' के शीर्षक से एक रंगीन तस्वीरों वाला लेख छपा है। उन तस्वीरों में गुरिल्ला सिपाहियों को बन्दूकों का निशाना बनाया जा रहा है। किश्तियों में बैठे हुए गुरिल्ला क़ैदी मेकांग नदी के पार ले जाये जा रहे हैं और किसान औरतें इन किश्तियाँ को खे रही हैं। किनारे पर पहुँचकर उन कैदियों को गोली मार दी जायेगी। धान के खेतों के पानी में से जंगी क़ैदी गुजर रहे हैं। लेख के आख़िर में दो पन्नों पर फैली हुई एक तस्वीर है जिसमें धान के हरे खेत हैं, धान की बालियाँ हवा के झोंकों से झुकी जा रही हैं और लम्बे पत्तों वाले दरख़्त हवा में लहरा रहे हैं। क्षितिज पर पेड़ों की कतारें हैं और हरियाली और पानी है। ये दिल को लुभानेवाला दृश्य है। चित्रकार जिसकी तस्वीरें बनाते हैं, शायर नज़्में कहते हैं और लेखक धरती के गुणगान की कहानियाँ लिखते हैं। इन हरे–भरे पेड़ों के पीछे किसानों के झोंपड़े होंगे। वे बासी तिनकों से बनी हुई छज्जेदार नुकीली टोपियाँ ओढ़े दिन–भर पानी में खड़े रहकर धान बोते होंगे और गीत गाते होंगे।

फसल तैयार होने के बाद मण्डी में जाकर मेहनत से उगाया हुआ यह धान थोड़े से पैसों में बेचकर अपनी ज़िन्दगियाँ गुजारते होंगे। इस नदी के किनारे लड़कियाँ अपने चाहनेवालों से मिला करती होंगी और नौजवान माँएँ रंग–बिरंगे सारोंग पहने, घड़े उठाये अपने बच्चों को नहलाने के लिए नदी पर आती होंगी।

लेकिन इस तस्वीर में, जो इस वक्त मेरे सामने रखी है, कटे–फटे चेहरों वाली अधनंगी और खून से सनी नौजवान लाशें पड़ी हैं। दूर एक कोने में भूरे रंग का डरावना लड़ाकू हवाई जहाज खड़ा है और तस्वीर के नीचे लिखा हैः

"मौत का खेत...वियतकांग गुरिल्ले जिनको मेकांग नदी के धान के डेल्टा में मौत के घाट उतार दिया गया। उनके साथी एक दूसरे के साथ रस्सियों से बन्धे सिर झुकाये एक कोने में बैठे हैं। इस खूनी आमने–सामने की लड़ाई में एक नौजवान हिच–हाईकर भी, जो मेकांग नदी के किनारे से गुजरकर दक्षिणी वियतनाम जा रहा था, एक छूटी हुई गोली का निशाना बन गया। इस खूबसूरत मुल्क में ये भयानक लड़ाई 1944 से जारी है और..."

ओटो क्रूगर ज़िन्दगी का शायद यही तजुर्बा हासिल करने दुनिया के सफ़र पर निकला था।

गुलाबी टॉकीज

वैदेही

इस शहर के बीचोंबीच सिर्फ़ एक सड़क दौड़ती थी, जैसे कि बालों के बीच माँग। यहाँ कुछ बड़े मकान थे, कुछ छोटे–जिससे कि इसे शहर कहा जा सकता था–कुछ दुकानें, एक सरकारी दफ्तर, एक छोटा स्कूल, एक बस–अड्डा और कुछ देवदार और कैसुरीना के पेड़।

शहर में एक खुला मैदान था, जहाँ शाम को पुरुष टहलते या अपने दोस्तों के साथ बैठकर उस लड़ाई की बात करते जो ख़त्म हो गयी थी और भविष्य में जिसकी होने की सम्भावना थी। वे बारिश के बारे में बात करते और बार–बार उस स्कूलमास्टर की चर्चा होती, जिसने एक लड़की को भ्रष्ट करने की सोची थी, जबकि यह एक ऐसा शहर था जहाँ कोई बात किसी से छिप नहीं सकती थी।

इस खुले मैदान में औरतों के जाने की प्रथा नहीं थी। वे अपने–आप सड़क पर भी नहीं आती थीं। उनके लिए घर ही क़ाफी था।

शाम आती, तो औरतें बच्चों को बाहर खेलने भेज देतीं। वे अपने बाल बनातीं, माथे पर सिन्दूर लगाकर अपने जूड़े में चमेली या सुरूली के फूलों की वेणी लगातीं। फिर वे या तो थोड़ा आराम करतीं या कटहल के पत्तों के दोने बनातीं जिनमें अगले दिन कडबू भपाया जाये या फिर वे चावल और उड़द की दाल पीसने लगतीं या फूलों की माला गुँथने लगतीं। जब सूरज नीचे जाता दिखायी पड़ता। वे दीये जलाकर भजन गातीं और ताली बजाकर समय के साथ ताल देतीं।

ज़्यादातर औरतें या तो गर्भवती होती थीं या जापा में होतीं या वे, जिनका यह सब काम पूरा हो चुका होता। इन घरों में जिनमें बहुत से लोग साथ रहते थे, अक्सर किसी औरत को किसी कोने में आँसू पोछते देखा जा सकता था।

इस शहर में, जहाँ औरतों और आदमियों की दुनिया साथ–साथ, किन्तु अलग–थलग थी, कहा जाता था कि एक बार एक सर्कस आया था। यह भी कहते थे कि एक नाटक कम्पनी भी वहाँ आयी थी, परन्तु कोई नहीं कह सकता था कि कितनी औरतों ने यह सब देखा था। शायद उन्होंने नाटक देखा हो। बस घर का एक पुरुष गुर्राता कि सर्कस औरतों के लिए नहीं होता और वे उस आवाज़ से डर कर छिप जातीं।

अलबत्ता पिछले कुछ सालों से शहर में हर छह महीने पर एक तम्बू आकर गाड़ा जाता। जो फ़िल्में हर शहर की यात्रा कर चुकी थीं और अब अन्तिम साँस ले रही थीं, वे इस तम्बू में दिखायी जातीं। तम्बू के आने से लगता कि औरतों की हालत पहले से कुछ बदली हुई है। पर हम सिर्फ़ अनुमान कर सकते हैं कि यह बदलाव कितना होता। उन्हें तम्बू में जाने के लिए मर्दों पर निर्भर रहना पड़ता। अगर वे लोग अच्छे मूड में होते तो उन्हें सिनेमा तक छोड़ने चले जाते। चूँकि औरतें अकेली नहीं जा सकती थीं, वे इस बात की कल्पना भी नहीं कर पाती थीं कि बिना किसी मर्द के सड़क पर कैसे जाया जाता है। मर्द उन्हें तम्बू पर ले जाते, टिकट ख़रीदकर औरतों वाले हिस्से में टिकट फड़वाकर ठीक से बैठा देते और फ़िल्म ख़त्म होने के बाद उन्हें घर ले आते।

अगर कोई पूछता कि जो मजदूर औरतें सामने की तरफ चटाई पर बैठती थीं, वे अपने–आप कैसे आती थीं और बेपरवाह होकर कैसे हँसती और रोती थीं, तो यही उत्तर मिलता–"वे लोग? उन पर न कोई काठी है ना लगाम।" इसका मतलब शायद यही था कि वे औरतें ही उस तरह की चीज़ों से प्रेम कर सकती थीं जिन पर लगाम नहीं कसी होती। जो भी हो, जब हनुमान जी का लंका पर कूदने

का दृश्य आता, तो हर औरत एक जैसे ही विस्मय और सम्मोहन का अनुभव करती।

शहर तक यह ख़बर पहुँच चुकी थी कि अब फ़िल्मों में संवाद और संगीत होगा।

सब ऐसे ही चल रहा था। इस शान्त और अनुशासित शहर में कुछ हड़कम्प हुआ जब शहर के बीचों–बीच खड़े धूपा के विशाल पेड़ पर कुल्हाड़ी चलायी गयी। हम कह सकते हैं कि कुल्हाड़ी के आघात ने शहर की औरतों की दुनिया में एक छोटी क्रान्ति ला दी। भले ही ये लहरें एक चाय की प्याली में उठी थीं, पर निःसन्देह ये लहरें थीं।

परदादे की तरह फैले हुए धूपा के पेड़ पर जब कुल्हाड़ियों से आघात होने लगे, तो सारा शहर जानने चला आया कि क्या हो रहा है। जवाब मिला कि वहाँ पर एक टॉकीज बननेवाला था, जिसे चंद्रप्पा नाम का एक आदमी बना रहा था। वह गुलाबी नाम की औरत का दत्तक पुत्र था, जो कई साल पहले यहाँ से बम्बई भाग गयी थी। अपने शहर का प्रेम गुलाबी को हर साल यहाँ खींच लाता था। बम्बई लौटने के पहले वह अपने चेहरे पर पाऊडर पोते हुए, माथे पर झूलती घुँघराली लटों के साथ शहर में चारों तरफ गर्व से घूमती। वह चाहती थी कि अपने शहर के लिए कुछ करे। यह सिनेमा उसी इच्छा का नतीजा था।

लोग इस सम्भावना से ख़ुश हो उठे। जब तक धूपा का पेड़ कुल्हाड़ियों से पूरी तरह कट नहीं गया, तब तक उन्हें पता नहीं चला था कि वे उसे देखते–देखते कितने थक चुके थे। कितना अच्छा हुआ कि एक सिनेमा इसकी जगह पर आ रहा था। सचमुच गुलाबी के सिर के पेंच ठीक कसे हुए थे।

ऐसा नहीं था कि सब कोई ख़ुश हुए हों। ऐसे बूढ़े लोगों की कोई कमी नहीं थी, जो सोचते थे कि टॉकीज को देखने से पूरा शहर, और ख़ासकर औरतें भ्रष्ट हो जायेंगी। किन्तु जब शहर बढने लगता है तब किसके नियम टिकते हैं! यदि कोई ऐसी बातों को सुनता, तो शहर अभी तक जंगल ही बना रहता। न ही दास सन्तों के बनाए ये पद होते,

"धनी औरतों को बच्चे जनाने के लिए दाइयाँ होती हैं, किन्तु जंगल में पैदा होने वाले प्राणियों के बच्चे कौन पैदा करवाता है?"

गुलाबी टॉकीज के आने से शहर में आया भूकम्प सबसे पहले बच्चे पैदा कराने वाली दाई लील्लीबाई की मार्फत महसूस किया गया। लील्लीबाई शहर के बिना रह सकती थी, किन्तु शहर उसके बिना नहीं रह सकता था। वह पेशे से दाई नहीं थी परन्तु यह काम ज़रूरत पड़ने पर करती थी। वह बच्चे के जन्मने से तीन महीने बाद तक माँ और बच्चे की देखभाल करती थी। लील्लीबाई को सिनेमा से प्रेम था। तम्बू में दिखायी जाने वाली कोई ऐसी पिक्चर नहीं थी जो उसने नहीं देखी थी। सिनेमा देखते समय यदि उसके लिए कोई बुलावा आता, तो वह बिना अपनी कुर्सी से हिले और बिना पर्दे से अपनी आँखें हटाए कहती–"उसे जीरे का पानी पिलाओ। अगर नकली दर्द होंगे तो रुक जायेगे और अगर असली होंगे तो बढ़ जायेंगे। तब तुम मुझे वापस बुलाने आना।"

लील्लीबाई की एक ही इच्छा थी कि वह जल्दी से धनवान बन जाये। इसके पीछे कई कारण थे। उसका पति काँसे और ताँबे के रसोई के बर्तनों पर कलई करता था। वह बर्तनों के अन्दर की तरफ इस तरह टीन घिसता जैसे कि अपना गुस्सा किसी पर निकाल रहा हो। शायद इसी कारण वह कभी किसी से गुस्सा नहीं होता था। वह कभी अपने काम का सही तरह से दाम नहीं बताता था। दाम बताने पर यदि ग्राहक कहता, यह बहुत ज़्यादा है या क्या इतना क़ाफी नहीं होगा, तो वह कहता 'मुश्किल है' और अपना सिर खुजलाने लगता। यदि ग्राहक कहता, 'मैं इतना ही दूँगा' तो वह बिना चूँ–चपड़ किये उतना ही ले लेता।

ऐसा आदमी बम्बई भाग गया था।

यह जानना मुश्किल था कि वह ख़ुद भाग गया था या लील्लीबाई ने उसे भगा दिया था। लील्लीबाई को वातमारे नाम के एक आदमी का पता था जो कुछ साल पहले गायब हो गया था और इतना पैसा लेकर लौटा था कि उसने एक दुकान खोल ली थी।

और यंकप्पारायाॽ उस गाड़ी हाँकनेवाले ने कुछ सूद का लेनदेन करके एक बगीचे वाला छोटा घर ख़रीद लिया था। और तो और यह गुलाबी! गुलाबी के पास बचपन में पहनने को कपड़े तक नहीं थे। लील्लीबाई ने एक साधारण सी समीज पहने उसे घूमते देखा है और अब वह सोने से लदी हुई शहर आती थी। लील्लीबाई ने यह सब अपनी आँखों से देखा है। ऐसे ख़्याल बच्चे पैदा करवाते समय पैदा हुई वैराग्य की भावनाओं से कैसे तालमेल खातेॽ

उसका पति किसी काम का नहीं था। दाई को कितना भी काम मिल जाये उसमें क्या आनी–जानी थीॽ सब तो परिवार को पालने में चुक जाता था। उन्हें एक औरत की कमाई पर रहना पड़ता है लील्लीबाई अपने पति के सामने ऐसे बात कहती रहती, जैसे कि उससे बात ही नहीं कर रही हो...इस शहर में रहने का कोई फायदा नहीं है। कुछ दिनों के लिए कहीं चले जाना चाहिए। तभी सब कुछ ठीक होगा। वह अपने पति को यह भी शिक्षा देती कि अपने काम में कुछ हेराफेरी करे जिससे वह ज़्यादा कमा सके। उसके परेशान करने के कारण वह बम्बई चला गया। यह कई साल पहले की बात है। तब से उसकी कोई ख़बर नहीं थी।

वह किस क़दर चाहती थी कि वह धनी हो जाये, परन्तु इस बेकार शहर में कोई रास्ता भी तो नहीं था। अन्ततः गुलाबी टॉकीज बन गया और इससे लील्लीबाई से ज़्यादा ख़ुश कोई नहीं था।

उस दिन लील्लीबाई रंगा राव के घर में रोज़ से भी ज़्यादा तेजी से घुसी। वह अपने घर से नवजात बच्चे के पोतड़े धोकर लाई थी जो टोकरी में अच्छी तरह समेटे हुए थे। "कल से मैं यहाँ शाम को नहीं आ रही हूँ। मैं चार से साढ़े चार तक आऊँगी और माँ को नहला दूँगी। उसके बाद मैं बस सुबह ही आऊँगी...अब यही मेरी अन्तिम आशा है...मेरी गाड़ी कैसे आगे बढ़ेगी"...लील्लीबाई दीवालों से बात करती, दरवाज़े से बात करती और पोतड़ों को रखते हुए पालने से बात करती और अपने रास्ते पर चल पड़ती। जाने उसे क्या हो गया था।

"तुमने एक बूँद ज़्यादा चढ़ा ली है क्या?"–शिशु की माँ वनजाक्षी ने पूछा। "बिलकुल नहीं", लील्लीबाई ने उत्तर दिया, "तुम्हें पता है नयी टॉकीज कल से खुल रही है? उन्होंने मुझे औरतों वाले हिस्से के लिए चौकीदारी का काम दिया है।"

जब बुजुर्ग औरतें और भी पता लगाने आयीं, तो लील्लीबाई ने कहा कि वह दूसरा शो ख़त्म होने तक वहीं रहेगी और तभी घर जा सकती है जब टॉकीज के दरवाज़े बन्द हो जायेंगे। सुबह काम पर आने में भी उसे देर होगी। लोगों को उसकी नयी दिनचर्या से तालमेल बैठाना होगा। उसे गुलाबी के कारण यह काम मिला था। वैसे भी उसका घर टॉकीज के बगल में था। अब जाकर तकदीर उसे ढूँढकर आयी थी।

टॉकीज!

लील्लीबाई और टॉकीज!

जब वे लोग वहाँ जातीं, दरवाज़े पर लील्लीबाई मिलती। इसके कारण औरतों में अलग तरह की उत्तेजना थी। टॉकीज के कारण शहर ने एक दाई खो दी थी। चौकीदार की एक महीने की तनख़्वाह, दाई की तीन महीने की कमाई से ज़्यादा थी। यह बताकर लील्लीबाई ने अपना पुराना धन्धा छोड़ दिया था। कब से वह इसी के इन्तजार में थी। लोगों ने कभी सोचा नहीं था कि लील्लीबाई और टॉकीज का इस तरह का रिश्ता बन जायेगा। इसके लिए उन्होंने अपने को झकझोर कर जगाया। शहर के डॉक्टर की दुकान इतने सालों तक किसी पुरुष के बच्चा होने में शामिल होने की असुविधा के कारण हाशिये पर पड़ी थी। उसमें नयी रंगपुताई से चमक आ गयी।

नई थियेटर में बोलने वाली फ़िल्में आ गयीं।

चूड़ियों की दुकान वाले ने कई तरह के चेहरे के पाउडर और दूसरे प्रसाधन जमा कर लिए क्योंकि इन चीज़ों की ख़रीदारी बढ़ गयी थी। दरजिन ने नयी फैशन के अनुकूल कपड़े बनाने की भरपूर कोशिश की। उसके सिले हुए कपड़े फैशनेबल माने जाने लगे।

कपड़ों की दुनिया की यह हलचल औरतों की बोली और चालढाल में भी चली आयी। दुल्हनों के गहनों और शादियों में सभी औरतों के गहनों पर सिनेमा की हवा चली आयी। रंगा राव के बावर्ची को धूपा के पेड़ का भूत लग गया जो तभी शान्त होता जब एक सिनेमा टिकट का पैसा उसके सामने रख दिया जाता। औरतें अपनी माहवारी का इन्तजार करने लगी ताकि उन्हें रोज के काम–धन्धे से छुट्टी मिले और वे सिनेमा देखने जा सकें। इससे वहाँ पर छुआछूत के नियमों की एक समस्या खड़ी हो गयी। उन सबने सिनेमा की गानेवाली औरतों के अन्दाज अपना लिए और वे जब–तब अपनी मर्जी से गाने लगतीं। स्कूल में सिनेमा के गानों की प्रतियोगिता शामिल की गयी। भजन में भी सिनेमा की धुनें चली आयीं। यहाँ तक कि दाम्पत्य सम्बन्धों में भी सिनेमा के शब्द आ गये जिससे निशब्दता को मूर्खता माना जाने लगा। सबसे बड़ी बात, कि जो माँयें अपने बच्चों को सुलाते हुए लोरियाँ बनाकर गाती थीं, वे भी सिनेमा की लोरियाँ गुनगुनाने लगीं। इतना ही नहीं, सिनेमा की प्रेरणा से कई नयी तरह के गड़बड़ धन्धे शुरू हुए और यह भी लील्लीबाई के माध्यम से ही हुआ।

लील्लीबाई के पास अब बहुत सी बातें रहतीं। "शाम को बाहर आकर देखो, कैसे सिनेमा की रीलों के जादुई बक्से बस से बाहर निकाले जाते हैं।" वाक़ई यह बात सच थी। इन बक्सों में जादू की दुनिया थी। लील्लीबाई टॉकीज के बाहरी दरवाज़े का सहारा लिए, दोनों एड़ियाँ एक दूसरे पर आड़ी रखे अपने गले में लटके थैले से सुपारी टटोलती दुनिया को निहारती। ऐसे लगता जैसे टॉकीज और फ़िल्म की रीलें उसकी ही सम्पत्ति हों।

हर नयी फ़िल्म के अगले दिन लील्लीबाई के पास उसकी समीक्षा तैयार रहती। 'लो अख़बार आ गया'–इसका मतलब यह था कि लील्लीबाई आ गयी है। सारे बच्चे और औरतें जमा हो जाते। "इस बार पक्का ही यह फ़िल्म वेश्याओं ने बनायी है। इश्श! इसमें वे अपनी चोली दिखनेवाले पारदर्शी कपड़ों में बस नाचती रहती हैं।"–रंगा राव के सँकरे बरामदे में बैठ लील्लीबाई आलोचना करती।

जो लोग उसे सुनते, वे ज़रूर ही उस फ़िल्म को देखने वाले थे, यह जानने के लिए कि वह कितना ठीक कह रही है। इनमें से कुछ उसकी बात सुनकर अगली फ़िल्म के लिए इन्तजार करते, जो किसी मिथक के नाटक पर थी। लील्लीबाई अपनी आँखें बन्द करके भी बता सकती थी कि अगली फ़िल्म कौन सी लगने वाली है। वह ऐसी औरत की तरह बात करती, जो सिनेमा की पूरी दुनिया से परिचित थी।

और बात बस इतनी ही नहीं थी। जैसे–जैसे दिन बीते, लील्लीबाई के पास सिनेमा से भी ज़्यादा मसालेदार बातें होतीं। सिनेमा का मैनेजर जो देखने में बहुत सभ्य लगता था, वह मेहतरानी के साथ सोता था। जरा सोचो, जो औरत सण्डास साफ कर रही हो, उसे खींच कर ले जाना। एकदम व्यभिचारी है। कोई उसे कुछ नहीं कहता क्योंकि वह शेर की तरह है।

लील्लीबाई वह सब कुछ बताते हुए जो उसने देखा था, अन्त में कहती कि ऐसा कुछ नहीं था जो उसने नहीं देखा। घर की जो औरतें हमेशा अन्तहीन कामों में जुटी रहती थीं, उनके लिए लील्लीबाई एक नयी दुनिया खोल देती। वे उसकी बातें सुनने हमेशा आ जातीं। वे उससे बार–बार सवाल पूछतीं और उसकी कहानियों पर हँसतीं। अब जहाँ भी लील्लीबाई जाती, एक कप कॉफी उसके लिए हमेशा तैयार मिलती। यदि कुछ खाने का होता तो वह भी उसे मिल जाता। कोंकणी के अनाज के व्यापारी के घर की औरतें, जो ऐसे खाना बनाती थीं कि खाने के बाद एक कौर भी न बचे, वे भी आपस में कहतीं कि लील्लीबाई को कुछ देने में कोई नुकसान नहीं है क्योंकि उन्हें अपने पैसे के बदले बहुत कुछ मिल जाता है।

यदि बड़े घर की औरतें सिनेमा जातीं, अगले दिन सारी जगह ख़बर फैल जाती–"अम्माँ! अम्माँ! तुम्हें पता है कि कल सिनेमा देखने कौन आया था? दोनों सास और बहू आयी थीं। वे दोनों 'सन्त सखूबाई' फ़िल्म देख रही थीं और देखते–देखते वे दोनों सुबकियों पर सुबकियाँ ले रही थीं। मैं तो फ़िल्म देखना छोड़कर उन्हें ही देखती रही।"

जब यह पता चल जाता कि किस–किस ने फ़िल्म देखी है, तब यह फ़ैसला हो जाता कि यह ज़रूर देखने लायक होगी। घर के मर्दों को औरतें कहतीं : बड़े मकान की औरतें भी गयी थीं। इस फ़िल्म में कुछ भी बुरा नहीं है, लील्लीबाई कहती है। हमने सुना कि वे ख़ूब रोईं। ख़ूब रोईं...इससे उन्हें फ़िल्म देखने की छूट मिल जाती। आमतौर पर लोग फ़िल्म के पोस्टर देखकर यह फ़ैसला करते थे कि उनकी पत्नियाँ और बेटियाँ जा सकती है या नहीं। वे अक्सर जोर–शोर से घोषणा कर देते कि यह फ़िल्म देखने लायक नहीं है। ऐसे आदमी भी इस तरह की बातों पर ज़रूर ध्यान देते कि यदि बड़े घर की औरतें इतना रो रही थीं, तो इसका मतलब यह है कि औरतों के न देखने लायक इसमें ऐसा कोई दृश्य नहीं होगा। अब जबकि लील्लीबाई ख़ुद दरवाज़े पर रहती थी, तो आदमियों को ज़रूरत नहीं थी कि वे औरतों को वहाँ तक छोड़ने जाये। डरपोक से डरपोक औरत भी अब सड़क पर चली जाती, इस भरोसे के साथ कि लील्लीबाई टॉकीज पर होगी। धीरे–धीरे उन्हें अपने–आप बाहर जाने की आदत पड़ गयी।

पर सिनेमा की टिकटों का पैसा कहाँ से आता?

बिना यह जाने कि उसने फ़िल्म देखने वाली औरतों की संख्या बढ़ा दी है, लील्लीबाई ने एक और धन्धा शुरू कर दिया। वह दो टिकट की क़ीमत पर चार लोगों को जाने देती। उन्हें जल्दी से एक–के–बाद–एक धक्का देकर अन्दर घुसा देती। उसके बाद अँधेरा होने पर फ़िल्म की शुरुआत में वह उनके पास जाती और दो अतिरिक्त टिकटों के पैसे से आधा पैसा वसूलकर उस पैसे को अपनी साड़ी की तहों में डाल कर अपनी कमर पर खोंस लेती।

किसी ने उससे ऐसी उम्मीद नहीं की थी। औरतों के दिमाग में उथल–पुथल मच गयी और उन्हें घबराहट हुई। उन्हें सिनेमा जाना ही था। किन्तु वे अकेली–दुकेली नहीं जा सकती थीं। घर में तमाम लोग और बच्चे भरे थे। एक जन टॉकीज के लिए निकलता तो उसके पीछे भीड़ चल पड़ती। उसके लिए पैसा कहाँ से आता?

तो क्या ऐसे हालात में उन्हें लील्लीबाई के रुपया वसूलने के तरीक़े को मान लेना चाहिए?

तब तक उन लोगों ने ऐसा कभी कुछ नहीं किया था। आख़िरकार वे लोग सम्मानित लोग थे। इस समस्या का कोई उपाय न देखकर उन्होंने आदमियों के ऊपर मामला छोड़ना चाहा। पर जब घर के मालिक ने कहा–"क्या! इतने लोग सिनेमा जा रहे हैं? तुम्हें लगता है कि पैसे इमली के बीज की तरह मिलते हैं?" तब एक धीमी, डरती हुई आवाज़ ने जवाब दिया, "हमें पूरा पैसा नहीं देना पड़ेगा। लील्लीबाई...", और आँखों से आँसू टपकने को हो जाते।

मर्दों को इस व्यवस्था से परेशानी नहीं थी। उन्हें कम पैसे देने की आदत पड़ गयी, इस हिदायत के साथ कि वे सीधे सिनेमा जायें और ख़त्म होने पर सीधे घर लौट आयें।

इस तरीक़े की आदत ऐसी पड़ी कि जो औरतें अपनी लड़कियों को ऊँचे खानदान में ब्याहने या वैसी लड़कियों को लाने के लिए बावेला मचाये रखती थीं, उन्हें भी इसमें कोई आपत्ति नहीं रही। वे करतीं भी क्या, जब सिनेमा पहुँचते–पहुँचते वे तीन से छह हो जाती थीं? अगर वे यह चेष्टा करतीं कि जब बच्चे नहीं देख रहे हों, तो वे खिसक लें। पर उनकी निगाहें ही उन्हें धोखा दे देतीं। बच्चे उनके बिना जाने उनके पीछे–पीछे चले आते।

"लील्लीबाई तीन टिकट लेना क़ाफी नहीं होगा?" वे पूछने लगीं। बिना उनकी तरफ देखे सीधे दीवाल की तरफ देखते हुए लील्लीबाई बोलती–"हाँ, ठीक है। जल्दी जाओ। न टॉकीज का दिवाला निकलेगा और न गुलाबी का।" आगे जो होता, वह उनकी अन्तरात्मा को ही पता रहता।

जैसे–जैसे दिन बीते, लील्लीबाई नरम वॉयल की साड़ियाँ पहनने लगी। पहले वह खुरदरी हैंडलूम की महीन किनारे की साड़ियाँ ही ख़रीदा करती थी। "थियेटर के अन्दर गर्मी रहती है। अगर मैं मोटी हैंडलूम की साड़ियाँ पहनूँगी तो पसीने की गठरी बन जाऊँगी," लील्लीबाई कहती, हालाँकि उसे किसी ने पूछा नहीं था।

अब वह घर में वे पुरानी साड़ियाँ पहनती। वह शिकायत करती कि उसका पति बर्तनों पर कलई करता था पर ख़ुद उसके बर्तनों की हालत ख़राब थी। अब वह बाजार जाकर स्टील के नये बर्तन ले आयी जो इधर बाजार में आ गये थे। उसके कानों में नये कर्णफूल आ गये। वह मछली बाजार अक्सर जाने लगी। कई सालों तक वह शिकायत करती रही थी कि उसके पास कपड़ा धोने का एक अच्छा सा पत्थर नहीं है। अब उसने अपने पिछवाड़े में घुटने जितना ऊँचा पत्थर लगवा लिया और दो केले के पौधे उसके पास लगवा लिए। जिस दिन वहाँ वह पत्थर रखा गया, लील्लीबाई सन्तोषपूर्वक घूमती हर मिलनेवाले को कहती रही कि उसने जो कुछ भी किया या नहीं किया, कम–से–कम उसे कपड़ा धोने का पत्थर मिल गया था।

एक दिन वातमारे की दुकान से साड़ी ख़रीदते समय वह टेढ़े से हँसकर बोला–"क्या लील्लीबाई! तुम्हारी तक़दीर का घड़ा तो उफ़ान खा रहा है। अगर ऐसे ही चलता रहा तो तुम आगे जाकर एक मकान भी बना लोगी।" लील्लीबाई ने गुस्से में भरकर उससे कहा–"जाओ जाओ। क्या मैं नहीं जानती कि तुम्हारा भाग्य कैसे बना था! अब तुम अपनी दुकान पर इतरा रहे हो। तुम्हें यह बर्दाश्त नहीं है कि मेरे जैसी ग़रीब औरत अपने आँगन में दो केले के पौधे लगा ले? यही बात है न?" वातमारे ने अपने गाल पर हाथ लगाये, जैसे पश्चाताप कर रहा हो। लील्लीबाई ने सोचा, क्या यह सुअर सोचता है कि मुझे पैसा बनाना नहीं आता? पर छोटी उँगली बड़ी होने लगे तो भी कितनी बड़ी हो जायेगी? मैं अगर पैसा बनाती भी हूँ तो कितना पैसा बना लूँगी? जैसा सुनते हैं, इस वातमारे की तरह मैं किसी को भिखारी तो नहीं बना पाऊँगी। किसी को इसके कुछ भी करने पर एतराज नहीं था। मैं अपने मन का कुछ करूँ तो सबको परेशानी है।"

शहर की ज़िन्दगी मजे में चलती रही। जब भी औरतें शाम को सिनेमा जाना चाहतीं, वे गायों को जल्दी–जल्दी दुह लेतीं। जो गायें अभी तक चर कर घर नहीं लौटी थीं, उन्हें वे गालियाँ देतीं। अपने पाउडर के टिन, क्लिप, पिन और कंघों में डूबी हुई वे सोचती रहतीं

कि कैसे बच्चों की आँखों से बच निकलें। लील्लीबाई की ज़िन्दगी भी आराम से चल रही थी। उसके केले के पौधों में फल आ गये थे और वे बढ़ गये थे। नारियल के पौधे भी बढ़ने लगे थे। वह सोच रही थी कि अपने कर्णफूलों में पॉलिश करवा ले जो अब तेल से चिपचिपे हो गये थे। बम्बई भागे हुए अपने पति की याद अब मिट गयी थी क्योंकि उसकी ज़िन्दगी पूरी तरह सिनेमा में डूब गयी थी।

एक दिन ऐसा हुआ कि लील्लीबाई ने अपनी आँखों से देखा कि थियेटर का मैनेजर मेहतरानी को अपने कमरे की तरफ खींच कर ले जा रहा था। अब तक रोशनी हो चुकी थी। आमतौर पर लील्लीबाई इस समय सोयी रहती थी क्योंकि वह रात देर तक घर जाती थी। उसकी बूढ़ी माँ ने कहा कि घर में कॉफी का पाउडर ख़त्म हो गया है। "तब मैं जाती हूँ और दो कॉफी ले आती हूँ", यह कहकर वह घर से बाहर स्टील की थर्मस को लेकर निकली थी। जैसे ही उसने थियेटर का आँगन उनींदी सी हालत में पार किया, उसे खुसफुस सुनाई दी। कौन हो सकता है, उसने सोचा कि रुके या नहीं। हालाँकि नारायण होटल उसे बुला रहा था पर लील्लीबाई खुसफुस वाले दरवाज़े पर चली गयी और उसने अपनी आँखें दरवाज़े की दरार पर लगा दीं।

उस दिन किसी बात को पसन्द न आने पर इश्श बोलने की आदत सौ गुना बढ़ गयी—"इश्श, आज का सिनेमा गजब था। ऐसा पहले कभी नहीं हुआ। मैंने एकदम पूरा देख लिया।" सुननेवालों ने कान फैल गये। बच्चों को दूर भेज दिया गया जिससे उसकी कहानी सुनी जा सके। लील्लीबाई ने पूरी कहानी सुनाई। बीच–बीच में वह अपनी आवाज़ धीमी कर लेती। "कोई नहीं है कि उसकी वह चीज़ काट डाले। यह आदमी एक दिन ऐसे ही पकड़ा जायेगा।"

हम कैसे भूल जाते हैं कि हवा के भी कान होते हैं!

मैनेजर लील्लीबाई के ऊपर जहर उगलने लगा। एक दिन उसने कहा—"देखो लील्लीबाई! यह मत समझो कि मुझे पता नहीं है कि तीन टिकट के दाम में तुम छह लोगों को घुसा देती हो। अगर तुम्हें अपनी नौकरी चाहिए तो अपना मुँह सील कर रखो।"

"बेकार मरदुआ! मैंने कभी किसी को मुफ्त में नहीं घुसाया है। तुम चाहो तो किसी को वहाँ रख सकते हो मुझ पर निगाह रखने के लिए," लील्लीबाई ने गुस्से से कहा।

जिस दिन वह मैनेजर से उलझी थी, उसी दिन मंजूनाथैय्या के धनी परिवार से औरतों और बच्चों की पूरी फौज सिनेमा देखने आयी। टिकट काउंटर की तरफ जाने के बजाये वे पहले लील्लीबाई से पूछने आये कि उन्हें कितनी टिकट ख़रीदनी चाहिए, क्योंकि यह तरीक़ा उसी ने बनाया था, लेकिन आज यह क्या हुआ! लील्लीबाई जैसे अपने अन्दर देख रही थी, जैसे कि वह उन लोगों को पहचानती न हो। उसने उनके बगल से दीवाल को देखते हुए कहा–"तुम लोग मुझे क्यों पूछ रहे हो? जाओ और काउंटर से अपनी टिकटें ख़रीदो। नहीं तो मैं किसी को घुसने नहीं दूँगी। तुम क्या सोचते हो कि यह मेरे बाप–दादा का थियेटर है?"

पिछले ही दिन लील्लीबाई मंजूनाथैय्या के घर गयी थी और उसने मट्ठे का प्याला अपने होंठों से लगाते हुए इन औरतों को मैनेजर और मेहतरानी की कहानी सुनाई थी। जाते हुए कटहल के बीजों का सूखा हुआ पैकेट, उबले हुए आम और काजू साथ में ले गयी थी। मंजूनाथैय्या की पत्नी को लील्लीबाई के शब्दों से बड़ा धक्का लगा। यह अपने आपको क्या समझती है? उनका परिवार लील्लीबाई को ही ख़रीद सकता है। उस औरत में अपने दाँत पीसे और एक तरफ जाकर अपनी साड़ी में बँधे सिक्कों को गिनने लगी।

मंजूनाथैय्या की पत्नी बहुत बुरी तरह परेशान थी। इससे क्या फ़र्क पड़ता था कि उनके पास सैकड़ों किलो चावल की उपज के विरासत में मिले खेत थे? इससे क्या फ़र्क पड़ता था कि वे लोग घर में बिना कमर सीधी किये दिन–रात मेहनत करती हैं? इन बातों से उसके हाथ में जो पैसे थे, उनमें क्या एक सिक्का भी बढ़ रहा था? और इनके लिए भी उसे भीख माँगनी पड़ी थी! वह यह सोचकर आयी थी कि लील्लीबाई उसके साथ है और अब यह चौकीदार की तरह अजीब व्यवहार कर रही थी। और ये बदमाश बच्चे...बैलों की तरह बड़े हो गये हैं।

ये पैदा ही क्यों हुए। कोई आदमी शान्ति से एक फ़िल्म तक नहीं देख सकता...उसके दिल में हज़ार तरह की भावनाये उठती–बैठती रहीं। और परिवार की जवान बहुएँ वहाँ हक्कीबक्की खड़ी थीं।

बच्चे अब काले पर्दे के पीछे लालची आँखों से झांकने लग गये थे। उनकी माँओं ने उनके गालों पर चिकोटी काटकर कहा–"तुम लोगों को हमारे पीछे–पीछे सब जगह जाना है...दुष्ट कहीं के!" उन्होंने सबसे बड़े लड़के रामू मनी को पास बुलाया और कहा कि वह उन लोगों के लिए चार टिकटें ख़रीद दे और उसके बाद सारे बच्चों को घर ले जाये। रामू ने सिनेमा देखने की उम्मीद से अपने बालों को करीने से सँवार रखा था। वह अपने कूल्हे पर हाथ रखे शून्य में देखता खड़ा रहा। "तुम जाओगे या तुम्हें नारियल के झाड़ से पीटा जाये? तुम लोग सब कल आ सकते हो। ठीक है?" रामू मनी टिकट ले आया और कुछ उल्टा–पुल्टा बोलते हुए एक किशोर की अकड़ में चलता हुआ सारे बच्चों को घर ले गया। उसमें से कुछ जोर–जोर से रो रहे थे और कुछ के चेहरे एकदम उतरे हुए थे।

उस दिन मंजूनाथैय्या की पत्नी से फ़िल्म देखी नहीं जा रही थी। उसने दूसरी औरतों से कहा कि वह सिर्फ़ लील्लीबाई की बात के कारण अन्दर चली आयी थी। उसे लगा था कि उस समय घर लौट जाना ठीक नहीं होगा। पर जितनी बार उसे रोते हुए बच्चों का ख़्याल आया, उसे लगा कि वह वहाँ क्यों बैठी हुई है। उसने कहा–"हम लोग कितने बेचारे हैं। अगर मर्दों ने हमें पूरा पैसा दिया होता तो हम अपना आत्मसम्मान बचा सकते थे।"

"अक्का, शान्त हो जाइये,"–एक छोटी बहू ने कहा। उसकी आवाज़ में अब तक कभी नहीं सुनी गयी कड़वाहट थी, जैसे कि वह कह रही हो कि उन लोगों की औकात ही क्या है–"लोग क्या कहेंगे? वे कहेंगे मंजूनाथैय्या का परिवार। हमारा नाम कौन लेगा? तब हम अपना आत्मसम्मान कैसे खोयेंगे?" फिर भी मंजूनाथैय्या की पत्नी ने गहरी साँस छोड़ी। यह सब कुछ ठीक नहीं था। यह याद आने पर कि शहर के कुछ लोग उस समय आस–पास ही खड़े थे,

जब लील्लीबाई उनके परिवार के बारे में इस तरह से बोल रही थी, उसने कहा—"मुझे ऐसा लग रहा है जैसे मेरा पाँव टट्टी पर पड़ गया हो।"

रंगा राव के घर का बरामदा इसलिए नहीं तो किसलिए था कि लील्लीबाई अपनी कर्कश आवाज़ में पूरी कहानी सुनाती। उसने उन लोगों को बताया कि मैनेजर ने उसे क्या कहा था। मुँह में थूक न आने पर भी उसने सौ बार थूका। "मुझे दिख रहा है कि वह मुझे बर्दाश्त नहीं कर पा रहा है। कहता है कि मैं लोगों को मुफ्त में घुसा देती हूँ। आप क्या कहती हो अम्माँ, कि ये मर्द कुछ भी करें, हम अपनी आँखें मूँद लें? तब सब कुछ ठीक रहेगा। देखिए, मैं ऐसा नहीं कर सकती। यह समय ही ऐसा है कि सच्चाई और धर्म पर भरोसा करने वालों की कोई कदर नहीं है। आप मुझे बताइए, भगवान के नाम पर, क्या मैंने कभी किसी को बिना टिकट घुसाया है?" लील्लीबाई इस तरह से बोल रही थी जैसे सच्चाई का देवता उसके बगल में खड़ा हो। उसने मंजूनाथैय्या के परिवार के साथ हुई घटना बतायी। "हाँ अम्मा, वे लोग बड़े लोग हैं। अगर हम कुछ भी कहते हैं, उनके आत्म–सम्मान को ठेस लगेगी। इसका ज़िम्मेदार कौन होगा?"

यह घटना अकेली नहीं थी। शहर के सबसे बड़े परिवारों की औरतों को लील्लीबाई के इस अजीबोग़रीब व्यवहार का सामना करना पड़ा। मजबूर होकर उन्होंने अपने से पूछा कि वे अब तक लील्लीबाई की घटिया योजना में शामिल क्यों रही थीं? लील्लीबाई उनका मजाक उड़ाना नहीं भूलती थी—"इससे क्या कि तुम लोग बड़े परिवार की हो, यदि तुम्हारे हाथ में पैसा नहीं है।" उसे कुछ याद नहीं था कि वह उन लोगों को और क्या–क्या कहती थी। ऐसे लगता था कि उसका ख़ुद पर क़ाबू ख़त्म हो गया है। उसे बस अपनी नौकरी बचाने की लगी थी।

इन दिनों जब वह दरवाज़े पर खड़ी होती, उसे लगता मैनेजर के जासूस उसके चारों तरफ हैं। "रण्डी की औलाद! तुम्हें क्या लगता है कि तुम सण्डास के दरवाज़े के पीछे छिपकर खड़े रह सकते हो? हिम्मत हो, तो बाहर आओ गुलामों!" वह टिकट फाड़ती कहती जाती—

"जाओ, जाओ मैंने तुम्हारे जैसे दस आदमी देखे हैं।" शुरू में औरतें चिन्तित होतीं। बाद में उन्होंने यह सोच लिया कि लील्लीबाई के माथे के एक दो पेंच गिर गये हैं। कुछ शौक़ीनी मनोचिकित्सक औरतों ने कहा– "लील्लीबाई मैनेजर और उस औरत के पीछे झाँकने ही क्यों गयी? जब ख़ुद का पति नहीं होता तो औरत अपने कपड़े फाड़कर चारों तरफ घूमने लगती है।" मैनेजर ने लील्लीबाई के साथ बदला लेने की क़सम खा ली थी। वह जितना धमकाता, लील्लीबाई उतनी ही गालियाँ बकती।

जब टॉकीज का माहौल सीमा से बाहर ख़राब हो गया, तब चंद्रप्पा बम्बई से इस ख़बर के साथ लौटा कि गुलाबी की मृत्यु हो चुकी थी। वह उसकी राख को उसकी दादी के चमेली के बाग में छिड़कने के लिए आया था, जैसे कि उसकी अन्तिम इच्छा थी। मेरा अन्त आ गया है, लील्लीबाई ने सोचा। वह रंगा राव के बरामदे में बिना एक शब्द बोले चुपचाप बैठी रही। उसमें न कुछ खाया न पीया। कुछ देर बाद वह उठी और चली गयी। उसके सोचे मुताबिक़ कुछ नहीं हो रहा था।

चंद्रप्पा दहाड़ा–"यह सिनेमा है या कि यह मैनेजर समझता है कि कोई बम्बई का रण्डीखाना है?" मैनेजर को बर्खास्त कर दिया गया। लील्लीबाई ने बार–बार इसे दोहराया–"अम्मा, देखा सच की जीत होती है। वह मुझे नौकरी से नहीं निकालेगा। आखिर मुझे नौकरी गुलाबी के कहने पर मिली थी। देखो, जब मैं दरवाज़े पर खड़ी होती थी, मैंने एक पैसा नहीं छुआ, उसी का मुझे फल मिला है।" उसके मुँह में जो आता, बोलती रहती। अब वह लोगों की दी हुई क़ॉफी पी लेती और अपनी माँ के लिए दिया हुआ नाश्ता घर ले जाती। पर आदिकेशव भगवान को भी पता नहीं था कि समय किस दिशा में और कब बदल जायेगा।

चंद्रप्पा कुछ दिनों के लिए वहाँ रहा। वह चारों तरफ यह कहता फिरता था कि उसके लिए टॉकीज की देखभाल करना बहुत मुश्किल है क्योंकि वह इतनी दूर बम्बई में रहता है। अन्त में उसने टॉकीज को दूसरे शहर के एक आदमी को बेच दिया। उसने शहर के डॉक्टर को कहा कि वह अपने नये नर्सिंग होम को बनाते समय गुलाबी के नाम

पर एक ख़ास कमरा बना दे। इसके लिए उसने क़ाफी पैसा छोड़ दिया और बम्बई लौट गया। अब 'गुलाबी टॉकीज' का नाम बदल गया।

लील्लीबाई ने क़ाफी दिन प्रतीक्षा की कि नया प्रबन्धक उसे बुलाएगा। यह अफवाह थी कि पुराने लोगों को नौकरी पर फिर से रखा जायेगा। लील्लीबाई जाकर उन लोगों से मुलाक़ात कर उनका अभिवादन कर आयी थी। "औरतों के प्रवेशद्वार पर कोई औरत ही क्यों रहे? वे लोग आपस में मिलकर जाने क्या–क्या षड्यन्त्र रचने लगें?"–नये प्रबन्धक ने कहा और लील्लीबाई की जगह शीना नाम के आदमी को वहाँ रख दिया गया।

लेकिन लील्लीबाई को शहर कैसे छोड़ देता? जो औरतें अब अस्पताल जाने लग गयी थीं, वे चाहती थीं कि वह उनके घर लौटने पर उनकी देखभाल तीन महीनों तक करे। परन्तु यह सब कब तक चलता? अब दो–तीन बच्चों के बाद में औरतें छिपकर अपना ऑपरेशन करवा लेती थीं, जिससे कि उनके और बच्चे न हों। समय कैसे बदल गया था!

लील्लीबाई अगर टॉकीज में नहीं थी तो भी क्या हुआ? अब शहर की औरतें पहले की तरह डरपोक नहीं रह गयी थीं। न ही उनके हाथ पहले की तरह खाली थे। अब वे इतनी बहादुर हो गयी थीं कि वे साफ–साफ कहतीं कि उन्हें शाम को सिनेमा देखने जाना है। यदि उनके मर्द उन पर चिल्लाते तो वे अपने बालों को जूड़े में बाँधती हुई कहतीं–"क्या हम एक फ़िल्म देखने के लायक भी नहीं हैं? अगर हम तुम्हारी सारी बातें सुनने लगें, तो तुम हमें कभी इधर नचाओगे, कभी उधर।" और पैसा? औरतों ने चार टिकटों का पैसा माँगना सीख लिया था जबकि उनमें से तीन ही जा रही हों, जिससे कि वे अगली बार के लिए पैसा बचा लें।

गुलाबी मर चुकी थी। उसके नाम पर बनी टॉकीज का भले ही अब कोई अजनबी मालिक था, परन्तु शहर में वह एक अदृश्य लहर ला चुकी थी। एक ऐसी लहर, जो दिन पर दिन बड़ी, और बड़ी होती जाती थी। अब यह कभी कम नहीं हो सकती थी।

सिक्का बदल गया

कृष्णा सोबती

खद्दर की चादर ओढ़े, हाथ में माला लिए शाहनी जब दरिया के किनारे पहुँची तो पौ फट रही थी। दूर–दूर आसमान के परदे पर लालिमा फैलती जा रही थी। शाहनी ने कपड़े उतारकर एक ओर रखे और 'श्री राम, श्री राम' करती पानी में हो ली। अंजलि भरकर सूर्य देवता को नमस्कार किया, अपनी उनींदी आँखों पर छींटे दिये और पानी से लिपट गयी!

चनाब का पानी आज भी पहले–सा ही सर्द था, लहरें लहरों को चूम रही थीं। वह दूर सामने कश्मीर की पहाड़ियों से बर्फ पिघल रही थी। उछल–उछल आते पानी के भंवरों से टकराकर कगारे गिर रहे थे, लेकिन दूर–दूर तक बिछी रेत आज न जाने क्यों खामोश लगती थी! शाहनी ने कपड़े पहने, इधर–उधर देखा, कहीं किसी की परछाई तक न थी। पर नीचे रेत में अगणित पांवों के निशान थे। वह कुछ सहम–सी उठी!

आज इस प्रभात की मीठी नीरवता में न जाने क्यों कुछ भयावना–सा लग रहा है। वह पिछले पचास वर्षों से यहाँ नहाती आ रही है। कितना लम्बा अरसा है! शाहनी सोचती है, एक दिन इसी दुनिया के किनारे वह दुल्हिन बनकर उतरी थी। और आज आज शाह जी नहीं, उसका वह पढ़ा–लिखा लड़का नहीं, आज वह अकेली है, शाह जी की लम्बी–चौड़ी हवेली में अकेली है। पर नहीं, यह क्या सोच रही है वह सवेरे–सवेरे! अभी भी दुनियादारी से मन नहीं फिरा उसका!

शाहनी ने लम्बी सांस ली और 'श्री राम, श्री राम', करती बाजरे के खेतों से होती घर की राह ली। कहीं–कहीं लिपे–पुते आँगनों पर से धुआँ उठ रहा था। टनटन बैलों की घन्टियाँ बज उठती हैं। फिर भी कुछ बंधा–बंधा–सा लग रहा है। 'जम्मीवाला' कुआं भी आज नहीं चल रहा। ये शाह जी की ही असामियाँ हैं। शाहनी ने नज़र उठायी। यह मीलों फैले खेत अपने ही हैं। भरी–भरायी नयी फसल को देखकर शाहनी किसी अपनत्व के मोह में भीग गयी। यह सब शाहजी की बरकतें हैं। दूर–दूर गाँवों तक फैली हुई ज़मीनें, ज़मीनों में कुएँ सब अपने हैं। साल में तीन फसल, ज़मीन तो सोना उगलती है। शाहनी कुएँ की ओर बढ़ी, आवाज़ दी, "शेरे, शेरे, हसैना हसैना।"

शेरा शाहनी का स्वर पहचानता है। वह न पहचानेगा! अपनी मां जैना के मरने के बाद वह शाहनी के पास ही पलकर बड़ा हुआ। उसने पास पड़ा गण्डासा 'शटाले' के ढेर के नीचे सरका दिया। हाथ में हुक्का पकड़कर बोला"ऐ हसैना–सैना।" शाहनी की आवाज़ उसे कैसे हिला गयी है! अभी तो वह सोच रहा था कि उस शाहनी की ऊँची हवेली की अँधेरी कोठरी में पड़ी सोने–चाँदी की सन्दूकचियाँ उठाकर कैसे लाए कि तभी 'शेरे शेरे'। शेरा गुस्से से भर गया। किस पर निकाले अपना क्रोध? शाहनी पर! चीखकर बोला "ऐ मर गयीं एंहसैना, एब्ब तैनू मौत दे"

हसैना आटेवाली कनाली एक ओर रख, जल्दी–जल्दी बाहिर निकल आयी। "ऐ आयीं आं। क्यों छावेले (सुबह–सुबह) तड़पना एं?"

अब तक शाहनी नजदीक पहुँच चुकी थी। शेरे की तेजी सुन चुकी थी। प्यार से बोली, "हसैना, यह वक्त लड़ने का है? वह पागल है तो तू ही जिगरा कर लिया कर।"

"जिगरा!" हसैना ने मान भरे स्वर में कहा, "शाहनी, लड़का आखिर लड़का ही है। कभी शेरे से भी पूछा है कि मुँह अँधेरे ही क्यों गालियाँ बरसाई हैं इसने?" शाहनी ने लाड़ से हसैना की पीठ पर हाथ फेरा, हँसकर बोली "पगली, मुझे तो लड़के से बहू प्यारी है! शेरे!"

"हाँ शाहनी!"

"मालूम होता है, रात को कुल्लूवाल के लोग आये हैं यहाँ?" शाहनी ने गम्भीर स्वर में कहा।

शेरे ने जरा रुककर, घबराकर कहा, "नहीं शाहनी"। शेरे के उत्तर की अनसुनी कर शाहनी जरा चिन्तित स्वर से बोली, "जो कुछ भी हो रहा है, अच्छा नहीं। शेरे, आज शाहजी होते तो शायद कुछ बीच–बचाव करते। पर" शाहनी कहते–कहते रुक गयी। आज क्या हो रहा है। शाहनी को लगा जैसे जी भर–भर आ रहा है। शाह जी को बिछुड़े कई साल बीत गये, पर...पर आज कुछ पिघल रहा है। शायद पिछली स्मृतियाँ और आँसुओं को रोकने के प्रयत्न में उसने हसैना की ओर देखा और हल्के–से हँस पड़ी। शेरा सोच ही रहा है, क्या कह रही है शाहनी आज! आज शाहनी क्या, कोई भी कुछ नहीं कर सकता। यह होके रहेगा। क्यों न हो? हमारे ही भाई–बन्दों से सूद ले–लेकर शाह जी सोने की बोरियाँ तोला करते थे। प्रतिहिंसा की आग शेरे की आँखों में उतर आयी। गण्ड़ासे की याद हो आयी। शाहनी की ओर देखा। नहीं–नहीं, शेरा इन पिछले दिनों में तीस–चालीस कत्ल कर चुका है पर..पर वह ऐसा नीच नहीं सामने बैठी शाहनी नहीं, शाहनी के हाथ उसकी आँखों में तैर गये। वे सर्दियों की रातें..कभी–कभी शाह जी की डाँट खाके वह हवेली में पड़ा रहता था। और फिर लालटेन की रोशनी में वह देखता, शाहनी के ममता भरे हाथ दूध का कटोरा थामे हुए 'शेरे–शेरे, उठ, पी ले।' शेरे ने शाहनी के झुर्रियाँ पड़े मुंह की ओर देखा तो शाहनी धीरे से मुस्कुरा रही थी। शेरा विचलित हो गया। 'आखिर शाहनी ने क्या बिगाड़ा है हमारा? शाह जी की बात शाह जी के साथ गयी, वह शाहनी को ज़रूर बचाएगा। लेकिन कल रात वाला मशवरा! वह कैसे मान गया था फिरोज़ की बात! 'सब कुछ ठीक हो जायेगा। सामान बांट लिया जायेगा!'

"शाहनी चलो तुम्हें घर तक छोड़ आऊँ!"

शाहनी उठ खड़ी हुई। किसी गहरी सोच में चलती हुई शाहनी के पीछे–पीछे मजबूत क़दम उठाता शेरा चल रहा है। शंकित–सा–इधर उधर देखता जा रहा है। अपने साथियों की बातें उसके कानों में गूँज रही हैं। पर क्या होगा शाहनी को मारकर?

"शाहनी!"

"हाँ शेरे।"

शेरा चाहता है कि सिर पर आने वाले खतरे की बात कुछ तो शाहनी को बता दे, मगर वह कैसे कहे?

"शाहनी"

शाहनी ने सिर ऊँचा किया। आसमान धुएँ से भर गया था। "शेरे"!

शेरा जानता है यह आग है। जलालपुर में आज आग लगनी थी लग गयी! शाहनी कुछ न कह सकी। उसके नाते रिश्ते सब वहीं हैं।

हवेली आ गयी। शाहनी ने शून्य मन से ड्योढ़ी में क़दम रखा। शेरा कब लौट गया उसे कुछ पता नहीं। दुर्बल–सी देह और अकेली, बिना किसी सहारे के! न जाने कब तक वहीं पड़ी रही शाहनी। दोपहर आयी और चली गयी। हवेली खुली पड़ी है। आज शाहनी नहीं उठ पा रही। जैसे उसका अधिकार आज स्वयं ही उससे छूट रहा है! शाह जी के घर की मालकिन लेकिन नहीं, आज मोह नहीं हट रहा। मानो पत्थर हो गयी हो। पड़े–पड़े साँझ हो गयी, पर उठने की बात फिर भी नहीं सोच पा रही। अचानक रसूली की आवाज़ सुनकर चौंक उठी।

"शाहनी–शाहनी, सुनो ट्रकें आती हैं लेने।"

"ट्रकें?" शाहनी इसके सिवाय और कुछ न कह सकी। हाथों ने एक–दूसरे को थाम लिया। बात की बात में खबर गाँव भर में फैल गयी। बीवी ने विकृत कण्ठ से कहा "शाहनी, आज तक कभी ऐसा न हुआ, न कभी सुना। गजब हो गया, अँधेर पड़ गया।"

शाहनी मूर्तिवत् वहीं खड़ी रही। नवाब बीवी ने स्नेह–सनी उदासी से कहा "शाहनी, हमने तो कभी नहीं सोचा था!"

शाहनी क्या कहे कि उसी ने ऐसा सोचा था? नीचे से पटवारी बेगू और जैलदार की बातचीत सुनाई दी। शाहनी समझी कि वक्त आन पहुँचा। मशीन की तरह नीचे उतरी, पर ड्योढ़ी न लाँघ सकी। गहरी, बहुत गहरी आवाज़ से पूछा "कौन? कौन हैं वहाँ?"

कौन नहीं है आज वहाँ? सारा गाँव है, जो उसके इशारे पर नाचता था कभी। उसकी असामियाँ हैं जिन्हें उसने अपने नाते–रिश्तों से कभी कम नहीं समझा, लेकिन नहीं, आज उसका कोई नहीं, आज वह अकेली है! यह भीड़ की भीड़, उनमें कुल्लूवाल के जाट। वह क्या सुबह ही न समझ गयी थी?

बेगू पटवारी और मसीत के मुल्ला इस्माइल ने जाने क्या सोचा। शाहनी के निकट आ खड़े हुए। बेगू आज शाहनी की ओर देख नहीं पा रहा। धीरे से जरा गला साफ करते हुए कहा "शाहनी, रब्ब नू एही मंजूर सी।"

शाहनी के क़दम डोल गये। चक्कर आया और दीवार के साथ लग गयी। इसी दिन के लिए छोड़ गये थे शाह जी उसे? बेजान–सी शाहनी की ओर देखकर बेगू सोच रहा है 'क्या गुजर रही है शाहनी पर! मगर क्या हो सकता है! सिक्का बदल गया है।'

शाहनी का घर से निकलना छोटी–सी बात नहीं। गाँव का गाँव खड़ा है हवेली के दरवाज़े से लेकर उस दारे तक जिसे शाह जी ने अपने पुत्र की शादी में बनवा दिया था। तब से लेकर आज तक सब फ़ैसले, सब मशविरे यहीं होते रहे हैं। इस बड़ी हवेली को लूट लेने की बात भी यहीं सोची गयी थी! यह नहीं कि शाहनी कुछ नहीं जानती हो। वह जानकर भी अनजान बनी रही। उसने कभी बैर नहीं जाना। किसी का बुरा नहीं किया, लेकिन बूढ़ी शाहनी यह नहीं जानती कि सिक्का बदल गया है।

देर हो रही थी। थानेदार दाऊद खाँ जरा अकड़कर आगे आया और ड्योढ़ी पर खड़ी जड़ निर्जीव छाया को देखकर ठिठक गया! वही शाहनी है जिसके शाह जी उसके लिए दरिया के किनारे खेमे लगवा दिया करते थे। यह तो वही शाहनी है जिसने उसकी मंगेतर

को सोने के कनफूल दिये थे मुँह दिखायी में। अभी उसी दिन जब वह 'लीग' के सिलसिले में आया था तो उसने उद्दण्डता से कहा था, 'शाहनी, भागोवाल मसीत बनेगी, तीन सौ रुपया देना पड़ेगा!' शाहनी ने अपने उसी सरल स्वभाव से तीन सौ रुपये दिये थे। और आज?

"शाहनी!" ड्योढ़ी के निकट जाकर बोला "देर हो रही है शाहनी। (धीरे से) कुछ साथ रखना हो तो रख लो। कुछ साथ बाँध लिया है? सोना–चाँदी..."

शाहनी अस्फुट स्वर से बोली "सोना–चाँदी!" जरा ठहरकर सादगी से कहा, "सोना–चाँदी! बच्चा वह सब तुम लोगों के लिए है। मेरा सोना तो एक–एक ज़मीन में बिछा है।"

दाऊद खाँ लज्जित–सा हो गया। "शाहनी तुम अकेली हो, अपने पास कुछ होना ज़रूरी है। कुछ नकदी ही रख लो। वक्त का कुछ पता नहीं।"

"वक्त?" शाहनी अपनी गीली आँखों से हँस पड़ी।

"दाऊद खाँ, इससे अच्छा वक्त देखने के लिए क्या मैं ज़िन्दा रहूँगी!" किसी गहरी वेदना और तिरस्कार से कह दिया शाहनी ने।

दाऊद खाँ निरुत्तर है। साहस कर बोला, "शाहनी कुछ नकदी ज़रूरी है।"

"नहीं बच्चा मुझे इस घर से (शाहनी का गला रुँध गया) नकदी प्यारी नहीं। यहाँ की नकदी यहीं रहेगी।"

शेरा आन खड़ा गुजरा कि हो ना हो कुछ माँग रहा है शाहनी से। "खाँ साहिब देर हो रही है।"

शाहनी चौंक पड़ी। देर! मेरे घर में मुझे देर! आँसुओं की भँवर में न जाने कहाँ से विद्रोह उमड़ पड़ा। मैं पुरखों के इस बड़े घर की रानी और यह मेरे ही अन्न पर पले हुए नहीं, यह सब कुछ नहीं। ठीक है, देर हो रही है। पर नहीं, शाहनी रो–रोकर नहीं, शान से निकलेगी इस पुरखों के घर से, मान से लाँघेगी यह देहरी, जिस पर एक दिन वह रानी बनकर आ खड़ी हुई थी। अपने लड़खड़ाते क़दमों को सम्भालकर शाहनी ने दुपट्टे से आँखें पोछीं और ड्योढ़ी से बाहर हो गयी।

बडी–बूढ़ियाँ रो पड़ीं। किसकी तुलना हो सकती थी इसके साथ! खुदा ने सब कुछ दिया था, मगर..मगर दिन बदले, वक्त बदले।

शाहनी ने दुपट्टे से सिर ढाँपकर अपनी धुँधली आँखों से हवेली को अन्तिम बार देखा। शाह जी के मरने के बाद भी जिस कुल की अमानत को उसने सहेजकर रखा, आज वह उसे धोखा दे गयी। शाहनी ने दोनों हाथ जोड़ लिए। यही अन्तिम दर्शन था, यही अन्तिम प्रणाम था। शाहनी की आँखें फिर कभी इस ऊँची हवेली को न देख पायेंगी। प्यार ने जोर मारा। सोचा, एक बार घूम–फिर कर पूरा घर क्यों न देख आयी मैं? जी छोटा हो रहा है, पर जिनके सामने हमेशा बड़ी बनी रही है, उनके सामने वह छोटी न होगी। इतना ही ठीक है। बस हो चुका। सिर झुकाया। ड्योढ़ी के आगे कुलवधू की आँखों से निकलकर कुछ बूदें चू पड़ीं। शाहनी चल दी। ऊँचा–सा भवन पीछे खड़ा रह गया। दाऊद खाँ, शेरा, पटवारी, जैलदार और छोटे–बड़े, बच्चे, बूढ़े–मर्द औरतें सब पीछे–पीछे।

ट्रकें अब तक भर चुकी थीं। शाहनी अपने को खींच रही थी। गांववालों के गलों में जैसे धुँआ उठ रहा है। शेरे, खूनी शेरे का दिल टूट रहा है। दाऊद खाँ ने आगे बढ़कर ट्रक का दरवाज़ा खोला। शाहनी बढ़ी। इस्माइल ने आगे बढ़कर भारी आवाज़ से कहा, "शाहनी, कुछ कह जाओ। तुम्हारे मुँह से निकली असीस झूठ नहीं हो सकती!" और अपने साफे से आँखों का पानी पोंछ लिया। शाहनी ने उठती हुई हिचकी को रोककर रुँधे–रुँधे से कहा, "रब्ब तुहानू सलामत रखे बच्चा, खुशियाँ बक्शे।"

वह छोटा–सा जनसमूह रो दिया। जरा भी दिल में मैल नहीं शाहनी के। और हम..हम शाहनी को नहीं रख सके। शेरे ने बढ़कर शाहनी के पाँव छुए, "शाहनी कोई कुछ कर नहीं सका। राज भी पलट गया।" शाहनी ने कांपता हुआ हाथ शेरे के सिर पर रखा और रुक–रुककर कहा, "तैनू भाग जगण चन्ना!" (ओ चाँद तेरे भाग्य जागें।) दाऊद खाँ ने हाथ का संकेत किया। कुछ बड़ी–बूढ़ियाँ शाहनी के गले लगीं और ट्रक चल पड़ी।

अन्न–जल उठ गया। वह हवेली, नयी बैठक, ऊँचा चौबारा, बड़ा 'पसार' एक–एक करके घूम रहे हैं, शाहनी की आँखों में! कुछ पता नहीं ट्रक चल दिया है या वह स्वयं चल रही है। आँखें बरस रही हैं। दाऊद खाँ विचलित होकर देख रहा है इस बूढ़ी शाहनी को। कहाँ जायेगी अब वह?

"शाहनी मन में मैल न लाना। कुछ कर सकते तो उठा न रखते! वक्त ही ऐसा है। राज पलट गया है, सिक्का बदल गया है।"

रात को शाहनी जब कैंप में पहुँचकर ज़मीन पर पड़ी तो लेटे–लेटे आहत मन से सोचा 'राज पलट गया है। सिक्का क्या बदलेगा? वह तो मैं वहीं छोड़ आयी।'

और शाह जी की शाहनी की आँखें और भी गीली हो गयीं!

आस पास के हरे–हरे खेतों से घिरे गाँवों में रात खून बरसा रही थी।

शायद राज पलटा भी खा रहा था और सिक्का बदल रहा था।

इन्दूभाई गायब

अंजलि खाँडवाला

वे एक इन्सान थे। साधारण।

बुद्धिः साधारण। चेहरा मोहराः साधारण। आदर्शः साधारण। नाम इन्दूभाई। सिर्फ़ उनकी आँखें साधारण नहीं थीं। चतुराई उनमें गोते खा रही थी। यही कारण था कि वे मुख्य जगह पर दख़ल कर पाये थे। एक बार पाँव जमाने के बाद वे बहुत सावधान थे कि कोई उन्हें वहाँ से हटा न दे।

इन्दूभाई ने अपने पीछे एक स्पॉटलाइट लगवा रखी थी। जैसे कि वहाँ सूरज हो। किन्तु कोई इसे देख नहीं सकता था। इसके कारण उनकी बहुत लम्बी छाया बनती थी। उस छाया की लम्बाई देखकर सबको आश्चर्य होता। स्पॉटलाइट की सूरज जैसी चमक से इन्दूभाई का असली आकार और लम्बाई छिप जाते। लाइट की चकाचौंध से अन्धे होकर लोग सिर्फ़ उनकी लम्बी छाया ही देख पाते। और उसकी पूजा करते।

हर मुख्य अख़बार में छाया की तस्वीरें जब–तब झाँकती दिखायी पड़तीं। इससे इन्दूभाई की छाया की महिमा लोगों के दिमाग में तरोताजा रहती। इन्दूभाई खुद ही अख़बार के सम्पादकों को ये तस्वीरें छापने के लिए भेज देते और वे उन्हें पहले पन्ने पर छापकर इन्दूभाई को ख़ुश रखते। उन्हें ख़ुश रखने का कारण छाया की लम्बाई थी।

सब कोई सोचते कि छाया ही इन्दूभाई हैं। उनसे मिलने आनेवाले दूर, बहुत दूर खड़े रहते और छाया से बात करते रहते। बिना कोई काम के उनसे कोई मिलने नहीं आता था। जाहिर है कि पहले से मिलने का समय लिए बिना तो कोई द्वार से अन्दर ही नहीं आ पाता। पर समय मिलने के बाद भी यह इन्दूभाई पर निर्भर था कि वे अपनी छाया के दर्शन देने की कृपा किस पर करते। जिस पर यह कृपा बरसती, वह भावविह्वल होकर बार–बार उन्हें सलाम करता।

इन्दूभाई को दुनिया में सलाम से ज़्यादा कुछ और पसन्द नहीं था। वे ख़ुश होकर आगंतुक से कभी–कभी वरदान माँगने को कहते। आगंतुक निहाल होकर अपने बेटे का दाख़िला या अपनी या किसी परिचित की पदोन्नति, बैंक से ऋण या नौकरी वगैरह कुछ माँग लेता। इन्दूभाई के लिए कुछ भी असम्भव नहीं था। शहर में हर चीज़ की लगाम उन्हीं के हाथ में थी। वे लगाम खींचते और सामनेवाला उनकी इच्छा पूरी करने पर मजबूर हो जाता। इन्दूभाई को नाराज़ करने का ख़तरा उठाने की किसी की ताकत नहीं थी और इसका कारण वही था–उनकी लम्बी छाया। निःसन्देह इन्दूभाई एक इन्सान थे। अद्वितीय, किन्तु फिर भी एक इन्सान। वे कभी अपने को आइने में नहीं देखते थे। अपनी लम्बी छाया को लगातार देखते हुए उन्हें भी यह विश्वास हो चला था कि इन्दूभाई दरअसल उनकी विराट छाया ही है।

वे अक्सर अपने से मिलने आनेवालों को कहते–"मेरे आकार का वर्णन करो।" सारे लोग यही जवाब देते–"पूरे शहर के सूत्रधार आप ही हैं। आप अमित, अपार हैं। हम आपके चरणों की धूल हैं।" यह व्याख्या आदमी से आदमी में थोड़ी बहुत बदल जाती, परन्तु उसका सारांश यही रहता। इन्दूभाई का मतलब था विराटता और विराटता का मतलब था इन्दूभाई! कुछ साल पहले कुछ लोगों ने अलग तरह की व्याख्या की थी परन्तु इन्दूभाई की ताक़तवर छाया ने उन्हें कुछ ही पलों में निगल लिया था।

एक दिन इन्दूभाई अपने दफ्तर में अपनी कुर्सी पर बैठे अपनी छाया के ढेर को टटोल रहे थे। उनका दिमाग पूरी तरह इस काम में मशगूल था। अचानक बिना उनकी आज्ञा लिए लम्बी मूँछोंवाला एक तिलचट्टा अन्दर आ गया। उसकी गति नेपोलियन की जैसी थी। वह तेजी से बढ़ता हुआ इन्दूभाई की कुर्सी की तरफ चला आया। अपनी छाया के ऊपर एक शूद्र छाया पड़ती देख इन्दूभाई ने सिर उठाया और उसकी तरफ नफरत से देखा। फिर वे इतनी जोर दहाड़े कि किसी की भी हिम्मत जवाब दे जाती। पर तिलचट्टा बहरा था या कि सच्चा राजपूत, क्योंकि वह बेपरवाह उसी तरह बढ़ता रहा। वह कुर्सी के एक पाँव पर चढ़ गया। इन्दूभाई ने पहरेदार को बुलाने के लिए एक बार, दो बार, तीन बार आवाज़ दी। पर कुछ नहीं हुआ। उनकी आवाज़ दीवार से टकराकर वापस लौट आयी। उसके बाद हवा में सन्नाटा छा गया।

तिलचट्टा इन्दूभाई से पूरे एक गज दूर था। इन्दूभाई ने उसे अन्तिम बार चेतावनी दी और वहाँ से दफा होने का आदेश दिया। तिलचट्टे ने चेतावनी की परवाह नहीं की। वह कुर्सी के हत्थे पर कूद गया और वहाँ से उसने सीधे इन्दूभाई के कुर्ते पर छलांग लगा दी। उतने से तिलचट्टे के लिए निश्चय ही यह रिकॉर्ड तोड़ने वाली कूद रही होगी। इन्दूभाई ने तुरन्त उसे अपने कुरते से झटक दिया। वह सिर के बल नीचे गिरा और दरवाज़े के बाहर फेंक दिया गया।

चूँकि वह काफी देर तक दिखायी नहीं पड़ा, इन्दूभाई उसकी तुच्छ औकात पर हँसे और वापस अपनी छाया की तरफ मुड़ गये।

तिलचट्टे ने अपनी युद्धनीति बदल दी। इन्दूभाई की आँखों से अदृश्य रहते हुए उनके पीछे की खिड़की से वह अन्दर आया। उनके कुर्ते पर चढ़कर अब उनकी ठूँठ जैसी गर्दन पर पहुँच गया जो कुर्ते के बाहर निकली हुई थी। इस बीच इन्दूभाई अपनी छाया को देखने में ही व्यस्त थे। उन्हें लगा कि उनकी गर्दन पर कुछ रेंग रहा है। उन्होंने पहचानने की कोशिश की कि यह क्या हो सकता है।

इन्दूभाई गाँव के आदमी थे और हर ऐसे प्राणी के स्पर्श को अच्छी तरह से पहचानते थे। पर इसमें काँटे थे और फिर भी यह चुभता नहीं था। कितना अच्छा होता, अगर वे उसे अपने कानों के अन्दर महसूस कर पाते। गड़नेवाली कानखोदनी की जगह हल्की–हल्की खुजली हो जाती। इन्दूभाई अपनी इस कल्पना का आनन्द ले ही रहे थे कि तिलचट्टे की धागे जैसी मूँछ उनके दाहिने गाल पर फिरी। कनखी से इन्दूभाई ने उसके कालेपन को देखा। इन्दूभाई के क्रोध का सुदर्शन चक्र गति में आ गया। उनका मन हुआ कि उँगलियों में लेकर उसकी चटनी बना दे। किन्तु इस विचार से उन्हें जुगुप्सा हुई। इस कीड़े के अपवित्र खून से उनकी गरिमा दूषित हो जाएगी। उन्होंने यह ख़्याल छोड़ दिया और उसे अपने नाक के कफ से भरे रुमाल से पकड़ लिया।

तिलचट्टा अपनी भाषा में कुछ बड़बड़ाया और बेसिरपैर सा कुछ बोला। इन्दूभाई को यह हज़ारों सिपाहियों के चलने की गड़गड़ाहट जैसी लगी। उनके हाथ से रुमाल छूटकर गिर गया।

ज़मीन पर फेंकते ही तिलचट्टे के पंख फड़फड़ाने लगे। उसके बाद उसने अपने पंख ऊँचे–नीचे किये और हवाई जहाज की तरह उड़ गया। वह चारों तरफ उड़ा और फिर इन्दूभाई की टेबल पर ठीक उस जगह बीच में जा बैठा जहाँ से इन्दूभाई की दृष्टि बिलकुल सीधी उस पर पड़ती थी। उसकी आँखें एक चिमटे की तरह इन्दूभाई की दृष्टि को पकड़े हुए थीं। इतने सालों में बहुत सावधानी से बनायी हुई इन्दूभाई के आत्मविश्वास की इमारत ढहने लगी।

तिलचट्टे की आँखें लगातार फैलती जा रही थीं। वे चमकती रहीं, जब तक कि उनकी चमक में एक अद्‌भुत रोशनी नहीं भर गयी। एक के बाद एक जैसे कई सूर्य पिघल गये और उसमें घुल गये जिससे उसका प्रवाह और ज़्यादा तेज हो गया। इन्दूभाई ने कई लोगों को उस प्रवाह में बहते देखा। अपने बचे–खुचे आत्मविश्वास का सहारा लेते इन्दूभाई ने अपने सिंहासन जैसी कुर्सी के दोनों हत्थे कसकर पकड़ लिए।

तिलचट्टे के जबड़े हिलने लगे। फिर धीरे–धीरे उसने अपना मुँह पूरा खोला और इन्दूभाई की छाया की तरफ दौड़ा। वह छाया को कुतरने लगा और उसके एक कोने को चबा गया। इन्दूभाई के पूरे शरीर में जैसे डर की लहरें उठ रही थीं। उनके अन्दर घुटन बढ़ती जा रही थी।

तिलचट्टा इस तरह निगलता गया जैसे उसने सदियों से न खाया हो। अपने पाँव के नीचे इन्दूभाई की छाया के अन्तिम टुकड़े को दबाकर तिलचट्टे ने उसकी बुद्धि का हिस्सा खा डाला। बस...पूरा ख़त्म...इन्दूभाई की छाया चली गयी। चमत्कार! धन्य है!! इन साठ सालों की ज़िन्दगी में इन्दूभाई को कभी ऐसा फूल सा हल्कापन महसूस नहीं हुआ था। एकबारगी जो छाया पूरी तरह छिली गयी, तो उनके रोयें भी गन्दगी से मुक्त हो गये। पहली बार उनकी चमड़ी पर उन्हें ठण्डक महसूस हुई। स्वाभाविक था कि इन्दूभाई ने चारों तरफ देखा। उन्हें रोज़मर्रा की रोज की चीज़ें दिखायी पड़ीं–दफ्तर, टेबल, कुर्सी। उन्होंने बा–बापू की तस्वीरें कई सालों की धूल से भरे फ्रेम में लगी देखीं, जो अब तक दीवार पर टंगी हुई थीं। इतने दिनों तक वे इन्दूभाई की लम्बी छाया के पीछे छुपी हुई थीं।

अचानक इन्दूभाई की आँखें अपनी कुर्सी की ओर गयीं। वह खाली लग रही थी। उन्होंने अपने शरीर की ओर देखा जो अब चीनी के छोटे से टुकड़े के आकार का बन गया था। इन्दूभाई ने अपना हाथ सामने किया और अपनी हथेली फैला दी। उँगुली का हर पोर, हर नाख़ून, सब कुछ बिलकुल सही था। उन्होंने अपने पाँव की उँगुलियों की तरफ देखा। फिर अपने कान, नाक, गाल और चेहरे की जाँच की। सब कुछ वहीं था, जहाँ होना चाहिए था। उनकी आँख फिर एक बार कुर्सी की तरफ गयी। उन्होंने अपने को उस विशाल कुर्सी पर बैठे देखा। वे इतने छोटे लग रहे थे, जैसे कि वे हों ही नहीं। उत्सुकता से उन्होंने कुर्सी के हर हिस्से को ऐसे छूना शुरू किया जैसे उन्होंने उसे पहले कभी न देखा हो। फिर उनकी दृष्टि तिलचट्टे की तरफ गयी जो अब टेबल पर खड़ा हो गया था।

वह एक मूर्ति की तरह बिना हिले–डुले खड़ा था। उसके पीछे सूरज चमक रहा था। उसके रोम–रोम से रोशनी निकल रही थी। इस रोशनीदार तिलचट्टे की चकाचौंध को इन्दूभाई सह नहीं पा रहे थे। उन्होंने कुर्सी में कोई दरार तलाशी, जिससे कि वे उसमें छुप जाये। फिर वे उस दरार में घुस गये और वहाँ से लगातार तिलचट्टे को देखते रहे।

वे वहाँ से बड़े–बड़े पहाड़ों को देख रहे थे। समुद्रों को। जंगलों को। अनगिनत शहरों को। शहरों की ऐतिहासिक इमारतों को। इन्दूभाई ने उस लम्बी मूर्ति को पहचाना जिसके हाथ में एक मशाल थी। उसके दोनों पाँव एक नदी में धँसे हुए थे। उन्हें वह हिन्दी फ़िल्म याद नहीं आयी जिसमें उन्होंने इसे देखा था। उन दोनों विशाल पाँवों के नीचे से स्टीमर गुजर रहे थे। स्टीमर के द्वारा खींची जाती हुई इन्दूभाई की आँखें अपने शहर पर चली आयीं। उन्होंने अपने मोहल्ले को देखा। फिर उनका दफ्तर आ गया...फिर दरार में छुपी हुई एक बूँद..सबकुछ तिलचट्टे के शरीर के अन्दर था। इन्दूभाई इस दृश्य को देखते हुए काँप उठे। उन्होंने अपनी आँखें बन्द कर लीं। अचानक हवा बहुत जोर से गरजने लगी। इन्दूभाई की आँखें खुल गयीं। वह विशाल तिलचट्टा सिकुड़ने लगा था। उसके बनाये शून्य से एक तूफान उठ रहा था। बहुत सारे नकाब अपना सिर उठा रहे थे, फूँफकार रहे थे और थूक रहे थे। उनके दफ्तर के नीचे की ज़मीन हिलने लगी। पूरा का पूरा दफ्तर हिल रहा था और झूल रहा था। ऐसे लग रहा था जैसे दफ्तर में कोई विराट मन्थन हो रहा हो। टेबल पर पड़े कागज हवा में उड़ने लगे। अलमारी, टेबल और कुर्सियाँ एक--दूसरे से भिड़ने लगीं और कभी ज़मीन से तो कभी दीवाल से धक्के खाने लगीं। इन्दूभाई एक कागज के टुकड़े पर फेंके गये। चार दीवालों के बीच में उठता तूफान जैसे पगला उठा और बाहर निकल आया। वह बाहर जाते समय सारी खिड़कियों को झटके से खोल गया। एक कागज के टुकड़े पर चिपके इन्दूभाई अन्तरिक्ष में घुल गये।

अगले दिन इन्दूभाई के दफ्तर के दरवाज़े पूरी तरह खुले हुए थे। वहाँ कोई पहरेदार नज़र नहीं आ रहा था। इन्दूभाई की छाया जो दरवाज़े तक पहुँचती हुई सड़क को छूती थी, वह भी गायब थी। लोग खुले हुए दरवाज़ों के पास से गुजरे और इन्दूभाई के दफ्तर के बाहर भीड़ लग गयी। इन्दूभाई कहीं नहीं थे। उन्हें यकीन हो गया कि इन्दूभाई अब वहाँ नहीं हैं। वे चिल्लाने लगे। चमत्कार! धन्य हो!! हर आदमी जैसे पगला गया था। इन्दूभाई की कुर्सी के लिए छीना–झपटी बहुत तेज और खूनी हो गयी। अन्त में, जिसकी छाया सबसे लम्बी थी, उसे मुकुट पहनाया गया और कुर्सी पर बैठाया गया। अब उसे इन्दूभाई द्वितीय के नाम से जाना जाता था।

तित्तूर की विधवाएँ

विश्वप्रिया एल. आयंगर

इस भूमि पर कभी ऐसी विधवाएँ थीं जो भूतों को जलावन की लकड़ी से पीटती थीं...

वे ट्रंक में हाथ घुसातीं और बदलाव लानेवाली स्मृतियों के थान खींच निकालतीं। अनारस के कड़े टुकड़े चबाते हुए हलूदी के गीत का एक टुकड़ा गातीं। वे तम्बाकू खाये मुँह को ठण्डा करतीं, रस के छींटे मिट्टी के फर्श पर गिरते देखतीं और याद करतीं उसकी कहानीय भले ही उनके इधर–उधर भटकते दिमाग कहानी के महत्व को न समझ पाते हों। यह सब ऐसा न होता, अगर हलूदी का कोई मन्दिर होता! जिसमें उसकी मूर्ति होती या कोई शिलालेख होता।

उनका दावा था कि उन्हें वह घटना याद थी जिसे न किसी ने आँखों से देखा था और न किसी ने इसकी ताक़ीद की थी : कि जो सफेद भूत उन दिनों इस धरती पर शासन करते थे, उन्होंने अँधेरी रात में उसे मृत्यु दी थी। सिर्फ़ आग ही उसकी शान थी। ज़िन्दगी और मौत के बीच के उस पल में हलूदी ने उन दिनों का गीत गाया था, जब धरती पर आधी रोशनी और आधा अँधेरा होता था। औरत ने रोशनी के नियम को तोड़कर अपने चूल्हे के लिए आग को वश में कर लिया था। उसने इसे प्रकृति से चुरा लिया था।

उस रात तित्तूर में तेज हवा थी। उसके गीत को हवा ने चूसकर पत्थरों की साँस में पहुँचा दिया और चमेली के गुच्छों को दलदल में फेंक दिया, जहाँ काले भैंसे मच्छरों से संगत करते थे।

चम्पा के फूल घोंसलों में गिरे और उनसे गौरैया के बच्चों के सिर कट गये। ओलों से नवजात बकरियाँ बुखार होकर मर गयीं। प्रकृति भी रात के अभिशाप में शामिल थी।

कई दिनों तक उन्हें इन घटनाओं का महत्व समझ में नहीं आया था।

हलूदी के चार बेटे मरे हुए पैदा हुए थे।

चेचक के दाग वाला उसका पति रमण्णा उस साल मर गया था, जिस साल सौराष्ट्र के व्यापारियों ने मवेशियों का बड़ा मेला लगाया था। वहाँ गहनों जैसी खुदाई किये हुए ताँबे के बर्तन थे, शीशे की कढ़ाई की हुई घाघरा–चोली थी, मोरों के रंग की तीन गज की साड़ियाँ, नारंगी के छिलके, काली मोटी कढ़ाइयाँ, पॉलिश किये डाण्डिये जैसे पतले बेलन थे।

मेले के बाद विधवा हलूदी खिल उठी।

तभी की बात है, रमण्णा के अचानक मरने के दो सप्ताह बाद वह अकेली पहाड़ पर रहने लगी। उसकी साधारण झोंपड़ी मिट्टी, लकड़ी और भूसे के छप्पर से बनी थी। इस तरह जंगलियों की तरह रहने से लोगों ने उसकी बहुत बदनामी की।

वहाँ न कोई पति था न बेटा, जो आग न जलाने पर या सुबह पानी न उबालने पर हल्ला करता। बाक़ी लोगों को तो मतलब ही क्या था। हलूदी अब अपने क़ानून ख़ुद बनाती थी।

रोशनी की तेज किरणों ने रात को अन्धकार के दो बराबर हिस्सों में बाँट दिया। गड़ेरिया अपनी कीट–पतंगों वाली चादर पर लेट गया। तित्तूर की रात को कलक्टर के दफ्तर से निकलती रोशनी की छड़ें काट रहीं थीं।

कलक्टर का घोड़ा गीली मिट्टी को खुरों से दबाता रोशनी की चादर से अभी गुजरा था। वह हमेशा से भी ज़्यादा गोरा लग रहा था। उसके होंठों पर ख़ून की गन्ध थी। वह अजीब था, जैसे कोई असुर रक्तहीन हो गया हो।

साहब की ख़ाकी क़मीज फटी हुई थी। उसने हमेशा की तरह वहाँ की भाषा न बोलकर अंग्रेज़ी में मौत सी ठण्डी आवाज़ में आदेश दिया था। इसलिए गड़ेरिये को समझ नहीं आया था कि उसने कोई भूत देखा या...शायद यह असुर वापस जंगल में घोड़े पर लौट जायेगा। तब वह उसका चेहरा अच्छी तरह देख लेगा।

गड़ेरिया रातों को काले बालों से भरे कानों के बगैर कहानियाँ इकट्ठी करता था और अपनी लम्बी यात्राओं में उन्हें ख़ुद को सुनाता था। अपने फंतासी के साहस में वह सजेधजे अंग्रेज़ सिपाहियों को घड़ों की तरह फूटते देखता। वह अचानक पूरी मुड़ गयी सड़क पर चल रहा था जो एक झूले की तरह थी, पर उसमें सारे पत्थर और काँटे जमे हुए थे। उसका झुण्ड खो गया था। वह ऐसे दिखा रहा था कि उसे उनसे छुटकारा मिल गया, लेकिन बात करने के लिए किसी का न होना उसे बुरा लग रहा था। उसे एकान्त की कल्पना सुहाती, पर वह जब अकेला होता, इतना बातूनी हो जाता कि सब कुछ चुभने लगता। वह झुका हुआ चलता। अपने डण्डे से अनारस की कैक्टस जैसी पत्तियों को पीटता और कहता, "रण्डी की औलाद अंग्रेज़ों! मैं तुम्हारे चेहरे के मक्खन से नहीं डरता।" वह सड़क पर लगे दिशा दिखाने के हल्के पट्टो को गिरा देता, जिनसे मूर्ख लोगों को पहाड़ चढ़ने–उतरने में आसानी होती थी।

कलक्टर के दफ्तर की बत्तियाँ हल्की हो गयी थीं। साम्राज्य अब रोशनी के बिन्दुओं पर निर्भर था। जिस कमरे में कलक्टर विलियम बैठता था, उसकी छत इतनी ऊँची थी कि उसमें नारियल के पेड़ पूरे ऊँचे उग जाते। यहाँ जब गोल किये हुए चर्मपत्र के कागजात खुलते और बन्द होते, तो उनमें नये रुपयों जैसी कड़कड़ाहट होती। दिन में माहौल चुप्पी का रहता, साँस का गणित रुक–रुककर चलता, जैसे कि गुस्सा करने से युद्ध ही छिड़ जायेगा। वे लोग दरवाज़ों पर कुत्तों की तरह पहरा देते। क्लर्क, दरबान और चपरासी सफेद भूत के बारे में आपस में चर्चा का शोधपत्र लिखते। साहब की एकाग्रता की माँग को देखते हुए वे अपने अपनी निर्धारित जगहों पर ही रहते।

अंग्रेज़ों का सफेद बंगला ऐसे फैला हुआ था, जैसे मरुभूमि में सुन्दर हरियाली का नख़लिस्तान हो। विलियम ने पहले तल की स्टडी की बड़ी खिड़कियों से बाहर देखा। लकड़ी जलाने का धुआँ उठ रहा था। उसने अपनी पसीजी हुई हथेली में शेर–छाप की सील दबाई और फर्श पर नपे क़दमों से टहलता रहा। खिड़की के बगल में तुर्की गलीचे पर फाइलों का पेड़ उगा था। वह नहीं चाहता था कि कोई उसे खिड़की के बाहर पहाड़ों की तरफ देखता हुआ देखे। वह रात के पहरेदार से स्थानीय ख़बरें लेता ज़रूर था, पर इसका मतलब यह नहीं था कि उसका ध्यान पहरेदार की तरफ खिंच जाये।

उसने फाइलों को पंखे की तरह फैला दिया, जो उनके आपस में जुड़े रहने का प्रतीक था। सिविल सर्विस के मुद्दे फैल गये, सेना के मुद्दे ऊँचे ढेर में रहे। किन्तु ब्रिटिश राज को बाँधनेवाले नाजुक धागों को साफ अलग करना उसे शान्ति नहीं दे रहा था। पंखा अधिक कामुकता लिए था, उससे एक कामुक मालिक को समर्पित युवतियों की छवि बनती थी। इससे अपराध–बोध और बन्दी बनाने की बात गुम हो जाती थी। शायद उसे सुदूर पूरब जाना चाहिए था, जैसे कि चीन में। यहाँ माहौल दूसरा था।

पहरेदार सो रहा था। कलक्टर विलियम ओलों को अकेले गिरते देखने के मौक़े से ख़ुश था। वह ख़ुश था कि आधी रात के तूफान को वह एक मनुष्य की अ़स्पष्ट आवाज़ की तरह सुन रहा था।

तित्तूर दक्षिण के पठार पर एक छोटा सा गाँव है। यह तीन चोटियों वाली 'मुतण्णा बौनी पहाड़ी' के पास है। गांधीटोपी की पहाड़ी में चन्दन और कटहल के जंगल हैं। पूर्वी मैदान में कलक्टर का दफ्तर, पुलिस थाना, दवाखाना, खेत और घर हैं। पश्चिम की तरफ भव्य आकृतियों वाले विराट पत्थर हैं। इसी बंजर विशाल भूमि में विधवाओं ने अपनी रीतिरिवाज़ों की दुनिया बसाई है। एक खोदी हुई गुफा में–जो आधी गुफा और आधा मकबरा है, एक सपाट सफेद पत्थर है जिस पर चार रेखाएँ ख़ुदी हैं।

विधवाओं का यह मानना था कि हुलीअम्मा देवी ने अपने पंजों से उस पत्थर पर रेखाएँ खींची हैं। वे उस पर जंगली फूलों की मालाएँ चढ़ातीं, जड़ी–बूटियाँ चढ़ातीं और ऐसा कोई भी जानवर या प्राणी की बली, जिसका वे शिकार कर पाती थीं। जब पहाड़ियों को हवाएँ घिसतीं, वे जंगली घास की मालाएँ बनातीं और सफेद पत्थर को साँप या मेंढक के खून से रंग देतीं। वे चमड़े सुखातीं और रंगीन धागों और बीज के मोती लगाकर उसके बटुए सीलतीं। हुलीअम्मा उनकी अपनी बनायी हुई देवी थी। विधवाएँ कभी देवी से न डरतीं और न किसी तरह का नाटक करतीं। वे सिर्फ़ देवी से यही प्रार्थना करतीं कि उनमें जो ताकत मौजूद थी, उसे वह बनाये रखे।

धूप ग्रैनाइट को चमका रही थी। नूँगन्ना की विधवा तीर्तम्मा को उनकी बिरादरी में शामिल करना था। गिगीयक्का ने उसके पतले घुँघराले बाल बनाये। वह लम्बे लकड़ी के कंघे को पूरा नीचे तक लाती और उसके दाँतों को अपने अँगूठे और तर्जनी से दबाती। लकड़ी के टुकड़ों के करारेपन को महसूस कर वह हँसती। जैसे ही तीर्तम्मा के गोल कन्धों पर कोई भटकी हुई जूँ चलती दिखायी दी, उँगुलियों ने उत्तेजित होकर उसे झपट लिया और अँगूठे के नाख़ून से उसे मार डाला। चूना–पत्थर की जंग पर ख़ून का रंग चढ़ गया।

नेलम्मा चट्टान के गरम भाग पर बैठी थी। उसकी भीगी साड़ी में एक गीली पोटली में फूल और पत्ते थे। वह उनकी लम्बी माला गूँथ रही थी। फिर वह उन्हें तम्बाकू के पत्ते में बाँधकर तालाब में तैरा देगी। तीर्तम्मा सुन्दर नहीं थी। यदि वह होती, तो नेलम्मा और दूर जाकर एक कमल का फूल काट लाती। बालों के लिए नहीं क्योंकि कमल भारी होता है, देवी को चढ़ाने के लिए। हलूदी उससे बलि के पशु को सज़ा लेती। नेलम्मा ने उबासी ली। वह तालाब पर जाएगी। चन्दन की सुगन्धित छाया में सोयेगी। उसने गिगीयक्का को मुसी हुई पंखुड़िया दीं।

तीर्तम्मा अधेड़ थी। उसने छह बच्चों को पैदा किया था और वह दादी भी बन चुकी थी। उसका शरीर औरतपन के चक्र को पूरा कर झुक गया था। वह जलती धूप में खेतों में मजदूरी करती थी।

अब वह विधवा थी और बिरादरी में आनेवाली थी। तीर्तम्मा भाग्यशाली थी। अब वह अपनी मेहनत के रेगिस्तान में अनाम नहीं मरेगी। आज रात वह अपनी आत्मा को बोलने देगी।

दीक्षा के पहले उसके शरीर पर मलहम लगेगा। हड्डीनुमा हाथों ने उसके माथे पर पंखुड़ियों के ठण्डे रस को बालों की जड़ में डालते हुए मालिश की। गौरैया के गर्भ को कच्चे पपीते में मिलाकर पीसा गया था। उन्होंने उसे तीर्तम्मा के पैरों तले लगाकर बाँध दिया। अब उसके घिसे हुए तलवे घास और बालू को महसूस कर सकेंगे।

रात होने के बाद समारोह होगा। हलूदी अनुष्ठान का संचालन करेगी।

"मैदान में घर क्यों बनायें? इतनी दूर लकड़ी ढोनी पड़ती है। मेरा घर जंगल में होगा।"

हलूदी पहाड़ी पर रहती। उसे एकान्त में आनन्द था। शेरनी गुफाओं में बच्चे पैदा करती है और हलूदी के गीत पहाड़ी पर पैदा हुए।

हलूदी एक जमींदार ब्राह्मण के घर नहलाने वाली नौकरानी थी। भोर में वह जलावन की लकड़ी इकट्ठी करती और चल पड़ती। अपनी साड़ी की तहों में जड़ी बूटी का गुच्छा खोंस लेती। पहाड़ी से उतरते नीम का दातुन चबाती। कसैले थूक और नींद की खुमारी के बीच वह एक गीत गुनगुनाती।

गायों की बाड़ के पीछे वह पत्थर की सिल पर जड़ी–बूटियों को पीसती। फिर कुएँ से काँसे के घड़े में तीस बार पानी भरकर एक बहुत बड़े मिट्टी के चूल्हे पर रखती। चूल्हे में लकड़ी के लट्ठे और गोबर के उपले भरकर आग जलाती और फिर पाइप से तेज फूँक मारकर आग को फैलाती। लोहे की पाइप में फूँकने की आवाज़ ऐसे गूँजती जैसे बालू पर हवा गूँजती है।

वह कैस्टर तेल से बच्चों और औरतों की मालिश करती। दुखते हुए हाथ–पैरों पर उसके हाथ शहद की तरह फिसलते और दादियों के झूलते हुए माँस भी तन जाते। वह सबको एक–एक करके नहलाती। बच्चों की पूरी बन्दरों की सेना थी। उन्हें वह चार–चार करके नहलाती।

उसके बाद कोयले जलाती और गुग्गल के टुकड़ों का छिड़काव करके उसके ऊपर एक टोकरी रख देती। उसके बाद पुरानी नरम साड़ियों में लिपटी हुई औरतों के बालों को उस सुगन्धित धुएँ के ऊपर फैला देती। वे जैसे नशे में आधी आँखें बन्द करके रखतीं और परिवार के बारे में बातचीत करतीं।

कभी–कभी जब वह बच्चों को नहला रही होती, जमींदार अंजैय्या स्नानघर का दरवाज़ा खोल झाँकता। वह चिढ़कर कहती–"जाओ दुष्ट बकरे! नहीं तो तुम्हारे बच्चे के ऊपर एक लोटा पानी भी नहीं डालूँगी।"

ब्राह्मण लोग हमेशा इस बात से भयभीत रहते कि उनके बच्चों को सर्दी लग जायेगी। बूढ़ा जमींदार भगवान से कहता कि काश उसने हलूदी के दिमाग में इतना तीखा मसाला न डाला होता। वह दरवाज़ा बन्द करके चला जाता।

जिस काम से हलूदी का जीवन चलता था, यही था। जंगल से खाना मिल जाता था किन्तु गुड़, तेल और कपड़ों की ज़रूरत पूरी नहीं होती थी। ब्राह्मणों की औरतें उससे उस तरह बातचीत नहीं करती थीं जैसे वे दूसरी नौकरानियों के साथ करती थीं। वे उसको किसी तरह की अफवाहों के टुकड़े नहीं फेंकती थीं। वे उससे डरती थीं और उसके बारे में जानने को उत्सुक थीं। अगर उसके हाथों में यह जादू नहीं रहता, तो वे कभी उसे उससे काम नहीं करवातीं। उसके आसपास रहने से उन्हें अजीब सी विरक्ति होती। उन्हें डर लगता।

हलूदी ज़मींदार और उसके परिवार की क़ाफी नक़ल उतारती। बहुत–सी शामें उसकी कहानियों के नशे में गुजर जातीं। सबको हँसाने की क्षमता इस विधवा की एक बड़ी खासियत थी।

पीसे हुए घोल के ढेर• में अपने पाँवों को नरमाती तीर्तम्मा ताड़ की एक पत्ती पर बैठ गयी थी।

अचरज से जमे होंठ स्वरों के तालाब में पिघल गये। एक हिरन छलाँग लगाते हुए पेड़ों के खम्भों के पार दौड़ गया। तेल में डूबी अँगुलियाँ हथेलियों पर चलने लगीं। रोशनी के खुर चमके। अचानक आयी बारिश की तरह तित्तूर के मन्दिर की घण्टी धीमे से बज उठीं।

"जंगली चमेली सितारों को हवा से गूँथ दो।
मेरे लहराते बालों पर सज जाओ।
सूरज तुम्हारे अस्त होने के ख़ून को मेरे माथे पर लिख दो।
मेरी चन्दा माँ, मैं ज़रूर तैरूँगी..."

बिना हवा की सुबह ने हलूदी की दीक्षा के गीत को हुलीअम्मा की गुफा के पास बैठी औरतों तक पहुँचा दिया। उनकी थकान ख़त्म हो गयी। वे अचानक हुई रोशनी से चकाचौंध होकर उठीं और उनकी हँसी गीत के बोलों की सिलवट मिटाती गयी।

"नदी में तुम्हारी रूपहली किरणों के साथ तैरूँगी मैं, चन्दा।
चीनी के टुकड़े खाऊँगी और खजूर की ताड़ी पियूँगी।
क्योंकि आज मैं अपनी दुल्हन हूँ।"

तीर्तम्मा से उन्हें ख़ुशी मिल रही थी। जब कोई नौसिखिया उनके गुट में शामिल होती, तब न उसे पता होता न विधवाओं को कि वह आगे क्या बनेगी। पूरा समूह इस बात पर जोर देता कि वह अपने सच का पता करे, जैसे बीज को उसके तेल का और चट्टान को उसकी धातु का पता होता है। कटहल से भरे दूर फैले जंगल पर निगाहें टिकाये, उसे देखती विधवाओं से बेपरवाह, तीर्तम्मा गाती रही।

वे अपनी महान पुजारिन हलूदी को नमस्कार करतीं। हलूदी ने कहा था, "जितनी ज़्यादा उम्र होगी, पूजा उतनी ही बड़ी होगी। बहुत गहरे अँधेरे से आत्मा को ऊपर उठना होगा। यह ज़रूरी है, क्योंकि बरसों का दर्द नृत्य को और लचीला बना देगा।"

अगर हलूदी को पता चल जाये कि नेलम्मा ने कमल के फूल के बारे में सोचा था, परन्तु तेल के लिए सिर्फ़ मुसी हुई पंखुड़ियाँ ही दीं, तो वह उसे डांटेगी और वापस पहाड़ियों में भेज देगी। नेलम्मा को अनुष्ठान पसन्द था। इससे उसे सांत्वना मिलती थी परन्तु उसमें हलूदी जैसी शारीरिक शक्ति नहीं थी। वह अपराध–बोध के गोल–गोल धागे से खेलती रही और उसने कमल के फूल को अपने दिमाग से निकाल दिया।

तीर्तम्मा ने हलूदी का वह शुरुआती गीत गाया :

अन्धकार, दर्द की देवी,
नहीं जानती शरीर औरत या मर्द का।
वह खोजती है रात का सीना,
आत्मा के लिए।
वह सोता है मैं जागी हूँ
पीछा करती हूँ कटहल के जंगल तक।
भद्दे पाँव,
सियार के रोने की ताल पर नाचते हैं
उस रस्सी को गूँथते जो मुझे पीटती है।
रात का सीना, देवी, मेरे सच को मुझे बताओ।

अचानक बजने लगे संगीत से, उस सुगन्ध से जो उसके सिर को जला रही थी, तीर्तम्मा डर कर खड़ी हो गयी। उसने अपने पाँव पर जमे हुए घोल को तोड़ा और दौड़ने लग गयी। भारी भूरे टखने उसे उड़ाते हुए जंगल में ले गये।

विधवाएँ देखती रहीं। वे सब समझ रही थीं क्योंकि ऐसी ही किसी दोपहर या रात को उन्हें अपने अन्दर की शक्ति से इसी तरह डर लगा था। वे पहाड़ी के पश्चिम में चुपचाप चलती रहीं।

जमींदार अंजैय्या ने स्नानघर के दरवाज़े को कई बार खोला और बन्द किया, किन्तु वहाँ से उठती भाप से उसका चश्मा धुँधला नहीं हुआ। कल की जड़ी–बूटियों की हल्की सी गन्ध अब भी नालियों से उठ रही थी। एक टूटी हुई टाली में से सूरज की किरणें काँसे की कढ़ाई पर चमक रही थीं। पत्थर का ठण्डा फर्श जो तेल और पानी से चिकना था, उसे सता रहा था। कमरे में लम्बे हाथ–पाँव वाली औरत के भीगे स्तनों की छाया थी। आज मिट्टी का बड़ा चूल्हा जलाया नहीं गया था, काँसे वाले से काम चलाया गया था।

जमींदार ने अपना पूरा छप्पनभोग खाया और पेट को हल्का करते डकार ली। कमरे में गर्भ की तरह शान्ति और अन्धकार था। खिड़कियाँ बन्द थीं। वह अपनी पत्नी के बगल में चटाई पर लेट गया और उसके नरम, ढीले पड़े हुए पेट को सहलाया।

उसमें हलूदी की ख़ुशबू नहीं आ रही थी। उसने पूछा कि आज उसके बालों से गुग्गल की ख़ुशबू क्यों नहीं आ रही?

"वह काम करने नहीं आयी। पता नहीं पहाड़ी पर अपनी झोंपड़ी में किसकी सेवा करती है! उसने मुझे बताया कि एक रात एक हिरन आया और उसके पैर चाटने लगा। उसकी गीली नाक के कारण उसने सोचा कि साँप है। पिथूर से कोई विद्रोही भी उससे मिलने आता है। लोग कहते हैं कि वह देखने में सुन्दर है। फिर भी उसे मुझे बताना चाहिए था कि वह नहीं आयेगी। आज पूरे घर ने कौवों की तरह चम्मच भर पानी से स्नान किया है।"

अंजैय्या को अपनी पत्नी अजीब लगती थी। वह धर्मावरम सिल्क की साड़ियाँ पहनती, जिनमें भारी सुनहरी किनारी होती। परन्तु उसके ब्लाउज में घिसी हुई डोरियाँ लगी रहती थीं।

"आज बच्चों को स्नान नहीं करवाया गया। बिना तेल–बूटी के कोई स्नान होता है? सब गर्म पानी से नहाये, फिर भी ठण्ड लगती रही।"

अंजैय्या ने अपने पिछले दाँतों में फँसा सुपारी का टुकड़ा निकाला।

"पूरी सुबह बीस भाण्ड नींबू–मिर्च का अचार बनाते–बनाते मेरी कमर टूट गयी। कम से कम एक अच्छा स्नान मुझे राहत देता।"

अंजैय्या सोचता था कि इतने साल बाद कम–से–कम वह इतना तो कर सकता है कि अपनी पत्नी की बात सुनता रहे। इसके अलावा हलूदी का नाम सुनने से वह उत्तेजित हो जाता था। दोपहर के ऊनींदे समय में उन्होंने सम्भोग किया।

सोयी हुई दोपहर में उसका काम रोज़ की तरह चल रहा था। विलियम ने बाज के पंख वाली कलम को इंडिया इंक के ढेर सारे कागजों पर घसीटा। घटनाओं की जटिलता को तर्क के साफ–साफ खानों में बैठाया। एक ऐसी जाति पर राज करने में बहुत चतुराई की ज़रूरत थी, जो महान सभ्यता का दावा करती थी– जहाँ जंगलीपन तरह–तरह के रीतिरिवाजों की बारीकियों के अन्दर छिपा रहता था। दोपहर की सुस्त गर्मी में अपराध–बोध कम होकर अफसोस में बदल गया।

पहाड़ी पर आग काफी देर पहले ठण्डी हो गयी थी और बिना जले हुए लट्ठे चारों तरफ पड़े थे।

नियमों की परवाह न कर, वह कभी–कभी अपने एल्सेशियन कुत्तों को रात में पहाड़ियों पर ले जाता। तब हलूदी की आकृति उसने पेड़ों के बीच देखी थी। पिछली बार उसने बात की थी क्योंकि वह कुत्तों के साथ था। स्थानीय सौन्दर्य विलियम को लुभाता नहीं था। जिस क्षण वह बोली, शब्द जम गये थे, जैसे कि बर्फ के टुकड़ों का जलतरंग हो।

पहरेदार ने पिथूर के विद्रोही नेता वीरप्पा के साथ उसके सम्बन्धों के बारे में एक विस्तृत रिपोर्ट दी थी। वह हमेशा रात में एक भूरे घोड़े पर आता और भोर तक रहता। तब सारी रात उसके दिये का तेल जलता। पतली दीवारों से उनकी आवाज़ें पेड़ पर चिड़ियों की बोली की तरह सुनाई पड़तीं। वे लोग विधवाओं के बारे में, जमींदार और उसके परिवार के बारे में, कलक्टर के दफ्तर के क्लर्क और चपरासियों के बारे में बातें करते। वे एकान्त के बारे में, अकेलेपन के बारे में, कविता और न्याय के बारे में लम्बे–लम्बे वाक्य बोलते। वीरप्पा को छायाएँ और दानव दूर से दिखायी पड़ते। भोर में अपने घोड़े पर चढ़ने की पहले वह विद्रोही नेता हलूदी के पैर छूता। वीरप्पा हर दूसरी पूर्णिमा पर आता था।

पहरेदार इस बात पर पूरा जोर देता कि उन दोनों के बीच शारीरिक सम्बन्ध नहीं थे। वे बात करने की बेचैनी में शरीर को भूल जाते थे। इसका मतलब यही निकलता था कि हलूदी राजनीतिक षडयन्त्र में शामिल थी, विलियम ने सोचा। वह रिश्तों में शरीर से परहेज की बात को लेकर भ्रमित था। विधवाओं की समिति से पंगा लेने पर वह विवश था। उसे इस तरह के अजीब सम्प्रदाय पसन्द नहीं थे।

पहरेदार बकता चला गया था। हलूदी ने कहा था, कलक्टर एक भुट्टा है। उसके बाल भुट्टे के बाल जैसे हैं। इस बात पर वह विद्रोही दिल खोलकर हँसा था। विधवाओं में से एक का पति रात का पहरेदार रहा था। विधवा ने अपनी दीक्षा के समय उससे ली

जानेवाली सूचनाओं के बारे में बताया था। उसमें कई तरह की बकवास थी, कि कैसे भूत अपने ही लोगों की आँखें ख़रीद लेते हैं, कैसे दिल के प्रति लोग अन्धे हो जाते हैं, कैसे बच्चों की कमजोरियों पर जासूसी करते हैं।

जब उसने उसके कुत्तों को प्रशंसा की नज़र से देखा और फिर उसकी तरफ देखा जैसे कि वह कोई रंगहीन गाजर हो, उसे बहुत अपमान महसूस हुआ था। उसने सीधे–सीधे उससे विधवाओं की समिति के बारे में पूछा और यह भी, कि क्या वह इस अनुष्ठान को जारी रखनेवाली थी जिसमें पतियों की मृत्यु का उत्सव मनाया जाता था?

हलूदी ने अपनी निजी बातों में उसकी दख़लन्दाजी करने की क्षमता का उपहास किया था। जैसे किसी सम्मोहन में वह किसी नारे की तरह बोली थी, "मैं एक विधवा हूँ और यह मेरी शक्ति है।"

जब उसने उसे कहा कि उसे इस बात को खोलकर बताना होगा, तो उसने अपना मुँह सिल लिया था और उसका मौन तीन चोटियों वाली पहाड़ियों के अँधेरे मोड़ों में घुस गया था। विलियम ने उसे आदेश दिया था कि उसे अपनी समिति को तोड़ना होगा और पिथूर से कोई सम्बन्ध नहीं रखना होगा। तब उसे कोई नुकसान नहीं पहुँचाया जायेगा।

हलूदी हँसी थी, "कलक्टर साहब, आपके दिमाग को, जो अंग्रेज़ी आकाश में फीका पड़ गया है, क्या हमारे आम विचित्र नहीं लगते?"

विद्रोहियों का आम से क्या सम्बन्ध था? लौटते समय विलियम को सोता हुआ गड़ेरिया मिला था। उसके कुत्तों ने काई को सूँघा था और उससे घोंघे निकाल लिए थे। विलियम के ऊपर एक विध्वंसक व्यर्थता–बोध छा गया था। उसने अपने दिमाग के पन्ने पलटे थे ताकि वह अपनी उदासी को समझ सके।

वह दफ्तर लौटा, तो जिले में छोटी–मोटी पर शर्मनाक विद्रोह की ख़बरें उसका इन्तजार कर रही थीं। हरकारे का सफेद चेहरा, उसका कैशौर्य, उसकी स्थिर नीली आँखों ने विलियम में भूली हुई आत्मीयता जगा दी। उसने लड़के को चाय पिलायी और उसका

उत्साह भरा यात्रा का विवरण सुना। उसकी मासूम स्पष्टवादिता से विलियम के अन्दर अपनी पूरी जाति को सुरक्षा देने की ज़रूरत का तीव्र एहसास जाग उठा।

घोड़े की टाप जैसे दूर गयीं, विलियम ने अपनी मोरोक्को के चमड़े की कुर्सी के गर्भ में धँसकर ख़बरों की चिट्ठियों को गम्भीर चिन्ता के साथ पढ़ा। सारी रात आग चटकती हुई उसकी फर वाली चप्पलों में पैरों की उँगुलियों को गरम करती रही। रातें ठण्डी और तूफानी होती थीं।

दिन गरम होते। हवा का नाम न था। पंखा झलनेवाला पान खा रहा था। वह उसे कहेगा कि मछलियों के तालाब में न थूके। हालाँकि बन्दे को अंग्रेज़ी नहीं आती थी, विलियम को उससे डर लगता, जैसे कि वह परदे के पीछे से किसी बेतुके नाटक का निर्देशक हो।

...तित्तूर की विधवाओं के पैशाचिक अनुष्ठान पुराने जमाने की हमारी चुड़ैलों से अलग नहीं हैं ...ये यहाँ के जमींदार–किसानों की धार्मिक रीतियों के भी खिलाफ हैं। हिन्दू धर्म में हर शादी से पहले एक ऐसी सुहागिन की पूजा की जाती है, जो अपने पति से पहले मर गयी हो। उसकी आत्मा के सम्मान में उसका प्रिय भोजन पकाया जाता है और एक बुजुर्ग सुहागिन महिला को सिल्क की साड़ी और अन्य उपहार दिये जाते हैं।

कलक्टर विलियम ने पिछली सूचना को बेकार मानते हुए उसे काटकर लिखा,

"मुझे इसमें कोई शक नहीं है कि इन विधवाओं के खिलाफ किसी भी तरह का सरकारी या अन्य क़दम उठाने से यहाँ के लोगों को जरा सी भी कोई आपत्ति होगी।"

काबुल के अनार का रस जैसे तित्तूर के किसान के तम्बाकू के थूक से मिला हो, सूर्य कभी–कभी वैसे अस्त होता है।

विधवाओं ने सब्जी के झोल को हल्की आवाज़ से चाटकर शाम का भोजन ख़त्म किया। फिर वे अभ्यास की हुई गति से अपने घरों से एक नदी की धार की तरह निकल पड़ीं। नृत्य करनेवालियाँ प्रतीक्षा में थीं। रंग मिट्टी की खिड़कियों से निकल धब्बों में गिरते रहे।

उन्होंने अधीरता से अपने चूल्हों की आग पर पानी डाला था और रात होने पर हुलीअम्मा की तरफ चल पड़ीं। वे अभी तक न जाने हुए को जानने की आशा कर रही थीं, जैसे किसी दूर के शहर से कठपुतलियों का नाच आया हो, जिसके देवता और दानव अलग क़िस्म के हों।

विधवाएँ एक गोल घेरे में बैठ गयीं। उनके होंठों को अस्पष्ट, नींद तोड़नेवाले ख़्याल मुलायम बना रहे थे।

"कोई प्रार्थना नहीं, सिर्फ़ अपनी आवाज़ में अपनी बातें कहनी हैं, अपनी ताल को खोजना है। अपनी शान्ति की भाषा को पाना है।" विधवाएँ उसे देख रही थीं। वे अनिश्चय में थीं, पर विश्वास से भरी थीं। हलूदी ने रहस्य की तरह कहा, "मिट्टी दूर के प्रदेशों की तरह कुम्हार के पैरों में चमकती है। कुम्हार मिट्टी के नाचने की प्रतीक्षा करता है।"

कभी समय था जब पत्थर के शब्द प्राचीन ज्वालामुखियों से निकले थे। उसका चेहरा मन्दिर के हज़ारों दीयों से जगमगा उठा। यह धूपबत्ती और गुलाब पंखुड़ियों की मुस्कान थी।

हुलीअम्मा की सूखी हुई स्वर्ण गुफा एक खाली पलक की तरह धाराप्रवाह रो रही थी। ये चूने के स्तम्भ समय ने बनाये थे, इनमें आँसू नहीं थे। इनमें मिथक की धड़कन और सपनों की मिश्रित धारणाएँ थीं। ये क्षितिज तक फैले हुए भविष्य के गुम्बद थे।

तीर्तम्मा और उसकी सहायक पत्थरों पर बैठी थीं। आवाज़ें रात के लोहे के सन्नाटे में खो गयीं। दोनों औरतों ने संगीत में एक दूसरे से बात की। शुरू में वे शेरनी के बच्चों की तरह धीमे बोल रहीं थीं। शब्दों, आवाज़ों और मुद्राओं से वे एक तालाब की नमी परख रही थीं। वे उम्मीद की कोमलता खोजती औरतें थीं।

उन्होंने एक परिवार की रस्म के तौर पर औरतपन की पड़ताल की। एक लड़की का जन्म जिससे किसी को ख़ुशी नहीं हुई। हिरन की खाल से बनी छोटी ढोलकी पर गिगीयम्मा ने नींद में चलनेवाली अँगुलियों की थाप दी। उस बूढ़ी औरत ने यौवन और बुढ़ापे,

डर और शान्ति को अपनी दो अँगुलियों पर सन्तुलित कर रखा था। तीर्तम्मा ने बचपन का अभिनय किया।

किशोरावस्था, बच्चे को जन्म देना—मातृत्व, बुढ़ापा। घेरे में बैठी औरतों ने हर क्षण उन पर होने वाली हिंसा का दुःख मनाया। कैसे आश्चर्य की हत्या की गयी, जवानी की ऊर्जा के हाथ—पाँव कैसे काट गये, वे हर मृत्यु पर कराहती रहीं। हर आकृति जैसी दुख से गढ़ी थी। एक बच्चे के चेहरे पर चेचक के लाल—लाल छोटे बेर उगे हुए। शराब पीती दीवारों की लापरवाही से बच्चे को जन्म देते समय योनि खोलने का उपचार न मिलना।

विधवाओं के शब्दों को दोहराना जैसे दुःख के शव की चीर—फाड़ करना था।

दोनों औरतों के रुकते ही पूरा घेरा मन्त्र की तरह बोलने लगा—"श्राप ख़त्म हो जायेगा और तीर्तम्मा हमारे पन्थ में जाग जायेगी।"

मंच पर आदि अभिनेता थे। वे अकथनीय का अभिनय कर रहे थे। एक अपूर्व स्थिति का मसाला शब्दों में कूटा जा रहा था। उन्होंने अकेलेपन की बात की, उन्होंने स्मृतिविभ्रम की बात की जिसमें एक वयस्क व्यक्ति की समझ ही पागलपन का कारण होती थी। उन्होंने अलौकिक उम्मीद की बात की। कमल के फूल उगाते दलदलों में तैरते नष्ट भ्रूणों की बात की।

तीर्तम्मा अपने नाटक के स्रोत की तरफ चली गयी। वह धरती के गर्भ से उठकर बोली—"मैं चट्टान नहीं हूँ। मैं एक घाव हूँ।"

पत्थरों ने अभ्रक के छेदों से रोशनी को सोख लिया था। वे ऐसे खड़े थे जैसे ख़ुद समय के गवाह हों। तीर्तम्मा की आँखों ने गिगीयक्का के चेहरे की नम लकड़ी को तोड़ते हुए, पहाड़ियों के पार, रात के हरे केशों के पार देखते हुए कहा—"घाव नहीं, इन्सान..."

हलूदी अभी तक नहीं आयी थी। विधवाएँ उसे याद कर रही थीं, पर उससे ज़्यादा तूफानी रात में भूने जाते माँस के बारे में सोच रही थीं। शायद वह जंगल में किसी भालू का पीछा कर रही हो।

तीर्तम्मा खड़ी हो गयी। उसकी बैंगनी–काली साड़ी ने उसके फैलाव को बाँध रखा था। उसकी गहरी काली बाहें लकड़ी और पीतल की चूड़ियों को खडका रही थी–"मैं आग थी, धरती थी, पानी थी। मैं मेहनत थी, फल थी...ग्रहण अब बीत चुका है।"

यदि सुबह गहरी होती है, तो रात ने अपनी चमक से उसे पीछे छोड़ दिया था। चेहरे तनावमुक्त हो गये। घेरा टूट गया और औरतें लड़ाइयों के बीच हँसने लगीं, चीनी के टुकड़े खाने लगीं और खजूर की शराब पीने लगीं।

गिगीयक्का ने शराब के नशे में तीर्तम्मा को गले लगा लिया और उसे बालों की जूँ के लिए चिढ़ाने लगी। नयी विधवा ने जवाब दिया–"जितने लोग मेरा खून चूसते हैं, उनमें जूँ मुझे सबसे कम तकलीफ़ देती हैं।"

गिगीयक्का हँसते–हँसते गिर गयी। उसकी गीली गरम हँसी उसके चेहरे की आड़ी–टेढ़ी रेखाओं से टपक रही थी– "तुम लोगों की जीभ पर खट्टे दही के बुलबुले हैं।"

कुछ देर बाद मेहनत करने वाली मजदूरनियों की चिन्ता से एक सन्नाटा पैदा हुआ। बालू ठण्डी थी और उसमें चन्दन, जड़ी बूटियों और उपजाऊ मिट्टी की ख़ुशबू थी। शाम का कार्यक्रम पूरा हो चुका था और अब वे मौज में थीं।

हलूदी शिकारी थी। वह किसी भी पशु या बड़े पक्षी को मार सकती थी। जिस दिन से उसने रजस्वला होना शुरू किया, उसी दिन से वह नदी में मछली पकड़ने लगी थी। वह जितनी अपने भाले के साथ लचीली और दक्ष थी, उतनी ही वह मछलियों के जाल के साथ थी। वह आग्रह करती कि दीक्षा के लिए उन लोगों को कुछ मोटा–ताजा खून से भरा हुआ खाना चाहिए। किन्तु हलूदी को कभी इतनी देर नहीं होती थी। शायद आज उसने अपने को ही हराने का निश्चय किया था।

वे जंगल के मुँह की तरफ देखती रहीं। चाँदनी की बारिश में मजबूत माँसपेशियों वाली जाँघें जंगल में चुनाव करती हुई, पीछा करती हुई घूम रही होंगी।

हलूदी का आगमन हमेशा ही एक विजय के उल्लास के साथ होता। उसकी साड़ी पेड़ से ताड़ी उतारने वालों की तरह ऊपर मुड़ी रहती। उसकी कोहनियाँ खून और गीली मिट्टी से रंगी रहतीं। उसके चेहरे को ज़िन्दगी के वजन ने तराश दिया था। वह कम्बल की तरह शिकार के हिरन को अपने कन्धे पर डाले हुए आती। उसका चेहरा पत्थर की तरह होता और उसके कन्धे पर ख़त्म हो गयी ऊर्जा पड़ी रहती। ऐसा लगता कि दोनों में एक समझौता हो और मृत्यु ने इस समझौते पर मुहर लगा दी हो। ज़िन्दगी अपने ऊपर ही विचार करती। उसके बायें हाथ का अँगूठा मोर के गले में लिपटा होता और मोर के साँझ जैसे पंख, घिसटती टाँगें बालू को बुहारती आतीं। ऐसा लगता कि सरस्वती की वीणा के पास जिस मोर को सौभाग्य मिला था, उसका हलूदी से कोई बिलकुल उलट रिश्ता हो।

विधवाओं ने बलि देने की आग को तैयार कर लिया था ताकि माँस को जड़ी–बूटियों के साथ भूना जा सके। वे अधीर हो रही थीं। हुलीअम्मा की भूख को शान्त करना होगा। किन्तु हुलीअम्मा की इच्छा उन सबकी इच्छा थी, यह कोई रहस्य नहीं था। गिगीयक्का और तीर्तम्मा ने भाले उठाये और जंगल की ओर चल पड़ीं। विधवाओं ने जोर का शोर किया–"कोई मेंढ़क या साँप मत लाना।" गिगीयक्का ने बिना दाँतों के मुँह से उन्हें गालियाँ दीं।

गड़ेरिया मैदानों में घूम रहा था। पहरेदार नींद से भरी आँखों से उस पर निगाह रखे था। खिड़की की डिजाइन वाले काँच से वह कलक्टर की आकृति देख सकता था जो एक पलंग जैसी डेस्क पर बैठकर पंखवाली कलम से लिख रहा था। पहरेदार के पास कोई बात करने वाला नहीं था। वह अपने श्रोताओं की हाँ–हूँ करने की कमी महसूस कर रहा था।

गड़ेरिया ने पहाड़ी पर एक औरत को जले हुए देखा था और वह समझ गया था कि कलक्टर असुर बन गया है। उसने हड्डियों की जाँच की थी। किन्तु गड़ेरिया को तब भी पता नहीं था कि जो उसने देखा वह सच था या उसके स्मृतिविभ्रम का हिस्सा था?

उन लोगों ने जब मरे हुए बाजों के पंख नोचे थे, तब क्या उन्होंने शब्दों और आदेशों के बारे में सोचा था? कलक्टर लगातार बाज के पंख से लिखता गया था।

गड़ेरिया को मछली के तालाब के पास रहना पसन्द था। वह रूपहले तारों को फिसलते देखते सो गया था, जो मछलियों की झपक से गायब हो जाते थे। उसके हाथ में अधजली बीड़ी थी।

जिला कलक्टर के दफ्तर में काम करनेवाले रात के पहरेदार मुनियास्वामी की मृत्यु के ठीक बाद विधवाओं का अन्तिम उत्सव हुआ था। मुनियास्वामी ने बहुत बार सूचनाओं के भरोसेमन्द और मूल्यवान स्रोत होने का प्रमाण दिया था। हालाँकि उसकी विवेक–बुद्धि वैसी तेज नहीं थी, जैसी स्थानीय भावनाओं को आँकने की क्षमता थी, पर वह वफ़ादार और स्वस्थ था। उसने अपनी पत्नी को महत्वपूर्ण मुद्दों की जानकारी दी थी, जो अब विधवाओं के समूह का अंग है। इसमें कोई शक नहीं कि तित्तूर की विधवाओं का पड़ोस के नयूर और पिथूर जिलों के विद्रोहियों से लगातार सम्पर्क था। यह मेरा विश्वास है कि जिला प्रशासन को कमजोर बनाने की विद्रोहियों की चेष्टाओं को विधवाओं का समूह छिपाने में मदद करता है।

विलियम ने सील लगा दी। लाल रंग का लाख का मुकुट।

गवर्नर उसकी दूरदर्शिता का क़ायल हो जायेगा।

गिगीयक्का अपने भाले को गीली मिट्टी में धँसाकर क़दम दर क़दम चलती रही। वह जानवरों के रास्ते से तीर्तम्मा को राह दिखा रही थी। वह आवाज़ों का पीछा कर रही थी– टहनियों के टूटने की आवाज़, पंखों के सरसराने की आवाज़, तालाबों या गड्ढों में जीभ से पानी पीने की आवाज़। सिवाय तेल के धब्बों की चाँदनी के और बिना हिले सोती हुई सफेद छिपकलियों के एकदम अन्धकार था। छायाएँ अभयारण्य बुन रही थीं।

तीर्तम्मा उस बिना दाँत वाली औरत के प्रति अपना गहरा आकर्षण स्वीकार कर रही थी। उसकी भावनाएँ चिन्ता भरे तनाव में बह रही थीं। वह न जंगल की धरती को समझ रही थी न मौसम को।

बस वह गहरी सतर्कता के साथ उसके पीछे चुपचाप चल रही थी। वे एक पेड़ के नीचे बैठ गयीं।

बूढ़ी औरत ने लम्बी साँस खींची–"कुछ बातें है जिनके कारण मुझे हलूदी के लिए डर लगता है।"

आग के रंग के पंख दृष्टि में कहीं दूर पर फड़के।

तीर्तम्मा ने पूछा–"लेकिन क्यों बूढ़ी अम्मा? लोग कहते हैं कि वह शक्ति की देवी है।"

गिगीयक्का ने अपनी गरदन पीछे की तरफ मोड़ी और अपने बलगम को निगला–"उस पर श्राप है कि वह चुप रहेगी। अपनी शक्तिहीनता की बात नहीं करेगी। पानी ढोनेवाला आदमी तुम्हें नहीं बतायेगा कि तालाब सूख गया है। हलूदी डरी हुई है। उसका शिकार किया जा रहा है।"

"कभी ऐसा नहीं हुआ कि हलूदी किसी की दीक्षा में न आये। उसके लिए एक नये सदस्य के शब्द हुलीअम्मा की साँस होते हैं। विधवाएँ कभी–कभी हलूदी की बात नहीं मानतीं क्योंकि वे चीज़ों के मतलब भूल जाती हैं। मुझे ऐसा लग रहा है कि वह जंगल में नहीं है, फिर भी यह डर है..."

बूढ़ी औरत बेचैनी से कुछ टहनियों के झंखाड़ के ऊपर से चलकर बोली–"मेंढ़क से अच्छी चिड़िया रहेगी।" वे जंगली बत्तख के पीछे–पीछे अन्दर तक चली गयीं।

"कलक्टर और ज़मींदार उसका पीछा करते हैं। वे चाहते हैं कि उसे भोगें और उसका अपमान करें। वह नहीं जानती कि वे लोग तरह–तरह के खेल खेलते हैं। उसे तो यह भी नहीं पता कि उसकी अपनी योजना के पीछे क्या है।"

"हलूदी युद्ध की देवी है जो कई सौ साल बाद हमारी लड़ाई के लिए नींद से जागी है।"

बिना दाँत वाली बुढ़िया मजबूत जड़ों की रस्सियों के बीच में फँसे पानी पर झुकी। उसने अपनी हथेलियों से जल्दी–जल्दी पानी लिया। उसने धागे के फुन्दनों से अपने होंठों को पोंछा–

"यह सब पहले की बातें हैं जब बारूद नहीं था, न तोपें थीं, और सिक्कों पर पानी के जहाज नहीं थे।

जंगली बत्तख शिकारिनों को अपने घर तक ले गयी। उसने अपने साथी, जो उस से रंग में फीका था, के सामने अपने पंख फैलाये और अपने मुकुट को हिलाया। गिगीयक्का ने भाला फेंका। तीर्तम्मा ने मरी हुई चिड़िया को उठाया और उसके सुन्दर पंखों को सहलाया। फिर वह उसके पंख नोच–नोचकर चाँदनी से रोशन उस रास्ते पर, जिस पर टहनियों की छाया पड़ रही थी, धीरे–धीरे फेंकती गयी। वे भूरी और पीली फुसफुसाहट में तैरती चली गयीं।

तीर्तम्मा ने सरलता से पूछा–"बूढ़ी अम्माँ तुम सब कैसे जानती हो?"

गिगीयक्का तारों की तरह दूर चली गयी थी। ऐसा लगा कि स्मृति के युद्ध के मैदान को वह पार कर चली गयी है।

तलवारों की सेनाओं और घोड़ों ने जंगल को हवा में झूलती मशालों के साथ रौंद दिया था। पेड़ों में आग लगाकर उन्हें धूल बना दिया। ज़िन्दगी अचानक आग की नदी बन गयी थी। धरती को एक औरत के पेट की तरह बिलकुल साफ कर दिया गया। सन्नाटा पहाड़ियों में जंग खा गया। औरतें लड़ाई के लिए पहले गयीं। बच्चे पानी के पास छोड़ दिये गये। आग ने तालाबों को सुखा दिया। जनजाति के भविष्य को हड्डियों की राख के ढेर में छोड़ दिया गया ताकि वे सोने के धान की पहली खाद बन जाये।

बूढ़ी औरत ने अपने होंठों को बिना किसी आवाज़ के मोड़ा।

उन लोगों ने आदमियों को जंगल में खदेड़ दिया। वे डर से पागल हो रहे थे। औरतों के गर्भ को जीतने वाली जाति के वीर्य से फुला दिया। कभी–कभी सपनों में वह देखती थी कि छोटे बच्चों की आँखों के सिक्के जले हुए गड्ढों के पास पड़े हैं।

उसके अन्दर के संसार की आवाज़ें चुप नहीं हो रही थीं और वह बोल नहीं पा रही थी। उसे खेद था कि उसके पास स्मृति थी किन्तु हलूदी की कविता नहीं थी।

पंख पुरानी कब्रगाह पर गिर गये। बूढ़ी औरत धीरे–धीरे भाले को पकड़े हुए चलती रही। उसकी हथेलियाँ पसीज रहीं थीं। "वे शक्ति को नहीं पहचानते। वे सुन्दरता पर आक्रमण करते हैं। वे यह नहीं जानते कि वह वापस आयी है हमारा बदला लेने के लिए। अब ये सफेद भूत समुद्र पार करके आये हैं.."– वह एक चट्टान पर बैठ गयी थी।

तीर्तम्मा ने कुछ दवाओं की बूटियों को हथेली में भर लिया और उन्हें अपने हाथों से मसल दिया।

"इस बालू की जगह पर भी जंगल थे...और भाले हमेशा गुफा में रखे जाते थे।"

तीर्तम्मा ने एक चट्टान से चिपकी हुई चिकनाई को उठाया– "लेकिन हलूदी के लिए तुम्हें किस बात का डर है?"

"ज़मींदार ने उसे कहा है कि वह तित्तूर के इलाके में विधवाओं की सभाएँ बन्द करे। अगर वह ऐसा नहीं करती तो वह पुजारी को कहेगा कि वह उसे चुड़ैल घोषित कर दे और उसे गाँव से बाहर निकाल दिया जाये। शायद वे उसे तब भोगना चाहते हैं जब उसकी शक्ति ख़त्म हो जाये।"

तीर्तम्मा ने गिगीयक्का के तलवों पर चट्टान से उठाई नमी लगा दी। उसका हरा ठण्डापन उसकी दर्द की दरारों को भरता गया।

तीर्तम्मा ने चुपचाप पूछा–"विधवाएँ क्या बोलती हैं?"

गिगीयक्का ने आगे झुककर कहा– "वे नहीं जानतीं।"

तीर्तम्मा को एक पूर्णविराम का अन्तिम छोर समझ में आ गया। यह पूरे अन्धकार का एक पल था।

"तब फिर हमारे अनुष्ठान का क्या मतलब है?"–वह फिर बोली।

"सिर्फ़ हलूदी जानती है किन्तु उसे याद नहीं है"– उसकी कटुता को उसकी उम्र का ढक्कन भी मुश्किल से छिपा पाया। वह फिर सितारों की तरह दूर थी।

तीर्तम्मा ने बत्तख़ के पंख नोच कर उसे बिलकुल साफ कर दिया था। वह एक नवजात शिशु की तरह बिलकुल गंजा उसके हाथ पर पड़ा था।

उन्होंने गुफा से स्वागत करती हुई आग की लपटें देखीं। शराब में डूबी हुई हँसी की आवाज़ें लहरों की तरह उनके पास आयीं।

बत्तख को आग पर रख दिया गया। हलूदी अब भी नहीं आयी थी। शराब के नशे में विधवाओं को उसकी अनुपस्थिति का पता नहीं चला और शिकारिनों ने थकान के मारे ध्यान नहीं दिया। आग हज़ारों जीभ के साथ नंगे माँस पर लपक रही थी। विधवाओं ने कोयले की गर्मी से अपने पैरों को गर्म किया।

तीर्तम्मा के दिमाग में एक रहस्यमय स्पष्टता जैसे जाग उठी थी। उसे बूढ़ी औरत की बिखरी बातें समझ में आ गयीं। सुबह की सुन्दरता, संगीत और आवाज़ की खोज– ये उसके लिए उपलब्ध नहीं थे। धरती पर मेहनत करना उसे तोड़ता था और खदानों में पत्थरों को तोड़ना उसे गूँगा बना देता था। किन्तु उसके बालों की सुगन्ध उसके सपनों से लगातार बहने वाले आँसू थे। ऐसा नहीं हो सकता।

हलूदी की अनुपस्थिति, दीक्षा की जादुई गहराई रात के आकाश पर लिखी थी। डर दृष्टि को मोड़ रहा था।

वह बूढ़ी औरत के पास गयी जो चीनी के टुकड़े को अपने थूक से गीले मसूड़ों से चूस रही थी। "मुझे भी हलूदी के लिए डर लग रहा है। वह क्यों नहीं आयी?"

वे दोनों औरतें बत्तखों को चखे बिना चली गयीं। उनके एक समान सन्देह किसी भ्रान्ति के पथ पर ले जा रहे थे। वे यह सोचकर गयीं कि कोई होगा जिससे पूछा जा सकता है और कोई होगा जिससे लड़ा जा सकता है।

किन्तु वे निष्कर्ष की छाया तक नहीं पहुँचीं। उन्होंने बुझी हुई राख के चिन्ह देखे जो किसी चिता के थे। बूढ़ी औरत एक टूटी हुई सफेद कन्धे की हड्डी के ऊपर से लुढ़क गयी थी। राख से अन्धी होते हुए वह चिल्लायी–"वे फिर आ गये हैं। जंगल में और अन्दर चले जाओ।"

बाद में यह कहा गया कि हलूदी की आत्मा ने बीच में आकर उनसे वापस अनुष्ठान में लौटने का आग्रह किया था।

किन्तु सच यह था कि किसी से कुछ न पूछा गया और न किसी से लड़ा गया। तित्तूर की विधवाओं ने कभी उसके गायब होने के बारे में खोज नहीं ली। उनके मौन में और हलूदी के गानों में बस कुछ कहानी बच गयी।

कलक्टर विलियम जानता था कि विधवाएँ पहाड़ी के पश्चिम की तरफ इकट्ठी हैं। शायद उन्हें सन्देह था या वे जान गयी थीं। किन्तु अब वे सिर्फ़ गायों का एक निरीह झुण्ड थीं जिन्हें आसानी से हाँका जा सकता था।

पतियों के मरने का उत्सव मनाना हत्या थी। जंगलीपन था।

एंग्लो–सैक्सन तर्क के पैमाने से आतंक को सील कर दिया गया था। पूरब की सभ्यता का सिर्फ़ एक धुँधला परीक्षण ही उनकी बन्द आँखों की पहरेदारी में सम्भव था। रिपोर्ट गोपनीय रखी गयी। उसमें सावधानी बरती गयी थी। गवर्नर अपनी बुद्धिमानी पर अपनी पीठ ठोकेंगा। उसके तुरन्त उठाये क़दम ने महत्वपूर्ण मुद्दे को सुलझा दिया था।

विलियम ने अपने लाल ताबीज पर उँगली लगायी और लिफ़ाफे को उस हरकारे को पकड़ा दिया जो भोर में एक काले अरब के घोड़े पर तित्तूर से बाहर चला गया।

कटहल के पेड़ अपने पत्थर जैसे फलों को उबड़–खाबड़ चोटियों पर गिरा रहे थे। उनकी मीठी–खट्टी सुगन्ध पहाड़ियों को क़ाफी दिनों तक घेरे रखेगी।

फ़ैसला

टी. जानकी रानी

हाँ, कोई दरवाज़ा खटखटा रहा था। आधी रात में। कौन इतनी जोर से खटखटा सकता है कि हल्की बारिश की आवाज़ में भी सुनाई दे? "कौन है"—उसने उठकर लालटेन की बत्ती को ऊँची करते हुए चिल्लाकर पूछा। "कौन है वहाँ?"—उसने दोहराया। दूसरी तरफ से खटखटाहट की तेज आवाज़ आती रही। "हम लोग यात्री हैं, अय्या, कृपया दरवाज़ा खोलिए।" यह एक औरत की आवाज़ थी। रामकृष्णैया ने दरवाज़ा खोल दिया और दो औरतें ऐसे अन्दर आयीं जैसे तूफान ने उन्हें धक्का देकर ठेल दिया हो। एक औरत अधेड़ थी और दूसरी जवान और गर्भवती। बैलगाड़ी का चालक भी उनके पीछे आया। उसके हाथ में एक ट्रंक और बिस्तर था।

गाड़ीवाले ने कहा—"ये औरतें जेटी पर नौका से उतरीं, तब अँधेरा हो चुका था, अय्या। इसलिए.."

"एक लगभग पूरा गर्भ लिए औरत को लेकर आपको यात्रा करने की क्या ज़रूरत थी? वह भी इस बारिश में इतनी रात को?" —रामकृष्णैया ने बड़ी औरत से पूछा।

गर्भवती औरत कुछ कोशिश कर के ट्रंक पर बैठ गयी थी। उसके कपड़े गीले थे और उसके चेहरे से अब भी पानी गिर रहा था। वह एक तरफ झुकी और उसने अपनी माँ को पकड़कर कहा—"अम्मा..."

बड़ी औरत में अपने बेटी के बालों में धीरे से उँगुलियाँ फिराते हुए कहा—"मेरी बेटी को देवरपालेम मन्दिर में एक मन्नत पूरी करनी थी।

उसके सास–ससुर ने उसे देर से भेजा। मेरे दामाद को ऑफिस से छुट्टी नहीं मिली। हम आपके गाँव पर पहुँचे, तब तक बारिश शुरू हो गयी थी। मैंने बैलगाड़ी वाले से कहा कि वह हमारी मदद करे। आधी रात हो चुकी थी और हम जानते थे कि हम पालेम तक नहीं पहुँच पायेगे। यह एक बड़ा गाँव है, इसलिए हमने सोचा कि हम रात के लिए किसी के घर पर शरण ले लें। इसलिए..."

घड़ी ने एक का घण्टा बजाया। बाहर बारिश कुछ कम हो गयी थी। रामकृष्णैया ने बेटी की तरह देखा जो अपनी माँ पर आँखें आधी बन्द किये झुकी हुई थी। वह सोचने लगा कि उसे क्या करना चाहिए।

"हाँ ठीक है...ज़रूर...आप दोनों का स्वागत है"–उसने अपने आपको कहते सुना–"किन्तु मैं अकेला रहता हूँ और..पर आप यहाँ आराम कर सकती हैं।"

रामकृष्णैया अपने कमरे में चला गया। उसने दूसरी लालटेन जलाई। काम करनेवाली बाई के अलावा इस घर में कोई औरत बरसों से नहीं आयी थी। उसे समझ नहीं आ रहा था कि अब आगे क्या करना चाहिए। दो कमरे, एक बरामदा और एक चौका–बस यही उसका घर था। एक कमरे में वह सोता था और दूसरा कमरा पुरानी, भूली–बिसरी चीज़ों से भरा था। कुछ देर बाद वह खटिया को खींचते हुए बाहर ले गया।

"रात को बरामदे में सोने में आप लोगों को तकलीफ तो नहीं होगी?"

"बिलकुल नहीं अय्या! इतनी तकलीफ देने के लिए हमें माफ करें। हम आपको कैसे धन्यवाद दे पायेंगे! हमारे पास अपना बिस्तर है। हम कहीं भी सो सकते हैं।"

रामकृष्णैया ने चौके का दरवाज़ा खोला। छत से झूलती डलिया में एक बर्तन में उसने दूध रखा था। उसने दूध गिलास में डालकर थोड़ी चीनी मिलाई और बाहर ले आया। अब तक गर्भवती युवा औरत खटिया पर लेट गयी थी और उसकी माँ बगल में बैठी थी।

"मेहरबानी कर ले लीजिए। आप लोगों को कुछ खाये क़ाफी देर हो गयी होगी।"

बड़ी औरत उसे देखकर खड़ी हो गयी।

"आप तकलीफ मत कीजिए। आपको इतनी परेशानी में डालना मुझे बहुत ख़राब लग रहा है।"

रामकृष्णैया कुछ देर चुपचाप खड़ा रहा। फिर धीरे–धीरे चलता हुआ अपने कमरे में चला गया। उसने ज़मीन पर चटाई बिछाई और उस पर तकिया रख लिया। लालटेन धीमी कर लेट गया।

सुबह क्या करना होगा? युवती तो बहुत थकी हुई लग रही थी। क्या इस हालत में ये लोग और आठ मील दूर जा सकेंगे? काम करनेवाली बाई अचम्मा को कहूँगा कि थोड़ी देर रुककर इन लोगों की देखभाल कर ले। कल स्कूल फिर खुलनेवाला है और मुझे सुबह जल्दी जाना पड़ेगा। इनके सुबह के नाश्ते और बाद में खाने की क्या व्यवस्था करनी होगी? उसे बहुत सी चिन्तायें सताने लगीं, हज़ारों सवाल जवाब माँगते रहे, जब तक नींद ने उसे छुटकारा नहीं दिला दिया।

"अय्या, अय्या, सुनिये, अय्या..."

पहले उसे लगा कि वह सपना देख रहा है। पर कोई कराह रहा था। उसकी नींद खुल गयी। वह उठकर अपने कमरे से बाहर आ गया।

अधेड़ औरत बिलकुल परेशान थी–"अय्या! मेरी बेटी को दर्द उठ गया है।"

"हे भगवान! अब हम क्या करें?"

"माफ करें," उसकी माँ ने अपनी साड़ी के पल्लू को उँगुली में लपेटते हुए कहा –"अगर यहाँ कोई दाई हो तो..."

बेटी ने कमजोर–सी आवाज़ की। औरत दौड़कर उसके पास चली गयी।

रामकृष्णैया को समझ में नहीं आया कि वह उसके पीछे जाये या नहीं। थोड़ी देर में औरत ने आकर कहा–"अगर आपको आपत्ति न हो,

तो क्या हम उसकी खटिया को अन्दर ले जा सकते हैं? बरामदे से तो सारी सड़क दिखती है।"

वह अन्दर गया और उसने अपनी चटाई को मोड़ कर रख दिया। उसके बाद उस औरत के साथ मिलकर वह खटिया को उठाकर अन्दर ले आया, जिस पर गर्भवती औरत सारे समय रो रही थी और कराह रही थी।

"क्या आप जाकर दाई को ले आयेंगे?"

"हाँ हाँ। ज़रूर।"

उसने अपने उघाड़े बदन पर एक गमछा डाला और बाहर चला गया।

"दरवाज़ा बन्द कर लीजिए"– उसने आवाज़ देकर कहा।

सुबह के चार बजे थे। एक मुर्गा बाँग दे रहा था कि सुबह हो गयी है। पूरी सड़क पर गड्ढों में पानी भरा था। अठारह साल पहले एक रात रामकृष्णैया की पत्नी को इसी तरह जचगी का दर्द उठा था और उसका साला इसी काम के लिए बाहर गया था। उस दिन वह घर के बाहर चबूतरे पर बैठा असहायता का अनुभव कर रहा था। आज भी उसे वैसा ही लग रहा था।

दाई लक्ष्मी की झोंपड़ी दूर नहीं थी, पर वह गाँव के उस तरफ सिर्फ़ एक बार गया था। स्कूल के चपरासी ने, जो उन्हीं झोंपड़ियों में कहीं रहता था, उसे अपनी शादी पर बुलाया था। यह चार साल पुरानी बात थी। चपरासी के घर के बाहर खड़े होकर उसने आवाज़ दी–"रामुलू!"

एक दुबला–पतला कसे बदन का आदमी बाहर निकला और भोर के कम होते अन्धकार में आँखें गाड़कर उसे देखते हुए बोला–"अरे अय्या! आप हैं! क्या हुआ अय्या?"

"रामुलू, लक्ष्मी दाई यहीं कहीं रहती है न?"

"दाई लक्ष्मी, अय्या?"–रामुलू ने कुछ अचरज से पूछा।

"मेरे घर कुछ यात्री आराम करने के लिए रुक गये थे। एक औरत को दर्द उठ गया है। लक्ष्मी को तुरन्त बुलाना होगा।"

"आप घर लौट जाइये अय्या। मैं उसे बुला लाता हूँ।"

"नहीं, मैं यहीं इन्तजार करूँगा। उसे तुरन्त बुला लाओ।"

मुर्गे और मुर्गियों का शोर उठ रहा था। कुछ लोग उठकर घूमते नज़र आये। अच्छा होता कि सूरज निकल जाता, रामकृष्णैया ने सोचा।

अन्ततः वे लोग आये।

"आपको भी मेरी खोज में आना पड़ा अय्या", लक्ष्मी ने उसे अप्रत्याशित रूप से ऐसे छेड़ा जैसे कितनी पुरानी जान–पहचान हो। उसका चेहरा हँसी की गहरी रेखाओं से भर गया था। रामकृष्णैया कुछ झेंपते हुए मुस्कुराया। वह मुड़कर तेजी से चलता आगे निकल गया।

पीछे–पीछे रामुलू दाई को लेकर आ रहा था। उसके घर का दरवाज़ा खुला था और कुछ लोग यहाँ–वहाँ दौड़ते दिखे। लालटेन की बत्ती तेज जल रही थी। अधेड़ माँ बाहर निकल आयी और दाई को अन्दर ले गयी। गर्भवती औरत बहुत जोर से रो रही थी। रामकृष्णैया के अन्दर दया का ज्वार उठा। वह और रामुलू बाहर चबूतरे पर बैठ गये थे।

"रामुलू, इन्हें गरम पानी की ज़रूरत हो सकती है। क्या तुम अचम्मा को बुला लाओगे?"

दो औरतें बाहर आयीं। उसके पड़ोसी अवधानुलू की पत्नी और उसकी बहू।

"तुम्हें मुझे बुलाना चाहिए था और मैं किसी लड़के को दाई को लाने भेज देती"–अवधानुलू की पत्नी ने कहा।

"मुझे ऐसा बिलकुल ख़याल नहीं आया। जच्चा कैसी है?"

"वह ठीक है। यह पहला बच्चा है। उसकी माँ बहुत होशियार है"– अवधानुलू की पत्नी अन्दर जाने लगी, फिर रुककर बोली, "ये लोग यहाँ दस–पन्द्रह दिन रहेंगे, पर चिन्ता मत करना। हम उनकी देखभाल करने के लिए हैं ही और बाकी उसकी माँ सम्भाल लेगी।"

वह वापस चबूतरे पर बैठ गया।

ऊँआँ ऊँआँ... नवजात बच्चे का पहला रोना सुनाई बड़ा। रामकृष्णैया का मन न जाने कैसा–कैसा हो गया। उसके घर में यह आवाज़! उसे अचरज हुआ और डर भी लगा।

दाई लक्ष्मी अपने चौड़े चेहरे पर मुस्कान लिए बाहर निकली और कहा–अय्या! लड़की हुई है। तुम्हारी छत के नीचे महालक्ष्मी ने जन्म लिया है। एकदम गोरी है और..इतनी बड़ी है।"

बाक़ी सारा दिन एक सपने की तरह बीत गया। बिना उसके कुछ भी किये सब कुछ घड़ी की तरह चलता रहा। खाना परोसा गया। सबने स्नान किया। सिर्फ़ युवा माँ और उसका नवजात शिशु गहरी नींद में सोते रहे और अचम्मा उनके कमरे से चिपकी बैठी रही। रामकृष्णैया ने अधेड़ औरत से पूछा कि क्या किसी को बच्चे के जन्म के बारे में सूचना देनी है।

"मुझे नहीं लगता। सिर्फ़ मेरे दामाद को बताने की ज़रूरत है, पर वह कहीं उत्तर की तरफ यात्रा पर गया हुआ है। मेरा पति कुछ भी करने के लिए बहुत बूढ़ा है। वैसे भी हम अगले चार–पाँच दिनों में घर पहुँच जायेंगे। हमने आपको पहले ही बहुत तकलीफ़ दे दी है"–उसने कहा और अन्दर चली गयी। वह घर में इस तरह घूमती थी जैसे कि वहाँ क़ाफी दिनों से रहती हो।

रामकृष्णैया बरामदे में अपनी टेबल पर बैठ गया। उसने अपने घर के लिए जो खाने–पीने का सामान ख़रीद रखा था, वह तो ख़त्म हो ही चुका होगा। सुबह उस औरत को कुछ चीज़ों की ज़रूरत हुई थी और वह उसे दस रुपये का एक नोट पकड़ा रही थी। पर उसने रुपया लेने से मना कर दिया था और एक नयी सूची बना ली थी।

उन्हें आये छह दिन हो चुके थे। हर सुबह बच्चे के रोने की तेज आवाज़ से उसकी नींद खुलती। अपनी पुरानी आदत को छोड़ते हुए स्कूल से दूसरे दिन वह दोपहर का खाना खाने आ गया था। यह पूछने के लिए कि उन्हें किसी चीज़ की ज़रूरत है क्या? जब घर आया तो अधेड़ औरत, जिसका नाम पार्वतम्मा था, ने उसे 'मिनपा रोटे' परोसा था और तब से वह रोज दोपहर का खाना खाने आ जाता। वह उसके लिए खाना तैयार रखती।

उसने सूची लिखना बन्द कर दिया और ख़र्च जोड़ा। नहीं, ज़्यादा नहीं है। उसे तिरुपति की तीर्थयात्रा के लिए जमा किये गये रुपयों को हाथ नहीं लगाना पड़ेगा।

पार्वतम्मा ने दरवाज़े की चौखट पर खड़े होकर अचानक कहा–"अय्या, सीता और मैं कल चले जायेंगे।"

वह बुरी तरह चौंका क्योंकि उसने उसे पास आते नहीं देखा था। अरे, पर अभी तो उसने कुछ चीज़ों की माँग की थी!

"हमें आये हुए एक सप्ताह हो गया है। घर में सब लोग चिन्तित होंगे।"

"पर क्या इतनी जल्दी माँ और बच्ची को भेजा जा सकता है?"–उसने कुछ हिचकते हुए कहा।

पार्वतम्मा ने अपने होंठ दाँत से दबाये। फिर वह अन्दर जाकर उसके लिए एक कप चाय ले आयी।

वह बैठा अपने हाथ की सूची देखता रहा।

चाय पकड़ाते हुए उसने कहा–"मेरा ख़्याल है आपकी बात ठीक है। हम ग्याहरवें दिन जायेगे। तब तक मेरी बेटी का शुद्धि का स्नान भी हो जायेगा। मुझे नहीं पता कि मैं आपको कैसे धन्यवाद दूँ?"

बच्ची के जन्म का ग्यारहवाँ दिन था। माँ और बच्ची दोनों का शुद्धि का स्नान होनेवाला था और वे अपने घर जाने वाले थे। उस दिन सुबह रामकृष्णैया बच्ची के लगातार चीख़ने से उठा था। वह पिछवाड़े की तरफ गया। वहाँ जलावन की लकड़ी पर एक बड़ा काँसे का पतीला चढ़ा हुआ था। नहान की प्रथा के लिए गरम पानी तैयार था।

"अचम्मा"– उसने आवाज़ दी।

कोई आवाज़ नहीं आयी।

उसने थोड़ा गरम पानी लेकर मुँह धोया। बच्ची अब भी चीख़ रही थी। गरम पानी के छोटे बर्तन को रखकर वह बरामदे में आया। बाहर रखी लालटेन दरवाज़े पर धीमी रोशनी फेंक रही थी। बच्ची रोती जा रही थी। उसकी माँ, अन्दर है भी या नहीं?

"पार्वतम्मा गारू", उसने आवाज़ दी।

उसने लालटेन की लौ ऊँची की और कमरे के अन्दर झाँका।

अन्दर कोई नहीं था।

उसका दिल तेजी से धड़कने लगा।

खटिया पर बच्ची अकेली पड़ी रो रही थी और वहाँ कोई नहीं था। सुबह के पाँच बज रहे थे। वह लालटेन हाथ में लिए सामने के दरवाज़े की तरफ गया। उसने देखा दरवाज़ा उढ़काया हुआ था किन्तु खुला था। रामकृष्णैया वापस कमरे की तरफ दौड़ कर गया। बच्ची अभी भी रो रही थी।

उसे समझ में नहीं आया कि वह क्या करे। उन लोगों को क्या हो गया? वे लोग कहाँ चले गये? उसके दिमाग में डर जैसे आग के धुएँ की तरह भर गया। वह खड़े–खड़े रोती हुई बच्ची को घूरता रहा।

"अय्या?"

अचम्मा की आवाज़ उसे ऐसे लगी जैसे डूबते को तिनके का सहारा मिल गया हो।

"अय्या, बच्ची की माँ कहाँ है?" अचम्मा ने बच्ची को गोद में ले लिया। बच्ची ने तुरन्त रोना बन्द कर दिया।

रामकृष्णैया ने अपना सिर हिलाया और बाहर चबूतरे की तरफ गया। अवधानुलू बाहर खड़ा अपना चेहरा धो रहा था।

"क्या तुम्हें पता है कि मेरे घर से वे लोग कहाँ गये?"– उसने पूछा।

अवधानुलू का चेहरा अविश्वास से सफेद हो गया।

"क्या बोल रहे हो! बच्चे के रोने की आवाज़ तो आ रही है। वे तुम्हारे घर में नहीं हैं?"

डर अब एक पत्थर बनकर उसके कलेजे पर बैठ गया था और हर मिनट में बड़ा होता जा रहा था। लगता है कि वे बच्ची को छोड़कर चले गये। उनका कोई सामान वहाँ नज़र नहीं आ रहा था।

अवधानुलू की पत्नी घर से बाहर निकलकर बोली–"यह मैं क्या सुन रही हूँ? अचम्मा कह रही है कि वे लोग बच्ची को छोड़कर गायब हो गये?"

उसके बेटा–बहू भी बाहर निकल आये।

"वे लोग कहाँ से आये थे?"

"उसकी माँ तो राजमहेन्द्री कहती थी, पर जाने क्या सच है। लगता है यह एक अवैध बच्चा है"– अवधानुलू की पत्नी ने उनके दिमाग में चलती छायाओं को आकार दे दिया था।

रामकृष्णैया एकदम निरीह दिख रहा था।

"सुनो! तुम बच्ची को सम्भालो"–अवधानुलू ने अपनी पत्नी की तरफ मुड़कर कहा। रामकृष्णैया अन्दर गया और उसने अपने चेहरे पर फिर पानी के छींटे मारे। अचम्मा उसके पीछे–पीछे बच्ची को गोद में लिए आयी और बोली–"अय्या, कल मैंने बच्ची की माँ को रोते हुए देखा था। बड़ी औरत उसके कान में कुछ बार–बार बोल रही थी। उसी ने इस काण्ड की योजना बनायी होगी।" रामकृष्णैया ने कोयले के चूल्हे पर बर्तन में पानी चढ़ाया। अचम्मा ने कॉफी बनाने के लिए उसे जलाया था। वह सोचने लगा–अब मैं इस बच्ची का क्या करूँ?

अचम्मा ने कहा–"अय्या, आपको जाकर एक डिब्बा दूध का पाउडर और दूध पिलाने की बोतल लानी पड़ेगी।"

अवधानुलू की पत्नी आकर कह गयी–"उन्होंने कहा था कि वे राजमहेन्द्री से आये हैं। आप वहाँ जाकर उन्हें क्यों नहीं खोजते? हम बच्ची को एक–दो दिन देख लेंगे।"

रामकृष्णैया ने धीरे से सिर हिलाया। वह तो चाहता था कि बच्चे को साथ लेकर जाये, उन्हें खोजे और उनकी गोद में बच्चे को फेंक आये..पर वे जो बच्चे को यहाँ छोड़ गये, वे क्या उसे वापस लेंगे? उसने अवधानुलू की पत्नी की तरफ देखा। सिर्फ़ इसलिए कि बच्चा उसकी छत के नीचे जन्मा था, ये लोग ऐसी बात कह रहे हैं जैसे यह उसी की ज़िम्मेदारी है। वे उसकी देखभाल सिर्फ़ दो दिन के लिए कर लेंगे! क्या यह पूरे गाँव की ज़िम्मेदारी नहीं थी?

उसने अपनी हथेली से अपने माथे को दबाया। रामकृष्णैया ने स्कूल में छुट्टी का आवेदन किया और दुकान पर सामग्री की सूची भेज दी। अवधानुलू की पत्नी ने उसमें कुछ चीज़ें और जोड़ दीं थीं।

वह दोपहर तीन बजे राजमहेन्द्री पहुँचा। उसने पता नहीं था कि वे लोग कहाँ रहते थे। वह पार्वतम्मा के पति का नाम तक नहीं जानता था। बिना किसी पते–ठिकाने, बिना किसी दिशा के वह गलियों और सड़कों पर घूमता रहा। वहाँ कोई पार्वतम्मा या सीता को नहीं जानता था। छह बजे तक उसे समझ में आ गया था कि यह खोज बिलकुल बेकार थी।

इस तरह धूप में सारे दिन चलने की आदत न होने के कारण उसके पाँव जल रहे थे। अन्त में वह रेलवे स्टेशन पहुँचा। वहाँ उसने एक सोडा की बोतल पी और एक कुली को बुलाकर पूछा, क्या उसने दो औरतों को ट्रेन में चढ़ते देखा था? कुली हँस पड़ा। उसने कहा–"अय्या, इस हुलिए के तो न जाने कितने यहाँ से गुजरे।" रामकृष्ण एक बेंच पर बैठ गया। रेल की छुकछुक, सामान बेचने वालों की आवाज़ें, यात्रियों का आना–जाना–बोलना–हँसना उसे राहत का एहसास दे रहा था। कितना अच्छा होता कि उसे वापस कभी घर लौटना नहीं पड़ता।

अगले दिन उसने अपने गाँव के लिए नदी से लॉन्च पकड़ लिया। उसकी नौका अब तक जीवन के प्रवाह में बिना किसी बाधा के बहती रही थी। अब उस पर एक बड़ा भार लद गया था। इसका डूबना तय था। उसकी पत्नी के मरने के बाद के इन अठारह सालों में उसे हमेशा कोई–न–कोई फिर से शादी करने की सलाह देता रहता था। उसकी पत्नी जब तक जीवित रही, हमेशा बीमार रही। उसकी बीमारी ने उसके दिमाग और जीवन को निचोड़ दिया था। जब वह दुर्बल औरत पहले बच्चे को जन्म देते समय मर गयी, तो उसने एक तरह से चौन की साँस ली। उसकी मृत्यु से उसे सारे बन्धनों से मुक्ति मिल गयी। वह वैसे ही रहने में खुश था। अब भगवान उसे फिर क्यों बन्धन में बाँध रहा था? यह तो अन्याय था!

रामकृष्णैया अवधानुलू के घर पहुँचा, तो उसने देखा कि बच्ची आराम से सो रही थी। अवधानुलू ने कहा–"यह लड़की तुम्हारे पास पिछले जनम का कुछ हिसाब चुकवाने के लिए आयी हैं, मित्र! मेरे पोते ने उसका नाम शशिरेखा रख दिया है। तुम्हें यह नाम कैसा लगा?"

रामकृष्णैया को पता नहीं कैसे, परन्तु वह रात उतनी अन्धकार से भरी नहीं लगी, जैसा कि उसे डर था।

भोर फिर अगला दिन ले आती। शशि अब एक सप्ताह से बिना माँ के उसके साथ रह रही थी। रामकृष्णैया ने फिर कुछ दिन की छुट्टियाँ लीं और उसके पास बैठा रहा। बच्ची की तकलीफ, उसकी अपनी पीड़ा, रातों की नींद और अन्तहीन ख़र्च–यह सब एक बुरे सपने की तरह था। पर शायद अवधानुलू ठीक कहता था, ऐसे लगता था कि उसके ध्यान पर बच्ची का पूरा हक़ हो।

महीने बीतते गये। रामकृष्णैया का दिमाग यह सोचकर उचाट हो जाता कि महज एक घटना, जिसका कारण तक वह ख़ुद नहीं था, ने उसके पूरे जीवन में तूफान उठा दिया था। जैसे किसी तालाब के शान्त पानी में कोई पत्थर फेंक दे। उसने उन लोगों का क्या बिगाड़ा था, सिवाय इसके कि उनके माँगने पर उसने उन्हें शरण दी थी। उन लोगों ने उसे धोखा दिया। उन लोगों ने उसे बेवकूफ बना दिया। उसकी ज़िन्दगी के साथ खिलवाड़ किया।

कई बार उसे इतना गुस्सा आता कि उसका मन होता, लड़की को कहीं ले जाये और छोड़ आये। किन्तु...कैसे...? वह अपने से बार–बार कहता कि उसे बर्दाश्त करना कितना मुश्किल था। वह एक के बाद दूसरी आफत खड़ी करती रहती। यदि वह पड़ोसियों के बच्चों के साथ न झगड़ रही होती, तो बीमार पड़ जाती या फिर घर आकर कुछ अजीबोग़रीब माँगें करती। पर जाने क्यों, वह जब बच्ची की आँखों में देखता है, उसके अन्दर दया उमड़ पड़ती है, लेकिन उसकी देखभाल करना कितना बड़ा झमेला था।

पहाड़ियों से तरोताजा करने वाली हवा आ रही थी। रामकृष्णैया ने अपना थैला पुष्करणी तालाब के घाट के पास एक दुकान मालिक को सम्भला दिया। वहाँ पर औरतों–आदमियों और बच्चों की भीड़ लगी हुई थी।

दो दिन पहले अचानक उसके अन्दर तिरुपति बालाजी का दर्शन करने की तीव्र इच्छा जागी थी। उसने बहुत सालों से इसके लिए योजना बनाकर पैसे बचाये थे। उसने शशि को अवधानुलू के परिवार के पास छोड़ा और तिरुपति आ गया। वह बचपन से भागवत और भगवद्गीता पढ़ता आ रहा था। पर उसे न पूरी तरह उनका अर्थ कभी समझ में आया था और न उसने उस तरह के परमानन्द का अनुभव किया था। अब जाकर वह पढ़ने का आनन्द उठा पा रहा था और उसे शान्ति मिल रही थी। उसका दिमाग धीरे–धीरे पूरी तरह साफ होता जा रहा था।

वह घाट की पहली सीढ़ी पर खड़ा कोई जगह खोज रहा था जहाँ से वह तालाब में डुबकी लगा सके। अचानक उसने उसे देखा। हाँ, वह पार्वतम्मा ही थी। वह नहाकर सीढ़ी से ऊपर आ रही थी। उसने भी रामकृष्ण को देखा और जैसे पत्थर की मूर्ति की तरह जड़ हो गयी। फिर वह मुड़ी और हड़बड़ाकर वापस पानी की तरफ चली गयी।

रामकृष्णैया का दिल बुरी तरह धड़क रहा था। उसने भी सीढ़ी से नीचे उतरना शुरू किया। पार्वतम्मा ने जब देखा कि वह उसका पीछा कर रहा है तो वह सीढ़ियों से उसकी तरफ चली आयी। वह हज़ारों बातें बोलना चाहता था। पिछले दो सालों में वह किस तकलीफ से गुजरा था! वह सारी बातें बताना चाहता था। उसके ऊपर चिल्लाना चाहता था। पर उसके मुँह से एक शब्द भी नहीं निकला। वह मशीन की तरह उसके बगल में चलता रहा। वे एक कोने में पहुँचे, जहाँ और कोई नहीं था।

पार्वतम्मा ने अपनी सुबकियों पर काबू करते हुए कहा– रामकृष्णैया गारु! तुम तो सचमुच भगवान हो। तुम हमारे रक्षक हो। मेरी बेटी की तिरुपति के मन्दिर में आज रात शादी होने वाली है।"

गुस्से से उबलते हुए उसने पूछा–"किस बेटी की बात कर रही हो तुम?"

"सीता, मेरी अभागी लड़की की। मुझे बताने में शर्म आती है परन्तु तुम्हें बताना ही होगा। मेरी बड़ी लड़की बीमार थी, मैं सीता को लेकर उसे देखने गयी थी। वहाँ मेरे दामाद ने सीता की ज़िन्दगी के पथ में जलते हुए कोयले बिछा दिये। ईश्वर उसे कभी माफ नहीं करेगा। हमें चौथे महीने तक पता नहीं चला। फिर हमें लगा कि यदि हम कोई क़दम उठायेंगे तो उसकी ज़िन्दगी को ख़तरा हो सकता है। इसलिए हम विशाखापत्तनम चले गये। वहाँ हमने तीन महीने बिताये।"

तो उनका अनुमान सही था! रामकृष्णैया ने सोचा। फिर भी उसके मुँह से यह सुनना बहुत अजीब लग रहा था। उसका गुस्सा ठण्डा पड़ गया।

"वहाँ भी लोग बातें बनाने लगे। नौवें महीने में हमारी मकान–मालकिन ने हमें घर ख़ाली कर देने को कहा। मुझे तुम्हारे गाँव का पता था। मैं बचपन में वहाँ गयी थी। हमने पहले ही दरवाज़े को खटखटाया और सौभाग्य से तुमने दरवाज़ा खोल दिया। मुझे पूरा यकीन था कि बच्चे को जन्म देने में सीता नहीं बचेगी.."

अब वह अपने आँसुओं को रोकने की कोई कोशिश नहीं कर रही थी। शायद वह पहली बार अपना दिल हल्का कर रही थी। उसने अपने आँसू पोंछते हुए कहा–"मुझे उसकी शादी करने के लिए एक अच्छे आदमी को खोजने में इतना वक़्त लगा। अगर हम उसे ससुराल भेज देते हैं तो वह एक आम औरत की तरह अपनी ज़िन्दगी की शुरुआत कर सकेगी। इन दो सालों में कुएँ में गिरकर जान देने से उसे रोकना भी एक बहुत मुश्किल काम था..."

उसके चेहरे पर दुख की छाया घिर आयी– "सीता तुम्हें रोज याद करती है। अय्या, हमारी ज़िन्दगी तुम्हारे हाथों में है।"

रामकृष्ण के अन्दर से एक गहरी साँस निकली। शशि को पालने के अलावा उसके पास कोई रास्ता नहीं था। "आप चली जाइये"– उसने कहा।

"हम तुम्हारे ऊपर पूरी तरह निर्भर हैं, अय्या। अगले जन्म में मैं अपना ऋण ज़रूर चुका दूँगी"–रामकृष्ण ने उसके गरिमा से पूर्ण चेहरे को देखा।

"वह बच्ची..क्या वह ठीक है?"

"हाँ बिलकुल। वह पिछले महीने दो साल की हो गयी"– वह एकदम से मुड़ा और मन्दिर की तरफ चला गया।

वह कभी ईश्वर के सामने इस तरह से खोया हुआ नहीं खड़ा हुआ होगा। अगले दो साल बाद वह रिटायर हो जायेगा। पर शशि को पढ़ाना होगा, उसकी शादी करनी होगी क्योंकि अब तय हो चुका है कि वह उसकी ज़िम्मेदारी है। उसे लगा कि संसार से बिलकुल अलग और अकेले रहने की उसकी इच्छा के बावजूद संसार उसे चारों तरफ से जकड़ रहा है। इतने दिनों तक उसे ऐसा लगता था कि कोई अचानक कहीं से आयेगा, कोई चमत्कार होगा और इस लड़की को पालने की ज़िम्मेदारी उसके बुढ़ापे से हट जायेगी। पर नहीं, आज पता चल गया था कि वह मूर्खता–भरी कल्पना थी। भाग्य हथेलियों पर खोदा जा चुका था।

"अय्या, मैंने लालटेन साफ कर दी है और उसमें किरासन डाल दिया है। अब मैं घर जा रही हूँ।"

रामकृष्णैया ने अपना सिर हिलाया और वापस अपनी तकली पर सूत कातने लगा। अचानक बाहर दरवाज़ा चरमराया और खुल गया। चप्पलों की आवाज़ सुनाई दी और एक आदमी की आवाज़ आयी–"मालकिन, मैं सामान यहीं रख दूँ?"

रामकृष्णैया ने अपने चश्मे को ठीक किया और ऊपर देखा। एक औरत गोद में एक बच्चे को लिए चली आयी। उसके साथ चार साल का एक और लड़का उसकी साड़ी का पल्लू पकड़े था।

"यह मैं हूँ अय्या"– उसने धीरे से कहा।

रामकृष्णैया को पास आना पड़ा, देखने के लिए कि वह सीता थी। एक मिनट बाद उसने कहा–"आओ। आओ। बैठो।"

वह क़ाफी गोरी लग रही थी। उसने तोता रंग की हरी सिल्क की साड़ी और कुछ गहने पहन रखे थे। वह सुन्दर और गरिमामय लग रही थी। कुछ मिनट चुप रहने के बाद रामकृष्णैया ने पूछा–"तुम कहाँ से आयी हो?"

"मैं विशाखापत्तनम एक शादी में आयी थी। हम मद्रास में रहते हैं। शायद माँ ने आपको बताया हो।"

"जाकर अपने पाँव धो लो। चौके में कुछ दूध रखा है।"

वह उठी। उसने साबुन और तौलिया निकाला और एक बच्चे को लेकर पिछवाड़े की तरफ़ चली गयी।

यह अब क्यों आयी है? क्या यह भूल गयी कि जब पिछली बार आयी थी तो इसने क्या किया था। यह कितने आत्मविश्वास और गरिमा से भरी हुई है। शशिरेखा अभी तक घर नहीं आयी थी। जब आयेगी तब वह उसे उसकी माँ के बारे में कैसे बताएगा?

वह विचारों में डूब रहा था। तभी सीता आयी और बैठ गयी। उसके सामने एक शीशा था। उसने अपने बालों को खोला और बाल बनाने लगी। अचानक उसकी तरफ देखकर उसने पूछा–"बच्ची कहाँ है?"

वह कितनी शान्त थी! दस साल बाद वह लौटी थी– अपनी बच्ची को वापस ले जाने। उसे ऐसा लगा जैसे उसके कन्धों से बड़ा बोझ उठा लिया गया हो।

"हाँ, वह आने वाली है"– कहकर वह बाहर निकला और सड़क के सामने वाले दरवाज़े पर खड़ा हो गया। उसे वह रात याद आयी जिस दिन पहली बार अपनी माँ के साथ आयी थी।

वह अन्दर गया तो उसने देखा कि सीता अपने घुटनों में अपना चेहरा दिये बैठी थी। उसके बाल अब भी खुले था। उसके कन्धे धीरे–धीरे हिल रहे थे। वह रो रही थी। उसने सिर उठाकर उसकी तरफ देखा–"मामा, क्या सचमुच मेरा बच्चा यहाँ है?" उसे आश्चर्य हुआ कि वह उसे मामा कहकर बुला रही है।

"हाँ, वह बाहर खेलने गयी है"–उसने कुछ रूखाई से कहा। उसने उसकी तरफ देखते हुए कहा–"मैं उसके बिना नहीं रह सकती। मैं जबसे उसे यहाँ आपके पास छोड़कर चली गयी, कितनी बार, कितनी बार मैंने वापस आने की सोची। मैं उसे अपने साथ ले जाना चाहती हूँ। एक दिन भी ऐसा नहीं बीता जब मैंने उसे याद नहीं किया। उसने क्या पाप किया था कि उसे इस तरह छोड़ दिया गया? मुझे पता है कि वह अच्छी तरह है, पर मुझे उसकी ज़रूरत है मामा, मुझे उसकी ज़रूरत है।"

रामकृष्णैया के अन्दर करुणा और कृतज्ञता का भाव एक साथ उठा।

शशिरेखा रामकृष्णैया की तरफ दौड़ती हुई आयी और उसके ऊपर झुकते हुए पूछा–"दादू, ये कौन हैं?"

उसने शशि की तरफ न देखकर सीता की तरफ देखा। वह अपनी बेटी को आँखें फाड़कर देख रही थी। रामकृष्णैया ने अचकचाकर कहा–"ये सीता अक्का हैं, तुम्हारी बहन।"

"यहाँ आओ बेटी"–सीता ने कहा। उसने उसे गले लगाया और बुरी तरह हिलककर रोने लग गयी। शशि उसे आश्चर्य से देखती रही। रामकृष्णैया की आँखों में भी आँसू आ गये। उसका गला रूँध गया था।

"शशि, यहाँ आओ"–उसने कहा। बच्ची ने सीता के हाथों से अपने को छुड़ाया और उसके पास आ गयी। वह उसे अन्दर ले गया। उसके दिमाग में हज़ारों विचार चल रहे थे कि उसे क्या बताना है। तरह–तरह की कहानियाँ और बहाने उसके दिमाग में उठ रहे थे।

"तुम्हें बहुत दिनों बाद देख रही हैं न। इसलिए रोने लग गयीं। वे कितनी अच्छी हैं ना?"

शशि ने सिर हिलाया और उसे छोड़कर पिछवाड़े में हाथ–पाँव धोने चली गयी। ओह, बच्ची का अपनी माँ से हुलिया कितना मिलता है!

उस रात बहुत मना करने के बावजूद सीता ने खाना पकाया। खाना खाते समय वह शशि के पास बैठी रही। उसने अपने बड़े बेटे को उसे शशि अक्का कहने को कहा। वह शशि को खाने के लिए मनुहार करती रही और रामकृष्ण उन्हें स्नेह से देखता रहा। उसे शशि के लिए अच्छा लगा, जब लड़कों ने उसके साथ खेलने अपने खिलौने निकाल लिए। वह देर रात तक नहीं सोई।

रामकृष्णैया चबूतरे पर बैठा था। शशि और बेटों को सुलाकर सीता उसके सामने बैठ गयी। उसे समझ में नहीं आया कि क्या बातचीत की जाये।

"तुम्हारी माँ कैसी हैं?"

"बिलकुल अच्छी हैं"—सीता ने रुककर पूछा—"क्या आप मुझे शशि को साथ ले जाने देंगे?" उसकी आँखों में अजीब सी चमक थी जो उसे लालटेन की रोशनी में भी दिखायी दे रही थी।

वही प्रश्न। बार–बार। वह कौन होता था जो उसे ले जाने या नहीं ले जाने देता?

कुछ देर बाद उसने कहा—"तुम्हारे पति क्या कहेंगे?" ऐसे लगा कि वह इस प्रश्न के लिए तैयार थी।

"कुछ नहीं। कह दूँगी मुझे बस में यह अनाथ लड़की मिल गयी थी। या यह खो गयी थी और मुझे मिल गयी। मेरी इच्छा और निर्णय के विरुद्ध वह एक शब्द भी नहीं बोलेगा। यही मेरा एकमात्र सौभाग्य है।"

इसका मतलब वह अच्छी तरह योजना बनाकर आयी थी। ऐसे लगा जैसे लड़की पर वह अपना एकाधिकार मान रही हो। कुछ देर तक दोनों चुप बैठे रहे। उसका दिमाग तुरन्त बरसने को तैयार बादलों की तरह भारी था। बहुत दिन पहले एक दिन सुबह–सुबह उसने अचम्मा के हाथों में एक रोते हुए नवजात शिशु को देखा था। तब उसे ऐसा ही लगा था। लेकिन आज फिर...क्यों?

"सीता"— उसने कहा। उसका गला भारी था। "सीता, क्या तुम्हें पता है कि तुम और तुम्हारी माँ मेरी प्रति कितनी क्रूर रही हो?

तुम दोनों एक रात मेरी ज़िन्दगी में आयीं और सब कुछ उथल–पुथल कर चली गयीं। क्या तुम्हें एक दिन भी इस बात का एहसास हुआ कि मैं किस तकलीफ और किन हालात से गुजर रहा था?"

"आपको यदि मैं हाँ कहूँ, तो शायद आप विश्वास नहीं करेंगे। मैंने हर दिन आपके बारे में सोचा। आप से भी ज़्यादा मैंने हर दिन बच्ची के बारे में सोचा, जो मुझे यहाँ खींच लाया है। आप इस बात को कभी नहीं समझेंगे। जिस सुबह हम जानेवाले थे, वह लगातार रोये जा रही थी। मैंने उसे अपना दूध पिलाया और उसे सुला दिया। फिर मैं अपनी माँ के साथ चली गयी, लेकिन यह ख्याल, कि वह अगली बार जब रोयेगी, तो मैं उस समय उसे अपना दूध पिलाने के लिए नहीं होऊँगी और वह एक अनाथ की तरह रोती रहेगी, मेरी कोख में दर्द पैदा कर रहा था। मेरी नस–नस में आग लगी थी। आज भी इतने सालों बाद भी वह दर्द इतना गहरा और पीड़ादायक है," बोलते–बोलते वह रो रही थी।

शायद। उसे नहीं मालूम। वह उठ खड़ा हुआ। "हाँ, तुम उसे अपने साथ ले जा सकती हो"–उसने कहा। फिर वह अपने कमरे में सोने चला गया।

सीता सुबह सोकर उठी और उसने कॉफी बनायी। उसने नौ बजे तक खाना भी बना लिया। खाने के बाद शशि के सारे कपड़े एक ट्रंक में भर दिये गये। रामकृष्णैया ने दुकान पर जाकर सीता, शशि और दोनों लड़कों के लिए कुछ नये कपड़े ख़रीदे। यह उसका अन्तिम ख़र्च था और इसके बाद वह पिछले जनम के सारे ऋण से मुक्त हो जायेगा, उसने सोचा।

शशि, जो अपनी चीज़ें इकट्ठी करने में लगी थी, अचानक उसके पास दौड़कर आयी–"दादू! तुम हमारे साथ में क्यों नहीं आ रहे हो?"

वह कहना चाहता था–"नहीं आ सकता", पर उसने अपने को रोक लिया। उसका मन हुआ कि उसे सांत्वना दे। उसने कहा–"मैं तुम्हें वापस लेने के लिए दस दिन में आ जाऊँगा।"

वह ख़ुशी से चहचहाती हुई वहाँ से चली गयी।

पन्द्रह मिनट बाद वह बाहर गया और एक बैलगाड़ी ले आया। सीता बार–बार उसकी तरफ देखती और फिर अपनी आँखें फेर लेती। उसने शशि को उस सुबह एक क्षण के लिए भी अकेला नहीं छोड़ा था। बैलगाड़ी वाले ने उनके ट्रंक को गाड़ी में रख दिया। सीता ने पहले लड़कों को उठाकर गाड़ी में बैठा दिया। फिर वह गाड़ी से बाहर उतरी और रामकृष्णैया के सामने खड़ी हो गयी। अवधानुलू की पत्नी और दूसरे पड़ोसी सारा माजरा देखने के लिए वहाँ जमा हो गये थे।

"मामा, अब मैं चलती हूँ। आपको चिट्ठी लिखूँगी। हमसे मिलने के लिए मद्रास ज़रूर आयें। मैं आपको पता दे चुकी हूँ"–सीता ऐसे बोल रही थी जैसे उसे बहुत हड़बड़ी हो। गाड़ीवाला शशि का ट्रंक ले आया। शशि उसके साथ थी। उसने रामकृष्ण की धोती का किनारा पकड़ लिया–"दादू, तुम जल्दी आना। नहीं तो मैं अपने स्कूल की इतनी सारी पढ़ाई कैसे पूरी करुँगी?"

रामकृष्णैया का दिल ऐसे भारी था जैसे वहाँ लोहे का वजन रखा हो। उसकी साँस बहुत भारी–भारी आ रही थी। सीता ने बैलगाड़ी की तरफ बढ़ते हुए कहा–"चलो। आओ शशि।"

रामकृष्णैया को जैसे किसी ने पीछे से धक्का दिया हो, वह इस तरह आगे की तरफ बढ़ा। उसने शशि को अपनी बाहों से घेर लिया। "नहीं", वह चिल्लाया। यह उसका अनेक सालों बाद लिया हुआ पहला निर्णय था।

"शशि तुम अपने दादू को छोड़कर कभी कहीं मत जाना!"

न्याय

उर्मिला पवार

पन्द्रह साल बाद मैंने अपने पैतृक गाँव जाने का फ़ैसला किया। वैसे मेरा कोई मन नहीं था। माँ के मरने के बाद वहाँ कोई नजदीकी रिश्तेदार नहीं थे। ऊपर से गाँव है भी अजीब सी जगह पर। शहर से चार मील दूर झील के पार एक तंग घाटी में, जहाँ चारों तरफ ऊँचे पहाड़ हैं। पैदल चलकर जाना तो असम्भव है। मुझे गाँववाले भी पसन्द नहीं हैं, उनका आचार–व्यवहार, उनकी भाषा कितनी बेवकूफाना है। उनमें सामान्य बुद्धि तक नहीं होती।

मैं बम्बई में वकालत करता हूँ। मेरा काम क़ाफी अच्छा चलता है। मैं तमाम आधुनिक उपकरणों वाले एक अच्छे–से फ्लैट में अपने परिवार के साथ रहता हूँ। मेरे पिता के पुराने खण्डहरनुमा घर में मेरी कोई दिलचस्पी नहीं है और न ही करीब दो एकड़ की मेरी पैतृक भूमि में। वहाँ मैं कभी जाकर रहने वाला नहीं हूँ। इसलिए मैंने यह निर्णय किया कि मैं ज़मीन बेच दूँगा और साथ ही घर भी।

मैं वहाँ रात को पहुँचा। हरिकेन लालटेन की फीकी रोशनी में मुझे सिर्फ़ अपने पैरों के आस पास की जगह ही दिखायी पड़ रही थी। किन्तु सुबह की रोशनी में मुझे केलों के पौधों का हरा–भरा खेत देखकर सुखद आश्चर्य हुआ। आपस में सटे गुच्छों के केले नवजात शिशुओं की तरह जीवन्त लग रहे थे, जैसे एक–दूसरे से हाथ मिलाकर नई दुनिया का अभिवादन कर रहे हों। कुएँ से छोटी–छोटी धाराएँ निकलकर आवाज़ करती बह रही थीं।

बहता हुआ पानी मेरे नंगे पैरों में गुदगुदी कर रहा था। मुझे कुशबा पर गर्व हुआ। मैंने उसे कहा था कि घर के चारों तरफ ज़मीन पर खेती कर ले। उसने अपनी मेहनत से इसे सोने की खान बना दिया था। यह सोचकर कि मैं उससे यह सब छीनने के लिए आया हूँ, मुझे कुछ असुविधा महसूस हो रही थी। पर मैं और करता भी क्या?

मैं अपनी ज़मीन गाँव के मुखिया को बेचनेवाला था। हमने पहले ही बातचीत कर सब तय कर लिया था। मैंने कुशबा को भी चिट्ठी से सूचना दे दी थी। मैं मुखिया का इन्तजार कर रहा था। मेरे पड़ोसी विष्णु मास्टर के साथ मैं बरामदे में बैठा ज़मीन की क़ीमतों और हर चीज़ के दाम बढ़ने पर गपशप कर रहा था।

क़दमों की आहट सुन मैंने पीछे देखा। बूढ़ा कुशबा दरवाज़े पर खड़ा था और उसके कुछ क़दम पीछे एक जवान औरत थी। कुशबा बहुत बूढ़ा हो चला था। उसका सिर हिल रहा था और उसके झुर्रीदार चेहरे पर उदासी थी। वह मुझे देख जबरदस्ती मुस्कुराया।

"आओ आओ कुशबा! बताओ, कैसे हो?"

"ऊपरवाले की दया और आपकी मेहरबानी से मालिक, मैं ठीक हूँ।"

ये शब्द असहनीय दर्द में लिपटे थे। पर यह तो प्रकृति का नियम था।

कुशबा ने युवती को आगे आने का इशारा किया। उसने आगे बढ़कर सिर से टोकरी उतारकर रखी और सिर झुकाकर खड़ी हो गयी। ताजे पके हुए केले कितने स्वादिष्ट लग रहे थे।

"आप क्यों लाये..."–मैंने युवती को देखते हुए कहा।

वह स्वस्थ, मजबूत और भरे हुए बदन की थी। मेरे जैसा पचास साल का आदमी भी भीड़ में उसे छूने के लिए मचल जाता। उसका रंग साफ था और धूप से तपा हुआ था। उसका चेहरा नुकीला था। ऐसी तिकोनी ठुड्डी वाले बदनसीब होते हैं, ऐसा सुना है। अचानक उसके माथे पर सिन्दूर न देखकर मुझे ऐहसास हुआ कि वह विधवा है।

"यह कौन है, मेरा मतलब..."

"मेरी बहू है मालिक," बूढ़ा मुश्किल से बोला। उसका सिर हिलने लगा था।

"यह उसके इकलौते बेटे की बीवी है। पारू। पाँच साल पहले इसका पति झील में डूब गया था," विष्णु ने गँवारू तरीक़े से बक दिया। पारू और उसके ससुर के सामने उसके इस तरह बोलने से मुझे बहुत शर्मिंदगी हुई। "अब इस बूढ़े का कोई मददगार नहीं," मुझे बहुत दया आयी।

मैंने कुशबा को अपने बगल में बैठाया और उसे समझाने की कोशिश की कि मैं ज़मीन क्यों बेचना चाहता था। मैंने कहा कि मैं मुखिया से कहूँगा कि वह केले के खेत के लिए एक हज़ार रुपया अलग से दे। वह रुपया मैं उसे दे दूँगा। तब भी उसके चेहरे पर कोई चमक नहीं आयी। मुझे लगा कि वह मुझे कुछ कहना चाहता था। मैंने इससे ज़्यादा कुछ कहना ठीक नहीं समझा कि कहीं सौदे में नुक़सान न हो जाये। क्या पता वह कोई अनुचित माँग कर बैठे। फिर तो मुखिया भी बात नहीं मानेगा और मेरा नुक़सान हो जायेगा। क्या पता मैं ज़मीन बेच पाऊँगा या नहीं।

"मालिक, मैं अब चलूँ," कुशबा उठ गया था। मेरा दिमाग बेचैन था। पारू पहले ही कुछ क़दम आगे निकल गयी थी। उसके जाते ही विष्णु ने मुँह बनाया–"देखा! उसकी बहू कितनी सीधी–सादी मासूम लग रही है? लेकिन उस मुखौटे के निजी चीज़ें इतनी सरल नहीं हैं।"

"तुम क्या कहना चाहते हो? मैं समझा नहीं।" मेरे अज्ञान से विष्णु की कहानी में जोश आ गया। उसने जो बताया, उससे मैं हतप्रभ रह गया। पारू देखने में अच्छी थी। वह बुद्धिमान और मेहनत करने वाली लगती थी। उसके तौर–तरीक़े भी बिलकुल सभ्य और बेमतलब दख़लन्दाजी करने वाले नहीं थे। वह क़ाफी सम्भली हुई और शान्त दिखती थी। शादी के तुरन्त बाद उसका पति मर गया था। उसकी जवानी बेकार ही चली गयी। मेहनत का पसीना बहाकर मेरे दो एकड़ के खेत पर काम करके उसने यह सुन्दर केले का बगीचा बना लिया था।

वह अपने सिर पर फल रखकर शहर तक पैदल जाती, जो यहाँ से कच्ची सड़क से चार मील दूर पड़ता था। वह और उसके ससुर दोनों इसी कमाई पर जीते थे। अब इस औरत के सोलह सप्ताह का गर्भ था। कोई नहीं जानता था कि उसका पिता कौन है, लेकिन सबको अनुमान था। उन्हें लगता था कि उसका पिता एक अच्छे परिवार का जवान लड़का शान्तनु है जो कॉलेज की पढ़ाई करता है। वह रोज बगल के शहर में साइकिल चलाकर विश्वविद्यालय के कॉलेज में जाता था। पारू का बाजार जाने का समय भी वही था। इसी आधार पर विष्णु और गाँव के लोगों ने यह अनुमान लगाया था...

विष्णु का कहानी कहने का तरीक़ा ऐसा था जैसे कि उसने सब कुछ ख़ुद अपनी आँखों से देखा हो। कुछ लोगों को अफवाहों में बहुत दिलचस्पी होती है। उनके लिए उनके दिमाग का यह जैसे भोजन होता है। विष्णु ऐसा ही आदमी था।

मुझे उसके इस बेसिरपैर के अनुमान पर बहुत गुस्सा आया।

"क्या तुम यह कहना चाहते हो कि तुमने उन दोनों को आपस में लिपटे हुए या चुम्बन करते देखा?"

"दो–तीन बार मैंने उन लोगों को मजे से बातें करते देखा था।"

"बाक़ी सब तुम्हारे दिमाग की बुनी हुई कहानी है। किसी अदालत में इसका कोई महत्व नहीं होगा। तुम्हारे पास क्या प्रमाण है? चश्मदीद गवाह है कोई?"

विष्णु ने मेरा मजाक बनाते हुए कहा–"क्या बात करते हैं! आपको लगता है कि एक आदमी और औरत दूसरों की निगाहों के नीचे सम्बन्ध बनाते हैं? शादीशुदा दम्पति भी, जिन्हें पण्डित और भगवान से अनुमति मिली हुई होती है, क्या सबकी आँखों के सामने सम्भोग करते हैं?" विष्णु के चेहरे पर जीतने की ख़ुशी थी क्योंकि वह मेरी बातों को काट पाया था। तभी गाँव का मुखिया आ गया और हमारी बातें रुक गयीं।

"सुप्रभात, मुखिया जी। मैं आपका इन्तजार ही कर रहा था। आइये, हम आज इस काम को पूरा कर लें। मुझे वापस अदालत में अपने काम पर जाना है, आपको पता ही है।"

"जैसा आप कहें। किन्तु क्या करूँ, गाँव में इस तरह की दुष्टता के गन्दे मामले आ जाते हैं कि मैं परेशान हो जाता हूँ।"

"क्या दुष्टता का मामला आया है?"—मैंने ऐसे दिखाया जैसे मैं कुछ नहीं जानता।

"वह कुशबा की बेवकूफ बहू है न? क्या मूर्ख औरत है!" उसने मुझे सारी कहानी फिर से सुनाई। उसकी कहानी विष्णु की कहानी से बिलकुल मिलती–जुलती थी।"जाने क्या हुआ होगा। वह एक जवान विधवा है.."—मैंने कहा।

"मैंने कभी नहीं सोचा था कि वह ऐसी निकलेगी"—मुखिया ने कहा।

"अरे आपने सुना है कि नहीं...

'एक बच्चा जानता नहीं
एक बूढ़ा जान सकता नहीं
और एक जवान न जाने
तो ज़िन्दगी ही कुछ नहीं''

विष्णु ने इन पंक्तियों को जोर से उच्चारित किया और उन दोनों ने इस पर ठहाका लगाया।

मेरे लिए ये सब बातें नयी नहीं थीं। कभी–कभी ऐसे मामलों में अदालत के बाहर ही समझौता हो जाता था। कभी–कभी अपराधी को दण्ड मिलता था। ज़्यादातर तो अपराधी कानून में कोई पेंच खोजकर बच निकलता।

मुखिया ने कहा—"मैं आपसे विनती करता हूँ, इस सौदे को अभी कुछ दिन के लिए रोक दीजिए। मैं अभी इस पर पूरा ध्यान नहीं लगा पा रहा हूँ।"

मैं चुपचाप उसे देखता रहा। शायद यही अपराधी है। एक बूढ़ा आदमी भी इस तरह का काम कर सकता था। मैंने विष्णु को भी ध्यान से देखा था, पर वह तो सिर्फ़ बातूनी था। उसके पास इतना साहस नहीं था कि वह ऐसा काण्ड करे। वह तो सिर्फ़ दूसरों का मजा लेने वाला शख़्स था।

"मुखिया जी, आप सचमुच बहुत चिन्ता में हैं,"– मेरी आँखें उसके आर–पार देखती रहीं।

"हाँ, आपको क्या बताऊँ! मैं सचमुच चिन्तित हूँ। और फिर वह नज्ञा है ना, वह भी तो मेरी जान के पीछे पड़ा है।"

"नज्ञा कौन है?"

"पारु का भाई है। बम्बई से आया है। वहाँ वरली का एक आवारा गुण्डा है। सच पूछिए तो मैंने ही उसे बुलाया है। मैं जानना चाहता था कि उसकी बहन पहले कैसी थी। पर उसने मुझे ही फँसा लिया। वह कहता है मुझे न्याय चाहिए। मेरी बहन को न्याय दीजिए, नहीं तो मैं सब अपराधियों को ख़ुद मार दूँगा। उसके लिए दिन–दहाड़े कुछेक को सलटाना तो मामूली बात है।"

"तो क्या यह सच है कि पारु ने शान्तनु पर आरोप लगाया है?"

"नहीं, उसने तो अभी तक एक शब्द भी नहीं कहा। नज्ञा ने पारू की अच्छी तरह पिटाई की ताकि वह सच बोल दे। पर वह कहती है कि वह आज रात की सभा में ही अपनी बात कहेगी।"

"तब तो एकदम असली नाटक होगा!"–विष्णु बहुत उत्तेजित हो गया।

मैंने उसकी तरफ ध्यान न देकर कहा–"मान लीजिए कि वह शान्तनु पर आरोप लगाती है। तो क्या आप लोग उसे मजबूर करेंगे कि वह पारू से शादी करे?"

"बिलकुल मुझे करना ही होगा। मैंने सोचा था कि शान्तनु पर रुपयों का बड़ा दण्ड लगाऊँगा कि उसने इतना गिरा हुआ काम किया। किन्तु मुझे नहीं लगता कि नज्ञा इस बात को मानेगा।"– बूढ़ा मुखिया अपने सफेद बाल खुजलाने लगा था। "देखिये, चूँकि आप यहाँ पर हैं, आप ही हमारे जज बन जाइये। लोग आपकी बात मानेंगे और यह मामला सलट जायेगा।"

"अरे! यह तो कोई बात नहीं हुई! गाँव के लोगों को ही फ़ैसला करना चाहिए। यहाँ कोई अदालत नहीं है। आप लोग जैसे चाहें, फ़ैसला कर सकते हैं। आपको कानून के नियमों को मानने की कोई

ज़रूरत नहीं है।"—मैं इस मामले से बाहर निकल आया। मैं नहीं चाहता था कि गाँव वालों के साथ कोई साबिका रखूँ। मुझे इन लोगों से कोई लेना—देना नहीं था।

दोपहर में मैं बरामदे में ऊँघ रहा था। मेरे ख़्याल पारु के मामले में घूम रहे थे, जैसे कि वह मेरी मुवक्किल हो।

"सर!"

"कौन है?"— मैंने अपना सिर उठाया। कोई औरत थी। मुझे उसके हाव—भाव से लगा कि वह शान्तनु की माँ है और मैं सही था।

"आइये। बैठिये।" मैंने बेमन से कहा।

"सर, मैं शान्तनु की माँ हूँ."—उसके बाद उसने कुछ लम्बी साँसें लेकर कहा—"सर, आप तो सब बातें जानते हैं।"

"हाँ, हाँ, मुझे पता है। आपका बेटा ही अपराधी है।" मैं एक वकील की तरह बोला।

मेरी बात सुनकर उसकी आँखों में आँसू आ गये। उसने रुँधे गले से कहा—"सर, मेरे बेटे को बचा लीजिए सर!"

"मैं कैसे बचा सकता हूँ? और वह लड़की पारु! उसका क्या होगा?"—मेरी आवाज़ में कठोरता थी।

पारू का नाम सुनकर शान्तनु की माँ एक बाघिन की तरह झपट पड़ी। उसने पारू को बहुत सारी गालियाँ दीं। उसे सब बातों के लिए दोषी ठहराया। उसने यहाँ तक कहा कि उसने यह सब जानबूझकर किया है। मैंने उसे बोलने दिया। उसका चिल्लाना मैं सुनता रहा। कम—से—कम उसका गुस्सा तो कम हो।

उसके बाद मैंने उसे सांत्वना देने की कोशिश की—"मैं आपका गुस्सा समझ सकता हूँ। शायद आपको पारु से मिलना चाहिए और उसे समझाना चाहिए।"

"वह मेरे घर शान्तनु से मिलने आयी थी," उसकी माँ ने हताश स्वर में कहा—"तब वह ज़्यादा नहीं बोली। उसने सिर्फ़ इतना कहा कि उसे अपने भविष्य के बारे में सोचना पड़ेगा। उसे अकेलेपन की ज़िन्दगी से छुटकारा चाहिए। किसी का साथ चाहिए।"

"तो आपको उससे कोई सौदा कर लेना चाहिए था। कुछ सोना या कुछ ज़मीन..."

"वह सुनने के लिए तैयार ही नहीं थी। वह इतनी मूर्ख है।"

मैंने सोचा—वह क्यों सुनती? उसे एक पति भी मिल जायेगा और उसकी सारी दौलत भी। आप जो थोड़ा—बहुत देने वाली थीं, उससे वह क्यों ख़ुश होती? एक बात बिलकुल साफ थी। पारु का शान्तनु से सम्बन्ध था और वह पूरी स्थिति को बहुत होशियारी से अपने फायदे के लिए इस्तेमाल कर रही थी। वह जानती थी कि मेरी ज़मीन पर वह अब नहीं रह सकती। इसलिए वह अपने भविष्य का इन्तजाम कर रही थी। उसने अपने गुण्डे भाई को शान्तनु को धमकाने के लिए बुला लिया था। वह पूरी तरह से शान्तनु को फँसा चुकी थी। मेरे दिमाग में इस गाँव की औरत के लिए प्रशंसा का भाव पैदा हुआ। शहर की पढ़ी—लिखी स्मार्ट औरत भी इतनी होशियारी से स्थिति को मनमुताबिक अन्जाम नहीं दे पाती।

मैंने शान्तनु की माँ को सांत्वना दी। उसके बेटे शान्तनु पर मुझे सचमुच दया आयी। वह छोटा था। किसी पल के तीव्र आकर्षण में फँस गया था। क्या उसके लिए वह सारी ज़िन्दगी भुगतेगा? जल्द ही उसे अपने कॉलेज की डिग्री मिल जायेगी और वह अपने जैसी किसी पढ़ी—लिखी लड़की से शादी करने का सपना देखता होगा। कुछ पलों के शैतानी जुनून ने उसे बर्बादी के रास्ते पर उतार दिया था। एक अनपढ़ गँवार लड़की के साथ उसका नाम जुड़ गया था। मैं कोई फ़ैसला नहीं कर पा रहा था। अगर वह मेरा बेटा होता, तो मैं उससे नाराज़ होता। उस पर चिल्लाता, उस पर बरसता। किन्तु क्या मैं उसे बचाने की कोशिश नहीं करता? क्या मैं शान्तनु से मिलूँ? क्या मैं उसे सलाह दूँ कि वह इस पूरे मामले से मुकर जाये और उससे छुटकारा पा ले? या इस पूरे मामले में कुछ ऐसा बचाव का रास्ता था जिस पर मैं अभी तक अँगुली नहीं रख पा रहा था।

पर अगले ही क्षण मेरा मन दूसरी तरफ चला गया। अगर पारुल मेरी बेटी होती तो? मैं क्या करता? मैं क्या उसकी बात मानकर उसके साथ खड़ा नहीं होता? आख़िर यह उसकी ज़िन्दगी थी...

अन्त में मैंने यही निर्णय लिया कि यह मेरा सिरदर्द नहीं था। मैं एक अच्छी–सी किताब पढ़कर आराम से बैठूँगा और इस मामले को गाँव की पंचायत पर छोड़ दूँगा।

किन्तु गाँव का मुखिया आया और मुझे जबरदस्ती सभा में ले गया। सभा गाँव के मन्दिर के सामने आँगन में थी। मन्दिर की सीढ़ियों के सहारे बारह कुर्सियाँ श्रोताओं की तरफ मुँह किये मुख्य लोगों के लिए थीं। वहाँ और भी कई प्रमुख लोग थे– शेरिफ था, राजस्व अधिकारी था और स्कूल का हेडमास्टर था। कुर्सियों की कतार के आगे सिर्फ़ एक टेबल थी। सामने बैठे लोग दो समूह में थे– एक तरफ औरतें और दूसरी तरफ आदमी थे। उनके चेहरों पर चिन्ता और उत्सुकता दिखायी दे रही थी। जो नाटक होनेवाला था, उसका सभी बेसब्री से इन्तजार कर रहे थे। वे सब आपस में फुसफुसा रहे थे। उनकी भावनाओं की तीव्रता का अनुभव किया जा सकता था।

गाँव के मुखिया ने मुझे कुर्सी पर बैठने के लिए कहा। किन्तु मैं श्रोताओं में बैठ गया। विष्णु ने मुझे देखा और आकर मेरे बगल में बैठ गया। उसके कारण कई लोगों के नाम मुझे पता चल गये।

"वह देखिये, जो खम्भे के बगल में नीली कमीज़ में बैठा है, वही शान्तनु है।"

मैं उसे देखने के लिए घूमा। वह मुझसे क़रीब दस फीट दूर था। वह क़ाफी हट्टाकट्टा और स्वस्थ लग रहा था। पर उसके कन्धे झुके हुए थे और उसकी गर्दन नीचे की तरफ थी, जैसे कोई आदमी कुश्ती में हार गया हो। मैंने उसके वहाँ रहने की उम्मीद नहीं की थी। नञ्जा उसे जबरदस्ती ले आया होगा। मेरी निगाहें औरतों की तरह गयी। वहाँ शान्तनु की माँ थी। उसका सिर साड़ी के आँचल से ढका हुआ था। उसे देखकर दया आती थी। माँ और बेटे को देख मुझे उन लोगों के लिए क़ाफी भय हुआ।

अचानक सब लोग चुप हो गये। विष्णु ने मुझे कुहनी मारकर इशारा किया–"वह नञ्जा है।" मैंने सामने की तरफ देखा। नञ्जा टेबल के पास में खड़ा था। वह कोई लम्बा–चौड़ा आदमी नहीं था,

किन्तु उसकी ठुड्डी ऊँची थी, सीना फूला हुआ था और उसके चेहरे पर साफ लिखा था–मैं किसी की परवाह नहीं करता। उसको देखकर लोगों के मन में डर मिश्रित सम्मान पैदा होता होगा। मुझे पता है कि सभी गुण्डे ऐसे ही दिखते हैं। उनके पास खोने को कुछ नहीं होता। वे दूसरों की कमजोरी को पकड़ लेते हैं और उसका फायदा उठाते हैं। नज्ञा क़ाफी मात्रा में सस्ती शराब पीकर आया था। उसकी लाल आँखें गुस्से से भरी हुई थीं। वह धमकते हुए क़दमों से आया और एक कुर्सी पर धँस गया। उसके हाथ में पकड़े हुए थैले में गेंदे की मालाएँ झाँक रही थीं। मैंने विष्णु से पूछा–"यह माला क्यों लेकर आया है?" विष्णु की आँखें चमक उठीं–"शायद शादी करवाने के लिए!" मुझे ऐसे लगा कि वे मालाएँ शान्तनु के कफन पर चढ़ाने के लिए हों।

जैसे ही नज्ञा बैठा, सभा शुरू हो गयी। गाँव का मुखिया खड़ा हुआ। बिना ज़्यादा भूमिका के वह सीधा मुद्दे पर आ गया–"सब जानते हैं कि कुशबा हुबा सुर्वे हमारे गाँव का रहने वाला है और उसकी बहू का नाम पार्वती है। वह पिछले पाँच सालों से विधवा है। मुद्दा यह है कि वह सोलह सप्ताह के गर्भ से है। गाँव इस बारे में जानना चाहता है। मैं पार्वती को बुलाता हूँ कि वह सभा में आये और हमारे प्रश्नों का जवाब दे।"

उसने औरतों की तरफ देखा और दो जनों को इशारा किया। दोनों औरतें खड़ी हुईं। मन्दिर के पिछवाड़े की तरफ गयीं और पारू को ले आयीं। सबकी आँखें पारू पर लगी थीं। सारे तीर कमान से छूटने के लिए तैयार थे। पारू ने नौ गज लम्बी साड़ी पहन रखी थी जिससे उसका पूरा शरीर ढका हुआ था। साड़ी के आँचल से उसका सिर ढका हुआ था। वह नज्ञा के सामने आकर बिना हिले–डुले खड़ी हो गयी।

गाँव का सबसे बूढ़ा आदमी सुभान राव खड़ा हुआ। उसने उसे सिर से पैर तक देखा और पूछा–"तुम्हारा नाम क्या है?"

"पार्वती बापू सुर्वे।" पार्वती की आवाज़ बिलकुल साफ थी। उसमें कोई डर का नामोनिशान नहीं था।

"उम्र?"

"सत्ताईस साल।"

"तुम्हारी जीविका कैसे चलती है?"

"मैं फलों के बगीचे में काम करती हूँ। फल बेचती हूँ। और भी कई छोटे–मोटे काम करती हूँ।"

कुछ देर तक यह सब चलता रहा। उसने हर प्रश्न का जवाब तुरन्त सीधे–सीधे दिया। सुभान राव अब मुद्दे पर आया–"क्या तुम गर्भवती हो?"

"हाँ।"

"कितने सप्ताह हुए हैं?"

"सोलह।" अब भी उसके स्वर में कोई बदलाव नहीं था।

"इसका पिता कौन हैं, बताओ। हमें उसका नाम बताओ।"

"मैं.. मैं.. मैं नहीं जानती।"

नज्ञा खड़ा हुआ और गरजा–"पारू! सच सच बोलो।"

लोग आपस में ठिठोली करने लगे।

"क्या? क्या तुम यह कह रही हो कि तुम उसका नाम नहीं जानती? उस आदमी का नाम, जिसके साथ..." सुभान राव ने कहा।

"नहीं। मैं नहीं जानती क्योंकि.."

"क्योंकि क्या?"

"क्योंकि मेरा बलात्कार किया गया था।"

"पारू! तुम क्या कह रही हो पारू?"–नज्ञा ने पारू के हाथ को कसकर पकड़ लिया।

"वह कौन था जिसने यह किया? कौन था वह?"–सुभान राव ने अब कुछ मुश्किल से पूछा। वह तनाव में था।

"मुझे नहीं मालूम। मैंने नहीं देखा।" पारू फिर से शान्त थी।

"तुम कुछ छिपाने की कोशिश मत करो! जो सच है उसे बोलो!"–नज्ञा की गुण्डई चल नहीं रही थी। ऐसे लग रहा था जैसे वह उसकी पिटाई करना चाहता हो।

"मैं सच कह रही हूँ। कृपया सुनिये। मुझे न्याय चाहिए"– पारू के ये शब्द बिलकुल साफ–साफ आये–"सब जानते हैं कि मैं शहर में

अपने उगाये केले बेचने के लिए जाती हूँ। हमारा गाँव अजीब जगह पर है। रास्ता बिलकुल सूना रहता है। कोई नहीं रहता है जिसके साथ चला जाये–" वह साँस लेने के लिए एक क्षण रुकी–"मैं हर रोज की तरह बाज़ार जा रही थी। मेरे सिर पर रखी टोकरी फलों के कारण भारी थी। मैं जल्दी चलने की कोशिश कर रही थी। अचानक पीछे से कोई मेरे ऊपर झपटा। मैं रास्ते पर अपनी भारी टोकरी के साथ बुरी तरह गिर गयी। मेरे चेहरे पर एक कपड़ा फेंक दिया गया और मेरे मुँह और नाक को बाँध दिया गया। मैं कुछ कहती, इसके पहले मैं बेहोश हो गयी। मुझे जब होश आया तो मुझे पता चला कि मेरा बलात्कार हो चुका था।"

शहर में पली–बढ़ी कोई शिक्षित, स्मार्ट औरत भी ऐसी साफ आवाज़ में मुजरिम के कटघरे से ऐसा प्रार्थना भरा भाषण नहीं दे सकती थी। पारू पूरी तरह सफल थी। लोग अवाक हो गये। किसी को कुछ नहीं पता था कि क्या कहा जाये। फिर गाँव के मुखिया ने उसे गुस्से से देखते हुए ऊँची आवाज़ में कहा–"तुमने यह सब पहले क्यों नहीं बताया?"

लोग बोलने लगे–"हाँ। पहले क्यों नहीं बताया? क्यों नहीं बताया?"

"तो आप लोग क्या करते?"–पारु का सवाल बिलकुल साफ और ऊँचे स्वर में बोला गया था। सब हक्के–बक्के रह गये। सचमुच वे लोग क्या करते? वे किसे गिरफ्तार करते?

एक बूढ़े आदमी ने पूछा–"तो इस पाप का क्या, इस बच्चे का, जो तुम्हारे अन्दर पल रहा है। उसका क्या किया जाये?"

पारू भीड़ के सामने खड़ी रही। उसमें अपने दोनों मजबूत हाथ अपने पेट पर रख लिए–"मुझे बच्चा चाहिए। वह मेरा है। मैं उसे बड़ा करूँगी। मैं उसकी देखभाल करूँगी।"

"नहीं, नहीं। यह अवैध बच्चा है। हम तुम्हें ऐसा नहीं करने देंगे"–राजस्व अधिकारी ने पहली बार अपना मुँह खोला।

"क्यों नहीं? मैं एक औरत हूँ। मेरी भी भावनाएँ हैं। मेरा भी एक दिल है। हर औरत एक दिन माँ बनना चाहती है। मैं भी चाहती हूँ। इससे कोई फ़र्क नहीं पड़ता कि इसका पिता कौन है। मैं इसकी माँ हूँ। मुझे किसी की ज़रूरत है। मैं विधवा हूँ। जब मैं बूढ़ी होऊँगी, तो मेरे पास कोई नहीं होगा। क्या तुममें से कोई आयेगा और मुझे सहारा देगा, जब मुझे ज़रूरत होगी?"

पारु ने जैसे सबको एक सम्मोहन में डाल दिया था। किसी के पास कोई उत्तर नहीं था। कोई सामने नहीं आया। मैंने नज़रें चुराकर शान्तनु को देखा। उसकी ठुड्डी ऊँची थी। उसकी आँखों में कृतज्ञता थी। वह उस पर गर्व महसूस कर रहा था। उसकी निगाहें उस पर जमी हुई थीं। मेरा मन भी जाने कैसा–कैसा हो गया।

अगले दिन गाँव का मुखिया मेरे पास ज़मीन और मकान की बिक्री के सारे कागज़ात लेकर आया। मैं तैयार था और उसका इन्तजार कर रहा था।

"आइये, आप जिस काम के लिए आये थे उसे हम पूरा कर लें," उसने कहा।

मैंने कहा–"माफ करें, मैंने अपना मन बदल लिया है। मैं अपनी ज़मीन नहीं बेचूँगा।"

गाँव का मुखिया मेरा मुँह देखता रहा। मैं जो कर रहा था, उस पर गर्व महसूस करते हुए मैंने कहा–"क्या आप चाहेंगे कि मैं अपनी बेटी को बेघर कर दूँ?"

मिस्टर बोस के साथ प्राइवेट ट्यूशन

अनीता देसाई

मिस्टर बोस शाम को अपने बरामदे में प्राइवेट ट्यूशन देते थे। चूँकि बरामदा दक्षिण दिशा की तरफ खुलता था, उन्हें लगता था कि गंगा नदी छतों के ऊपर सूखते हुए कपड़ों और तुलसी और गेंदा के गमलों से होते हुए उन्हें एकाध हवा का झोंका भेज देगी। उनकी पत्नी ने ये गमले बरामदे की मुँडेर से कभी भी गिर जाने का ख़तरा उठाते हुए लगाये थे जिससे उन्हें ठण्डक, हवा और सुकून मिले। किन्तु हवा का तो नामोनिशान नहीं था। बहुत गरमी थी और हवा एक भीगे हुए तौलिए की तरह उनका दम घोंट रही थी। इसी घुटन के अन्दर से वे संस्कृत के श्लोक बोल रहे थे, जिन्हें सच पूछा जाये तो, सूर्योदय के समय किसी पर्वत के शिखर से गुंजायमान किया जाना चाहिए।

ओम। उषा वा अश्वस्य मेध्यस्य शिरः...

यह श्लोक गूँजने की जगह एक बुदबुदाहट में निकला। मिस्टर बोस ने त्योरी डालकर अपने विद्यार्थी को श्लोक का अनुवाद करने को कहा। विद्यार्थी भी वैसे ही त्योरी चढ़ाकर अपने बालों में मुट्ठी घुमाते हुए बुदबुदाया," ओम का अर्थ है भोर और घोड़े का सिर..."

मिस्टर बोस ने हल्के से डाँटकर उसे रोकते हुए कहा,"क्या बोलते हो लड़के! कौन–सा घोड़ा, कौन सा घोड़ा?"

लड़के ने चिड़चिड़ाहट भरी आँखें घुमाईं। "मुझे नहीं मालूम सर। इसमें बताया नहीं गया है।"

मिस्टर बोस ने उसे अचरज से देखा। वह एक ब्राह्मण पुजारी का बेटा था जिसका पिता उसे ख़ुद रोज़ सुबह महाभारत पढ़ाता था। वह सिर्फ़ शाम को उसे मिस्टर बोस के सुपुर्द करता था क्योंकि तब उसे शादियों, पूजा या किसी उत्सव में पण्डिताई करनी होती थी। उसके राजसी व्यक्तित्व, शान्त और भावहीन चेहरे और मधुर आवाज़ के कारण उसकी बहुत माँग थी। उसकी आवाज़ संस्कृत भाषा के बहुत अनुकूल थी, जिसमें उसे अक्सर बोलना होता था। और यह प्रीतम, उस ब्राह्मण का बेटा था! लाल आँखें, तेल में सने बाल, बेचैन अँगुलियाँ और हर समय हिलते पाँव उसके अन्दर बहते नालों की गन्दगी और रहस्यों को, उसके अन्दर की चिढ़ और हिंसा को छिपा नहीं रहने देते थे। मिस्टर बोस भूले नहीं थे जब उन्होंने एक बार बस के कण्डक्टर और एक यात्री के बीच मारामारी होने से पार्क स्ट्रीट के पास रुकी बस की खिड़की से उसे एक नियोन बत्ती से सजे शराबख़ाने में घुसते देखा था।

"बलि का घोड़ा", मिस्टर बोस ने किसी तरह धीरज रखते हुए उसे समझाया। "प्रीतम, क्या तुमने अश्वमेध के बारे में सुना है, राजा का घोड़ा जिसे राज्य में घूमने के लिए खुला छोड़ दिया जाता था और जब वह राजधानी में लौटता, तो राजा उसकी बलि देता था?"

लड़के ने उन्हें ऐसी नफरत से देखा कि मिस्टर बोस अपनी मूँछों के कोने चबाते चुप हो गये और पन्ने उलटने लगे। "ठीक है, आगे पढ़ो", उन्होंने धीमे से कहा। फिर वे प्रीतम को गलतियों की भरमार के संग उन श्लोकों को पढ़ते सुनते रहे, जो उसके पिता की अनुभवी जुबान से और ख़ुद उनकी हिचकती–सी आवाज़ में अद्‌भुत रस पैदा करते थे। जब वे और सहन नहीं कर पाये, तो उन्होंने अपने सिर को इतना सा घुमाया कि वे कनखी से खुले दरवाज़े के पार, अँधेरे गलियारे से होते हुए हल्की रोशनी वाली रसोई में झाँक सकें, जहाँ उनकी पत्नी बच्चे को बगल में बैठाये पूड़ियों के लिए आटा गूँथ रही थी। उसका सिर झुका हुआ था जिससे उसकी माथे की स्टील की पिन से, जिससे उन्हें बेहद चिढ़ थी, उसके कुछ बाल निकल आये थे

और उसके फीके लम्बोतरे चेहरे पर झूल रहे थे। धुँधले से उस दृश्य में रंग सिर्फ़ उसकी साड़ी की लाल किनारी में था। बच्चे की पीठ दरवाज़े की तरफ थी जिससे उन्हें चटाई में धँसे उसके भूरे नितम्ब छोटी सफेद कमीज़ के नीचे दिख रहे थे। मिस्टर बोस को कुछ आश्चर्य हुआ कि बच्चा इतना चुप कैसे है। शायद उसकी माँ ने उसे भी आटे की एक लोई पकड़ा दी है जिससे वह कोई मनचाहा आकार बना सके। वे दोनों जैसे आपस में जुड़े हुए पूरे ध्यान से किसी काम में लगे थे, जिसमें मिस्टर बोस शामिल नहीं थे। उनका बहुत मन हुआ कि वे भी! उनके बीच जाकर शामिल हो जाये।

प्रीतम पढ़ना रोककर उनकी तरफ कुटिलता से देख रहा था कि उनकी बिखरी सी मूँछों के नीचे एक हल्की मुस्कान खेल रही है। उनकी पत्नी ने बरामदे से आती आवाज़ के बन्द होने पर ऊपर देखा। उसकी निगाह बच्चे से होती हुई अँधेरे गलियारे को पार कर, मिस्टर बोस के चेहरे तक आ पहुँची। उनकी मूँछें चिड़ियों के पंखों की तरह ऊपर उठ गयीं और उनकी मुस्कान भी कोमलता और ख़ुशी से ऊपर उठ गयी। पत्नी भी हँसी, फिर तुरन्त घूमकर उसने अपने होंठ के कोनों को नक़ली डाँट से नीचे किया, जैसे कह रही हो कि वे अपने काम में मन लगायें। उसने आटे की चिपचिपी लोई उठाकर बच्चे को फिर से थमा दी कि वह शान्त रहे और अपने पिता को पाठ पूरा करने दे।

वह बेतरतीब, तेल से चुपड़ा ब्राह्मण पुजारी का लड़का नाटकीय ढंग से खाँसा। बेशक वह अपने किसी प्रिय सिनेमा ऐक्टर की नक़ल कर रहा था। उसका खाँसने का तरीक़ा एकदम नक़ली था। उसका इशारा साफ था। मिस्टर बोस खिन्न होकर तुरन्त मुड़े और चिल्लाकर बोले—"रुक क्यों गये? पढ़ते रहो। पढ़ते रहो।

"आप तो सुन ही नहीं रहे थे, सर!"

मिस्टर बोस के मुँह में कई शब्द, कई आरोप चले आये जिससे वे इस मनहूस लड़के पर हमला करते। अपनी पत्नी की लगायी हुई पवित्र तुलसी के पास उसका बैठना उन्हें बिलकुल सुहा नहीं रहा था।

उनकी पत्नी तुलसी के आगे प्रार्थना करती, जल चढ़ाती और दीया जलाती थी। तभी उन्हें अपने ऊपर के होंठ पर अपनी मूँछों के थरथराने का भान हुआ और उन्होंने बस इतना ही कहा–"पढ़ो।"

आहार वा अश्वम पुरुस्थान महिमा नवजाग्रतः ...

तभी गली के उस पार किसी ने रेडियो चला दिया। उस बरामदे से इस बरामदे तक एक मधुर लय घूमकर गिरती–उठती रही जिसमें संसार से प्रेम की शिकायत थी। प्रीतम ने अपनी आवाज़ ऊँची कर ली जिसमें संस्कृत के व्यंजन एक जर्जर रूकती हुई ट्राम की तरह घर्रघर्र कर रहे थे। रसोई से आटे को परात में पटकने की हल्की सी आवाज़ और कुछ बहुत धीमे से बोलने की आवाज़ आ रही थी। ये आवाज़ें इतनी मुलायम और सुकूनदायक थीं जैसे कोई सोता हुआ कबूतर गटूरगूँ कर रहा हो। मिस्टर बोस पूरे दिलोजान से उन्हें सुनना चाहते थे। वे चाहते थे कि उसकी हल्की से हल्की ध्वनि भी पकड़ लें, परन्तु उसे सुनने के लिए उन्हें उस रेडियो को तोड़ना पड़ता, ब्राह्मण के लड़के को लोहे की सीढ़ियों से नीचे फेंकना पड़ता... उन्होंने घबराकर अपनी अँगुलियों को घुटनों पर कस लिया और अपने दोनों पाँव सिकोड़ लिए– यह कैसी खूनख़राबे की बातें हल्की गुलाबी बुर्शट के नीचे उनके दुबले–पतले, अजीब तरह से धड़कते सीने में चलने लगी थीं।

मिस्टर बोस बहुत बार शिद्दत से चाहते थे कि पृथ्वी के घूमने की दिशा बदल दें। पृथ्वी के दो टुकड़े कर उसके बाहर निकल जाये। किन्तु उत्सव पर होने वाली आतिशबाज़ियों, औरतों के नरम केशों और पक्षियों के ख़ून से रंगे पंखों की कल्पना से वे काँप उठते और उनका ख़ून सूख जाता। कैसे उनके अन्दर ऐसा अविवेक, ऐसी हिंसा की भावना उठती है? उनके मन की यह रहस्यमय प्रबल इच्छा जब भी दस्तक देती, वे तुरन्त उसे दबाने के लिए व्यग्र हो उठते। उन्हें अपने प्राइवेट ट्यूशन देने होंगे। यही महत्वपूर्ण था। बच्चे को जल्दी ही उसके पहले जूते दिलाने होंगे। उसे सन्तरे, बिस्कुट और प्लास्टिक के खिलौने देने होंगे।

"पढ़ो", मिस्टर बोस ने कहा। उनकी आवाज़ नरम पड़ गयी थी और उसमें उदासी बढ़ गयी थी।

"किन्तु सात बज गये हैं। मेरा अब घर जाने का समय हो गया है"– प्रीतम ने बाजी जीत लेने के स्वर में कहा। उसने अपने पिता की महाभारत की पोथी बक्से में डाली, उसे मुट्ठी मारकर खट से बन्द किया और उड़ने के लिए तैयार हो गया।

वह उड़ पर कहाँ जायेगा?– मिस्टर बोस ने सोचा। क्या पता वह पार्क स्ट्रीट के पास उसी नियोन बत्ती लगे हुए शराबख़ाने में जाए। लड़के को अँधेरी सीढ़ियों से उतरकर गायब होते देख, क्योंकि वहाँ का बल्ब फ्यूज हो गया था, उन्होंने सोचा– क्या फ़र्क पड़ता है कि वह कहाँ गया। उन्हें कोई फ़र्क नहीं पड़ता क्योंकि अब उनके पास एकान्त था कि वे गलियारे से होते हुए रसोई के दरवाज़े पर अपने को ले जायें , वहाँ खड़े हो जाये और अपनी पत्नी को देखें, जो पूड़ियों को इतनी नफासत से पीछे–आगे हाथ की गति से बेल रही थी। और अपने बेटे को निहारें जो अब चम्मच को उसके सिरे पर खड़ा करने की कोशिश कर रहा था।

पत्नी ने सिर्फ़ एक उड़ती नज़र उन पर डाली जैसे कि उसे कोई परवाह न हो। वह अपने होंठों को दबाए थी जिससे उसकी हँसी न निकल जाये। उसने पूड़ी को उलटाया और उसे और पतला और बड़ा बनाती गयी। वे चाहते थे कि उसके बालों की उस लट को छुएँ, जो उसके कन्धों के ऊपर एक काला घेरा बनाकर पड़ी थी। पर उन्हें नहीं समझ में आया कि वे कैसे छुएँ। वह तो काम में लगी हुई थी। "तुम्हारे बाल खुल गये हैं"–उन्होंने कहा।

"जाओ, जाओ," उसने चेतावनी दी–"दूसरा पढ़ने के लिए ऊपर आ रहा है।"

उन्होंने भी सुना। बाहर घिसी हुई सीढ़ियों पर चप्पलों की धीमी पदचाप थी। इसलिए उन्होंने इतना ही किया कि वे झुके और उन्होंने अपने बेटे की गर्दन के घुँघराले बालों को छुआ। वे इतने नरम थे कि लगता ही नहीं था कि किसी इन्सान के बाल हैं।

उन्हें कुछ डर सा लगा। उन्होंने अपना हाथ हटाया तो उन्हें लगा कि कहीं वे लटें उनकी उँगुलियों से चिपक न गयी हों। उन्होंने कुछ अचरज से अपनी उँगुलियों को आपस में रगड़ा। बच्चे ने चम्मच गिरा दी और चम्मच काँसे की थाली पर गिरकर ध्वनियों की शानदार झंकार पैदा करती गयी। बच्चा झनझनाहट की इस नयी खोज पर चकित था।

बरामदे से आती रोशनी मन्द पड़ गयी, जब अगला विद्यार्थी आकर दरवाज़े पर खड़ा हो गया। उन्होंने तुरन्त अपने को वहाँ से हटाया और चलकर अपनी जगह पर पहुँच गये। बिना बोले शब्दों और बिना प्रकट की गयी भावनाओं से उनमें तनाव सा था। अपने अगले विद्यार्थी को तो वे लगभग भूल ही गये थे। इस बुधवार को उपनीत आती है। सप्ताह में एक दिन आने वाले इस तूफान से अच्छा तो वह प्रीतम ही है। फूलों वाली साड़ी और लाल माणिक के झूमके पहने अपनी हँसी से उनका मजाक उड़ाती उपनीत। उपनीत की निगाहों के नीचे शिक्षक की ज़िन्दगी के मामूली काम–जैसे कि टेबल पर बैठना, पेन्सिल छीलना, किताब का पन्ना निकालना भी जैसे एक नाटक या दुर्घटना या मजाक़ बन जाते थे। उनकी हड्डियों के जोड़ खुलने लगते। उन्हें समझ में नहीं आता था कि वे कहाँ देखें–सब जगह उपनीत के फूल थे, सब जगह उसकी खिलखिलाहट थी। वे जैसे ही उसकी चप्पल को साड़ी की किनारी के बाहर निकलते देखते, एकदम से टूटा हुआ आदमी बन जाते। कभी इधर तो कभी उधर फेंका जाता हुआ। बजता हुआ।

संस्कृत की किताबों को परे हटाते हुए, बांग्ला कविता की मोटी पुस्तक को खोलते हुए वे जीवनानन्द दास की कविता पर पहुँचकर बहुत गुस्से से सोचते– यह यहाँ क्यों आती है? बांग्ला कविता से इसे क्या लेना–देना है? सड़क के पार उस घर से आकर, जहाँ तेज रेडियो बजता है, यह मेरे बरामदे में क्यों आकर बैठ जाती है? ताकि उसकी शर्मीली पत्नी देखे जब वे उसको कविता पढ़कर सुनाते हों? सब कुछ असहनीय था! असहनीय, सिवाय जब महीने के अन्त में

उन्हें पचहत्तर रुपये मिलते। सन्तरे, उन्होंने कटु मन से सोचा, और दूध, दवाईयाँ, कपड़े।

और वे उसके लिए पढ़ने लगे:

उसके केश विदिशा की काली रात थे, उसका चेहरा श्रावस्ती की प्रतिमा...

वे स्थिर आवाज़ में पढ़ते गये। उनकी जुबान कविता की लय पर मुग्ध और पूरी तरह उसके जादू में बँधी थी। इस कविता से उन्हें प्रेम था। एक दिन इसे अपनी पत्नी को उन्होंने नीले कागज पर लिखकर भेजा था, जब वे बोलकर अपने दिल की बात नहीं बता पा रहे थे।

"तुम इतने दिन तक कहाँ थे", पूछती है,
चिड़िया के घोंसले सी अपनी आँखों को उठाकर,
नाटोर की वनलता सेन।

पट–पट–पट। अचानक उन्हें एहसास हुआ कि नहीं, यह कविता की लय नहीं थी। वह अपने हरी सैंडल वाले, लाल नाख़ून वाले पैर से ताल दे रही थी, जिससे उसकी साड़ी की किनारी बार–बार झूलकर ऊपर उठ जाती थी। उनकी आँखें किताब से फिसल कर फूलों वाली किनारी को झूलकर ऊपर–नीचे–ऊपर–नीचे होते देखती रहीं। हरी सैंडल वाला पाँव बाहर आता, अन्दर जाता, बाहर आता, अन्दर जाता। कुछ देर तक उनकी ज़ुबान जैसे अपने आप चलती रही :

सारे पक्षी घर आ जाते हैं और सारी नदियाँ,
ज़िन्दगी की किताब बन्द हो चली है...

वे आगे नहीं पढ़ पाये। पर उसका पाँव और उसकी सैंडल उसी तरह ताल देते रहे, जैसे वे अब भी पढ़ रहे हों। दूर बजता रेडियो चुप हो गया और चेतावनी की आवाज़ में दिन भर की दुर्घटनाओं और संसार की उपलब्धियों की बात करने लग गया। तभी मिस्टर बोस को रसोई से आती हुई तेज आवाज़ें सुनीं। वहाँ भी सोते हुए कबूतरों की धीमी आवाज़ बन्द कर दी गयी थी और सिर्फ़ धमधम और बर्तनों के खड़कने की आवाज़ें सुन रही थीं। ऐसा लग रहा था जैसे घोषणाओं

का कोई नगाड़ा बज रहा हो। बच्चे ने आश्चर्य से भरी एक चीख़ मारी, फिर रुक गया। फेंका–फाँकी की आवाज़ों के तेज होने से वह और चिल्ला–चिल्लाकर रोने लग गया।

मिस्टर बोस ने भौंचक्के होकर ऊपर देखा। उन्हें यह समझ में नहीं आया कि दुनिया के दो भागों को, जिन्हें उन्होंने इतनी सावधानी से एक साथ जोड़े रखा था, जिसमें उन्होंने कविता की, संस्कृत की सील लगा रखी थी, इस तरह कैसे छिन्न–भिन्न होकर अलग हो गये हैं। उन्होंने अपनी विद्यार्थी के चेहरे की तरफ देखा– चिकना, बिल्ली की तरह शातिर, व्यंग्य से भरा हुआ– और उन्होंने जोर लगाते हुए कविता को किसी तरह पूरा किया।

''अन्धकार रह जाता है,
सामने बैठे हुऐ
नाटोर की वनलता सेन के।''

किन्तु अन्धकार तो काम करने की, गुस्से की और घोषणा की भयानक आवाज़ों से भरा हुआ था। रेडियो पर ख़बरें सुनाता आदमी भौंक रहा था, बच्चा चिल्लाकर रो रहा था, रसोई के बर्तन खड़खड़ा रहे थे। उन्हें अपनी पत्नी की गुस्से से भरी बच्चे को डाँटती ऊँची आवाज़ सुनायी पड़ी जैसे वह आवाज़ मारने के लिए उठायी गयी डण्डी हो। उन्होंने अपने विद्यार्थी की तरफ, जिससे उन्हें डर लगता था, देखा– ठीक वैसे ही उठी हुई भौंहें और टेढ़ी मुस्कान। वही जो उन्हें हमेशा तोड़ती थी, परेशान करती थी।

"अर्र...कृपया आगे पढ़ें," उन्होंने उसकी टेढ़ी भौंह और मुस्कान को सीधा करने और सुधारने की कोशिश की, "कृपया आगे पढ़ें।"

"किन्तु यह तो आप पहले ही पढ़ चुके हैं," वह हँसी। उसकी आँखें और उसकी हँसी उनका मजाक बना रही थी। "अगली कविता," वे ऊँची आवाज़ में बोले, "अगली कविता पढ़ें" और उन्होंने अपनी अँगुलियों से पन्ने को ऐसे अनाड़ीपन से उलटाया, जैसे कि पाँव के अँगूठे से उलटा रहे हों।

"जब आप पढ़ते हैं, ज़्यादा अच्छा रहता है"–उसने गुस्ताखी से शिकायत की। किन्तु वह पढ़ने लगी। वह अपने बेचैन पाँव से ताल देती जा रही थी और वे उसे हिलते हुए ऐसे देख रहे थे, जैसे वह संपेरे की बीन हो। वे उसकी आवाज़ उतनी ही सुन पा रहे थे जितनी संपेरे की बीन को, क्योंकि उसकी आवाज़ बच्चे के रोने की आवाज़ में दब गयी थी। बच्चे की आवाज़ आत्मदया और बेरहम संसार के प्रति शिकायत से और तेज होती जा रही थी।

मिस्टर बोस ने दया की भीख सी माँगती हुई एक निगाह रसोई की तरफ फेंकी। उन्हें इधर देखते हुए देख उनकी पत्नी ने उन्हें गुस्से से देखकर अपने चेहरे से बालों को झटकते हुए चिल्लाकर बच्चे से कहा–"चुप रहो। चुप रहो। देखते नहीं तुम्हारा पिता कितना व्यस्त है?"

उनके कान लाल हो गये। वे उपनीत की तरफ मुड़े तो पाया कि वह गलियारे के पार घरेलू अराजकता के दृश्य को उत्सुकता से देख रही थी।

वे बोले–"माफ कीजिए। आगे पढ़िये।"

"मैंने पढ़ लिया,"उसने कहा,"आपने मुझे सुना नहीं?"

"माफ कीजिए। इतना शोर था"–उन्होंने कहा और उठकर तेजी से गलियारे को पार करते हुए अपने सिर को हाथों से दबाते हुए कहा–"सिर्फ़ आधे घन्टे के लिए इसे चुप नहीं रख सकती?"

"इसे भूख लगी है"–उनकी पत्नी ने कहा, जैसे कि वह इस बारे में कुछ कर नहीं सकती थी।

"उसे खिला दो तो"–उन्होंने विनयपूर्वक कहा।

"अभी समय नहीं हुआ है"–वह गुस्से से बोली।

"क्या फ़र्क पड़ता है? खिला दो। उसे खिलाओ।"

"क्यों? जिससे कि तुम उस लड़की के साथ शान्ति से कविता पढ़ सको?"

"श्श्श्श"– मिस्टर बोस ने हतप्रभ होकर कहा। उन्हें डर लगा कि उपनीत न सुन ले। उनका सीना इस अन्याय का विरोध कर रहा था

पर अभी प्रार्थना करने या समझाने का वक्त नहीं था। उन्होंने परेशान होकर बच्चे को देखा जो रसोई के फर्श पर रोते हुए लोटपलोट कर रहा था। वे वापस अपने विद्यार्थी की तरफ जाने के लिए मुड़े, जो बहुत दिलचस्पी से सब देख रही थी। तभी उन्हें सुना कि पत्नी बच्चे को उठाकर उसे डाँट रही थी–"लो खा लो। अभी खाओ। देखते नहीं, तुम्हारा बाप कितना गुस्सा हो रहा है।"

उन्होंने बचा हुआ आधा घन्टा उपनीत के साथ यह चेष्टा करते हुए बिताया कि वह उनकी घरेलू ज़िन्दगी पर ध्यान न दे। उसकी इसमें क्या दिलचस्पी थी, उन्होंने गुस्से से सोचा। वह यहाँ पढ़ने के लिए आ रही थी, उन लोगों का मजाक उड़ाने नहीं। उनकी परेशानी बढ़ाने नहीं। वे उसके शिक्षक थे, कोई मसखरे नहीं। वे उसे श्रुतिलेख लिखाने लगे। वह कुछ नहीं जानती थी। उसकी कान्वेंट स्कूल में बांग्ला पढ़ाई नहीं जाती थी। वह बांग्ला के अक्षर तक बहुत मुश्किल से लिख पाती थी। उसका काम देख वे बिलकुल अवाक रह गये। लाल पेन्सिल से उसकी गलतियों को काटते उन्हें ऐसा लगा कि वे जीवन से भी थोड़ी सी कुरूपता काट रहे हों। इसके लिए उन्हें कृतज्ञता का अनुभव हो रहा था। पर अन्त में उन्होंने देखा कि ऐसा कोई भी शब्द नहीं बचा था, जो काटा नहीं गया था। उसकी प्रतिक्रिया देखने के लिए जब उन्होंने ऊपर देखा, तो पाया कि वह इस बात से उनकी तरह परेशान नहीं थी। बल्कि वह शैतानी से ख़ुश दिख रही थी। तीन महीने तक बांग्ला पढ़ाने के बाद यह हालत थी! वह ऐसे दिख रही थी जैसे वह जीत गयी हो। और वे, उतने ही परेशान। उन्होंने अपनी हताशा जाहिर करने के लिए लाल पेन्सिल को फर्श पर गिर जाने दिया। इस तरह उनका पढ़ाना पूरी तरह बिखर गया था। वे बिखर गये थे।

मिस्टर बोस बरामदे में बिलकुल अकेले, लोहे की ठण्डी रेलिंग पकड़े कुछ देर ऐसे खड़े रहे, जैसे दुनिया में सिर्फ़ यही एक चीज़ बची हो जिसे वे पकड़ सकते हों। उनके अन्दर शर्म और परेशानी का एक बवण्डर उठ रहा था जिसका व्याकरण उनकी समझ के बाहर था।

परन्तु धीरे–धीरे व्याकरण अपने को सुधार कर एक नियम के अनुसार व्यवस्थित होता गया। शान्ति के लेख का विस्तार होता गया। बच्चा थककर उनींदा हो चला था। रात का खाना पकाने की तैयारी शान्त और और पूरे कायदे के साथ चल रही थी। रेडियो पर फिर संगीत बजने लगा था, जो इस बार उनसे सहानुभूति दिखाते हुए गमगीन था। उनकी पत्नी ने खाने के लिए बुलाया, तो उनके कन्धे झुके हुए थे, मानो हार गये हों। उनकी मूँछों की भी यही अवस्था थी।

"वह सो गया है"– पत्नी ने कहा। कुछ शर्मिंदा होते हुए पत्नी ने उनकी तरफ देखा, जैसे सुलह करना चाह रही हो।

उन्होंने सिर हिलाया और काँसे की थाली के सामने बैठ गये। पत्नी ने थाली को घबराहट के साथ सीधा किया और उसके ऊपर से ऐसे हाथ हिलाया जैसे बिना देखी कोई मक्खी उड़ा रही हो। उसके बाद वह आग की तरफ घूमकर उनके लिए गरम पूड़ियाँ एक के बाद एक उतार उनकी थाली में डालने लगी। उनकी थाली में भीड़ लगने लगी थी। वे उसे रोकने के लिए प्रार्थना करने लगे।

"और खाओ न," उसने मनुहार करते हुए कहा, "एक और"– जैसे कि एक अतिरिक्त पूड़ी शान्ति का प्रस्ताव थी जो आधे घन्टे पहले के विद्रोह के बदले दिया जा रहा था। उन्होंने बिना मन के उसे ले लिया। उसकी मूँछें उनके होंठों पर थरथराने लगी थीं, जैसे जाग रही हों।

"और तुम?"–उन्होंने पूछा–"क्या अब तुम नहीं खाओगी?"

उसके मुँह के चारों तरफ भी जैसे कुछ थरथरा उठा और हिला। उसने अपने होंठों को सिकोड़ लिया, सिर हिलाया और अपनी थाली में पूड़ियों का एक छोटा ढेर लगा लिया।

"एक और"– मिस्टर बोस ने कहा, "ख़ाली एक और"–उन्होंने चिढ़ाया और वे दोनों हँसने लगे।

आँगन की चिड़िया

चित्रा मुद्गल

कुइयाँ के थिर जल से टकराई कलसी–सा भकभकाया जी डूबने को हो रहा–भक्क, भक्क, भक्क...

कार्तिक पूर्णिमा का नहान अभी शेष है, मगर उतरती दोपहरी अचानक अरराते घटाटोप से सँवलाई कसैली मनहूसियत छींटती, दबे पाँव घर में दाखिल हो चुकी है।

ऋतुएँ भी छुट्टा छोर–सी जब चाहें भेष बदल लेती हैं कि आँखें आसमान से टिका उनकी नब्ज़ ढूँढ़ते रहो। ऐसे रंग बदलते महीने उन्होंने पहले तो न देखे थे।

बिजली का बिल भरने जाना था, सो यही कहकर घर से गये हैं पाठक जी, कि वापसी में नया बाजार, मोहरकर की गली में मेजर अवताड़े के घर से होते हुए आयेगे। दो–चार बाजी उनके संग जमायेंगे ब्रिज की। कैंटीन से सामान मँगाने वाली लिस्ट जो बनायी है उन्होंने, उसे भी मेजर साहब को पकड़ाते आयेंगे। कैंटीन में ज़रूरत की चीज़ें किफ़ायती दामों में मिल जाती हैं। अवकाश प्राप्ति के साथ ही यह सब सोचना पड़ रहा है। वैसे छठा पे कमीशन आ रहा है। लागू होते ही हाथ सिकोड़ने से खासी राहत मिलेगी। पाठक जी उत्साह से भरे हुए हैं। गुणा–भाग में लगे रहते हैं। जब से लागू होगा, पिछले बकाये की तगड़ी रकम हाथ आयेगी। दीबू के ब्याह–जगुन की चिन्ता से मुक्त हैं।

पाठक जी के घर से निकलते ही दीवू यानी उनकी दिव्या का फोन आया था गुड़गाँव से।

स्वर उलझन में डूबा हुआ सा महसूस हुआ और बोल असमंजस से घिरे हुए।

कह रही थी कि जिन तीन लड़कियों के साथ वह साझे का फ्लैट लेकर रह रही है, उनके साथ अब उसका निबाह सम्भव नहीं। देखा नहीं था उन्होंने आने पर उन कामचोरों को? कल रात तो हद ही कर दी शांभवी ने।

"मैं, मैं क्यों उसकी ऐश ट्रे से सिगरेट के टोंटे और राख झाड़ती फिरूँ? क्यों सहूँ उसकी ज्यादतियाँ? क्यों, क्यों झेलूँ उसके ऐब।

छह हज़ार अपने हिस्से का दे रही हूँ हर महीने, दस हज़ार और मिलाकर अपना अलग घर न ले लूँ?"

सुर के उखड़ेपन ने उन्हें सतर्क किया।

दबी जबान से उन्होंने अपनी असहमति दर्ज़ करवायी।

"अकेले रहने और तीन के संग–साथ रहने में फ़र्क है दीवू! रही ऐब की बात, तो सुन लो, जब चार जनें मिलकर रहते हैं तो उन्हें एक–दूसरे के छोटे–मोटे ऐब झेलने ही पड़ते हैं। हमने भी झेलें हैं। जब मैं इलाहाबाद में पढ़ रही थी और होस्टल में रह रही थी, तो मेरी रूम पार्टनर थी, बानी। बानी को पान खाने का शौक था। पान और पनडिब्बे भर का ही शौक होता, तब भी गनीमत थी। एक सौ बीस नंबर तम्बाकू के ऊपर लगाती थी राजरतन किमाम! सिरधना से लेकर ओढ़ने वाली चादरों तक में किमाम गमकता रहता। मैं परेशान। हफ्तों अगरबत्ती के पैकेट फूँक डाले। कमरा बदलवाने की धमकी दी। हाँ, पढ़ाई में अव्वल थी बानी।"

"तुम और कर ही क्या सकती थी, माँ! बाहर किराये का मकान लेकर रहना तुम्हारे लिए सम्भव नहीं था। नाना जी की हैसियत तो नहीं थी।"

सनाका खा गयीं, "यह कैसी भाषा बोल रही हो तुम– ?"

“रात वह चुड़ैल मेरे बिस्तर में घुस आयी– घुसने की कोशिश तो उसने पहले भी की थी–”

फोन काट दिया गया।

अकबकाई सी वह कुछ समझ नहीं पायी।

कुछ देर तक उसके फ़ोन के दुबारा आने का इन्तजार करती रहीं। रोज़ वही फ़ोन करती है। कट जाने के बाद या काट दिये जाने के बाद भी वही दोबारा मिलाती है। कह रखा है उसने। दफ्तर ने उसे मोबाइल दे रखा है।

इतनी हिम्मत कैसे कर सकती है, शांभवी!

‘जब तक आन्टी हैं, घर में बाज़ार से मछली नहीं आयेगी।’

बंगाली लड़की के लिए मछली और भात के बिना खाना खा पाना सम्भव नहीं। उन्होंने समझाने की कोशिश की थी, शांभवी को। वे लोग निश्चय ही घोर शाकाहारी हैं खानपान में, मगर कोई उनके साथ बैठकर जो चाहे, सो खाये, उन्हें कोई आपत्ति नहीं।

सिगरेट भी शांभवी को कभी अपने सामने पीते हुए नहीं देखा। अलबत्ता ऐश ट्रे खूबसूरत सी उसके कमरे में रखी हुई अवश्य देखी थी उन्होंने।

तब यही महसूस किया था। घर की टूटन से छीजी हुई बच्ची है। महानगर का अकेलापन कब कौन–सा रूप धर लत सा चिपक जायेगा, कहना मुश्किल है।

रही बात दीवू की, तो उनकी और पाठक जी की निरन्तर यही कोशिश बनी हुई है कि वह दोनों अपनी इकलौती सन्तान को ग्वालियर और दिल्ली की दूरी कभी महसूस न होने दें। आई.एम.टी. गाजियाबाद में एम.बी.ए. कर रही थी, तब भी उनकी भागदौड़ बदस्तूर जारी थी। मायके और ससुराल वालों ने यहाँ तक चेतावनी दे डाली, बच्ची को अकेले दिल्ली काहे भेज रहे हो? नौकरी वहीं करवानी है तो यहाँ की रिहाइश छोड़ दिल्ली ही मकान क्यों नहीं ख़रीद लेते? अनिरुद्ध तो अब रहा नहीं।

–किस–किस से तर्क–वितर्क करते और बताते कि बेटे के लिए बुने गये सपने भी अब बच्ची की उठान में सलमे से टँक गये हैं।

वैसे भी वे लोग जीवन भर दीवू के संग चिपके रहने से रहे। ग्वालियर क्यों छोड़ें। चार क़दम है बाज़ार और अटारी की मुण्डेर लाँघ भर भरे हैं अपने। गुहार लगाओ कि मर–मरा के देहरी पर सब हाजिर।

पलटकर फोन नहीं आया दीवू का तो उन्होंने स्वयं फोन कर लेना मुनासिब समझा।

टेका पाने के लिए आँधर सा दीवार टटोल रहा है मन–

"हाँ... माँ! बोलो!"

व्यस्त भाव ने टोह दी। घिरी हुई है शायद दीवू।

उन्हें कौन लम्बी बात करनी है। सींक से उठा कनखजूरे को उनकी ओर उसने ही तो उछाला है!

"सुन, तूने जो कहा, गलतफहमी भी तो हो सकती है तेरी?"

"गलतफहमी!"

"माने, सहेली के संग गलबहियाँ डाल के सोया नहीं जा सकता?"

उनकी नादानी पर तरस खाती 'चप्प' सी ध्वनि उनके कान में सरकी।

"छोड़ो माँ, अब इतनी भी नादान नहीं मैं कि– मकसद न भाँप सकूँ।"

छत्तीस साल पुराना है उनके निवाड़ के पलंग का गद्दा। ब्याह के समय धुनकवा के भरवाया गया था। रुई गठिया रही। धुनकवाना ज़रूरी है। कब से टल रहा है मामला। खोल के लिए मोटा पटरी वाला कपड़ा ख़रीदना होगा, तब ही तो धुनकवाया जा सकेगा गद्दा।

उनकी तरफ कुछ अधिक ही पठारी हो रहा। पीठ में दर्द उठने लगता है। वैसे गद्दा इतना भी बुरा नहीं जितना अभी चुभ रहा है। कल दोपहर चैन की नींद सोई हैं इसी गद्दे पर।

उठीं बिस्तर पर से और बिजली का स्विच ऑन कर दिया। अँधेरा रात के अलावा बरदाश्त नहीं उन्हें।

बाहर बरामदे में आकर खड़ी हो गयीं। कहीं बूँदा–बाँदी न शुरू हो जाये। आसार तो कब से डराये हुए हैं।

भीतर मुड़ने को हुईं मगर अगले ही पल पलटकर रेलिंग से आ टिकीं। रेलिंग हिलाने से हिलती है। ठोंका–ठोंकी से दुरुस्त नहीं होने वाली। नये सिरे से उखड़वा कर लगवाना होगा। अभी इधर ही ढीली हो आयी है। अनिरुद्ध और दीवू छुटपन में इसी पर घुड़सवारी किया करते थे।

'चलो, कुल्छनों से दूर है दीवू!' अपने को सुनाया उन्होंने। उनके बेचैन होने से क्या होगा! अपनी परेशानियों का समाधान बच्चे अब स्वयं खोजने लगे हैं। समझना तो बड़ों को है। ज़रूरत न होते हुए भी अपनी परेशानियों का गुणा–भाग क्यों करते रहते हैं।

अनमनाहट को घूँटना होगा। आयेंगे, जब आयेंगे पाठक जी। अपने लिए तो वह चाय चढ़ा ही दें।

बुरी आदत है पाठक जी की। मोबाइल ज़ेब में रखने के लिए तैयार नहीं होते। दीवू ने जबरन ख़रीदवा दिया है, तब भी। वही पर्स में डाले घूमती हैं।

भरोसा नहीं पाठक जी का। आते ही पकौड़ों की फरमाइश न कर दें। घिरे कसैले मौसम में उन्हें अक्सर पकौड़ों की सूझती है।

बाप के दाहिने है दीवू। पकौड़ों की शौकीन, शिकायत करती है। दिल्ली में बेसन फेंटने की ज़हमत नहीं उठाते लोग। सोडा डालकर पकौड़े तल लेते हैं। उसे फिटे बेसन के पकौड़े पसन्द हैं।

दिल्ली में भी घटाटोप छाया हुआ होगा क्या!

डेढ़ महीने बाद दीवू ने उन्हें मोबाइल पर सूचित किया।

उसी कॉलोनी से लगी दूसरी कॉलोनी में उसने दो शयनकक्षों वाला एक छोटा–सा फ्लैट किराये पर ले लिया है। अग्रिम दे चुकी है वह।

किराये की रकम अट्ठारह हज़ार प्रतिमाह सुनकर उनके मुँह के बोल चुक गये।

महीने भर पहले उसने इत्तिला दी थी उन्हें कि उसने पुराने मकान–मालिक को सूचित कर दिया है कि वह इस व्यवस्था में रहने की इच्छुक नहीं है अब। चौथी लड़की बतौर किरायेदार वे चाहें तो स्वयं तलाश लें या उन तीनों के जिम्मे छोड़ दें, वे जानें। परेशानी यह थी कि मकान उसे इफको चौक के आस–पास ही चाहिए था। दफ्तर की गाड़ी सुबह वहीं से उसे लेती है और वापसी में ठीक उसी ठियाँ उसे उतार देती है, दो अन्य सहयोगियों के साथ।

'फिर उद्दण्डता तो नहीं की शांभवी ने?" पूछे बिने नहीं रह पायी थीं उससे।

"सबक सीखने से डर गयी होगी।"

"कैसा सबक?"

"वही जो मैं सिखाती उसे।"

"जाने क्यों परसों लगा था ऐसा कि हैलो के बाद कट गया फोन शांभवी का था–"

"हो सकता है उसी ने किया हो अभी, परसों ही तो उसने कहा था घर से निकलने से पहले, आन्टी की याद आ रही है।"

"मन में आया था कि फोन कर लूँ उसे–"

"माँ..., क्यों बात करोगी उससे? इडियट प्रपंची है।"

तर्क मुखर होने से पहले पाया उस ओर दीवू है ही नहीं। उसकी इस आदत से उन्हें तकलीफ पहुँचती है। किसी के सामने आने पर फोन बन्द कर देना और उसकी न सुनना और बात है किन्तु अपनी टिप्पणी के विरुद्ध तर्कों का सामना करने से मुँह मोड़ना, उद्दण्डता।

"उद्दण्डता कैसी?" पाठक जी सुनकर हँस पड़े थे। कन्नी काटने वाली हँसी।

"सयानी हो गयी है बच्ची, सीखों के पुलिन्दे पकड़ाना बन्द करो। शांभवी को प्रपंची कह रही है तो लगी होगी उसे प्रपंची।"

"मुझे तो नहीं लगी–"

"तब नहीं रही होगी, अब हो गयी होगी।"

खीझ हो आयी उन्हें। समझ नहीं रहे।

स्वर उग्र हो आया, "चार बच्चों की माँ तक दिल्ली में अकेले घर से निकलने में डरती है। ऊपर से यह जिद्दन मानने को तैयार नहीं। साथ नहीं रहना उन लड़कियों के, तो न रहे। पेइंग गेस्ट होकर रह ले किसी भले घर।"

"नहीं झेलना होगा उसे औरों को। उसकी मर्जी। उसका सोचना गलत भी नहीं लग रहा कि हम लोग आते–जाते रहेंगे उसके पास।"

"वह तो अब भी आते–जाते रहते हैं।"

"अब और तब में फ़र्क होगा न! तब हम जब तक जी चाहें, बेटी के पास रह सकते हैं।"

उन्हें याद आया।

एम.बी.ए. पास करते ही होस्टल से सामान उठाया नहीं था कि सूचना मिली कि एक अमेरिकन सॉफ्टवेयर कम्पनी में दीवू की साढ़े तीन लाख रुपये सालाना की नौकरी लग गयी है। हालाँकि साल भर का प्रोबेशन पीरियड है।

पाठक जी के पर लग गये।

दिनभर डायरी खोले बैठे रिश्तेदारों और अज़ीज़ों को फ़ोन लगाते रहे। अपना छलछलाता गर्व बाँटने को। गर्व में ऊभ–चूभ होते सभी से कह रहे थे, 'भाई साहब, लड़का दीवू से इक्कीस हो, तभी बतायें हमें।'

दूसरे रोज नया बाजार के चौक पर स्थित, 'हनुमान लड्डू भण्डार' से असली घी के आधा–आधा किलो के डिब्बे तुलवाए गये और चिलचिलाती धूप की परवाह न कर रिक्शे में लद कम्पू तक बँटे।

उनके लिए विशेष रूप से गरमागरम तुलवा लाए दीवू की पसन्द के बरईवाले गुलाब जामुन। विशेष छूट चाही अपने खाने के लिए। उन्होंने हँसते हुए छूट दे दी। पानी में धोकर खा सकते हैं। पिछले हफ्ते ही पाठक जी की मधुमेह की जाँच करवायी थी। नाश्ते से पहले और तगड़े नाश्ते के बाद। आश्वस्ति हुई। रक्त में चीनी नियन्त्रण में थी।

पलटकर तसल्ली थमाई खुद को। अट्ठारह हज़ार कौन ज़्यादा है दीवू के लिए? दीवू का खर्च सुनते ही बिरझा उठती हैं,

मानो स्वयं उनके पाँव चादर से झाँकने लगे हों। अपने को खूँद रही हैं तो यह भी महसूस हो रहा है। इन ऊपरी बातों के बहाने असल में निरन्तर चुभ रही है उसके अकेले रहने की ज़िद्द।

दीवू ने आगे यह भी बताया कि उसके लिए यह प्यारा–सा फ्लैट तलाश करने में उसके आई.एम.टी. के सहपाठी विकी यानी कि विवेक साहनी ने बहुत मदद की, वरना दलालों के चक्कर खासी मुसीबत होते हैं। विकी भी गुड़गाँव में ही एक जर्मन फर्म में है। प्रोबेशन पीरियड पूरा कर चुका है। विकी का पैकेज उसके अनुबन्ध से कम है।

उसके बारे में तुम्हें बताया था न माँ।

उन्होंने दिमाग पर जोर देकर याद करने की कोशिश की। कब दीवू ने उन्हें विकी उर्फ विवेक साहनी के विषय में बताया था! भूलने की बीमारी उन्हें नहीं, पाठक जी को ज़रूर है। उनके प्रसन्न रहने का राज भी शायद यही है।

"पिछली बार दिल्ली आने पर विकी से मिलवाया क्यों नहीं?"

आवाज़ के उखड़ेपन को भरसक दबाने की कोशिश की थी उन्होंने।

दरदरी हँसी खनकी थी, "डर लगा था।"

"किस बात से?"

"तुम मुझे उन भूतनियों जैसा न समझ लो।"

"अब नहीं समझ सकती?"

"समझने जैसा, ऐसा कुछ नहीं है हमारे बीच!"

"फिर, डर क्यों लगा?"

हमेशा की भाँति वह छलाँग भर उनकी पकड़ से छू हो गयी, 'सुनिये माँ, पापा हैं न पास, तनिक उन्हें फ़ोन दीजिए।'

पाठक जी को फ़ोन नहीं पकड़ाया तो फोन रख दिया जायेगा।

गनीमत है डर है लड़की को, डर का नैतिकता से गहरा ताल्लुक है। जब भी उसे डरा हुआ देखती हैं, आश्वस्ति से भर उठती हैं।

मोबाइल कान से सटा पाठक जी चौखट से बाहर हो बरामदे में टहलने लगे। रसोई में पलट वे प्लेटफार्म की बिखराहट सरियाने लगीं।

बर्तन आहिस्ता समेटती हैं। टकराने की झन्नाहट उन्हें खटकती है। बर्तनों की टकराहट को सास घर की अशान्ति से जोड़ती थीं और बरक्कत में रोड़ा। काम निपटाते हाथ उलझे हुए ज़रूर हैं मगर भीतर चम्बल का बीहड़ भाँय–भाँय करता उग आया।

प्लेटफार्म पोंछते पोंछे को वे बुलडोजर में बदलने की कोशिश करती हैं। उगते डूह कद काढ़ें, इससे पहले ढहा उन्हें समतल कर देना चाहती हैं। न चाहते हुए भी क्यों दाखिल हो जाता बीहड़ उनके भीतर! डर कौन रहा है?

छोटे में दीवू डरकर सच बोलने लगती थी और अनिरुद्ध झूठ।

दबिश बढ़ते ही अनिरुद्ध को भी पटरी पर आते समय नहीं लगता था।

बच्चों को डराकर शायद वह स्वयं भयमुक्त होना चाहती थी।

डर उन्हें अनावश्यक भी तो डराता रहता है बर्रइयों–सा उनके भीतर भिनकता–भूऊँऊ...–

दीवू ने नहीं किया मनुहार इस बार कि माँ, तुम्हारे आये बिना गृह प्रवेश कैसे करूँगी! पापा और तुम अगले हफ्ते का दिल्ली का टिकट आरक्षित करवा लो। घर सुव्यवस्थित कौन करेगा? मुझे कहाँ समय है? चुड़ैलों वाले इस घर की सारी ज़रूरत की चीज़ें तुम देख ही गयी हो कि मकान मालिक ने दे रखी हैं। हो सकता है पाठक जी से इस बाबत बात की हो उसने।

पूछने पर पाठक जी ने इनकार में सिर हिला दिया। हमें तो चिबिल्ली सन्ता–बन्ता के जोक्स सुना रही थी। कुछ नये जोक्स एस.एम.एस. करेगी। कह रही थी कि पापा उन्हें मैं सुना नहीं सकती।

अनमनाहट में पत्नी का नमकीन लम्बा चेहरा सूखी बेल पर लटकी तुरई–सा लटक आता है। अनमनाहट साड़ी–सी हरदम लपेटे रहने की आदत इधर कुछ ज़्यादा ही बढ़ गयी उनमें।

पाठक जी ने स्वर में धैर्य की मात्रा बढ़ाई, 'भई, दीवू ने नहीं कहा आने के लिए तो खुद क्यों नहीं कह देतीं कि मैं दिल्ली आ रही हूँ?'

आगे जोड़ा उन्होंने। उनके कुछ बोलने की उतावली को खामोश रहने पर विवश करते हुए, 'यह भी कह रही थी मुग्गो, पापा अपना और ममी का पासपोर्ट बनवा लें, भोपाल जाना पड़े तो हो आयें।' (लाड़ में पाठक जी दीवू को अनेक सम्बोधनों से पुकारते हैं।)

पाँचवें रोज़ फ़ोन पर वह उन्हें कुछ फ़ुरसत में लगी जबकि 'हैलो, हाय' 'सुन दीवू, मैं आती हूँ–नये घर की जमा–जमाई अकेले तेरे बूते की नहीं।'

उन्होंने यह भी बता दिया कि उसके कहे मुताबिक मखमल की डबल बैड़ की रजाई का फर्द लेकर भरवा लिया है उन्होंने। रंग भी उसकी पसन्द का मिल गया है। लोहिया बाजार से लोहे की छोटी कढ़ाई और तवा भी वजनदार ले आयी हैं। टेंटी का किलो भर अचार उसके पापा ले आये हैं। परात, पतीले, आटा, दाल, चावल के डिब्बे, मिर्च–मसाले, पापड़ मुंगोड़ी, बड़ी और नया बाजार से क्रास स्टिच वाले चादर, तकिये के खोल आदि सब जोड़ लिए हैं। अन्य किसी चीज़ की ज़रूरत हो तो फ़ोन पर नोट करवा दे उन्हें। साथ आ जायेगा। टिकट ताज से ही बुक करवायेगी। शताब्दी से इतना सामान आना मुश्किल है। रुकना पड़ा उन्हें।

दीवू ने सकुचाते हुए उन्हें बीच में टोका। अभी थोड़ा रुक जायें। कारण? कारण ही तो गले का फन्दा हो रहे हैं। भयंकर मारामारी है। घर की रंगाई–पुताई होनी है। अगले हफ़्ते वह एक अन्य विदेशी कम्पनी ज्वाइन करने जा रही है। साढ़े बारह लाख साल की पैकेज डील हुई है। पिछली कम्पनी उसने पिछले महीने ही छोड़ दी थी। उन्हें और पापा को नहीं बताया तो सिर्फ़ यही सोचकर कि खामख्वाह उनके चैन में खलल क्यों डाले। नयी कम्पनी जे.जे. जे. को ज्वाइन करते ही उसे फौरन जिनेवा जाना है, कम्पनी की एक प्रशिक्षण योजना के तहत। जिनेवा से सवा महीने बाद लौटना होगा। इसी बीच वीज़ा आदि की औपचारिकताएँ पूरी होनी हैं।

आने की कोशिश होगी उसकी ग्वालियर लेकिन गुंजाइश निकलती नहीं दिख रही। उसके जिनेवा से लौट आने पर ही वे दिल्ली आने का कार्यक्रम बनायें। सम्भव है तब तक लोन आदि का प्रबन्ध कर वह अपनी गाड़ी ख़रीद ले। गाड़ी के बिना दिल्ली में आवाज़ाही कठिन है।

गाड़ी चलाना सीख रही है। बाकायदा ड्राइविंग स्कूल ज्वाइंन किया हुआ है। पापा से ज़िक्र न करें। उन्हें चौंका देना चाहती है। स्टेशन से घर ले जाकर।

उन लोगों की कमी उठते–बैठते निरन्तर महसूस हो रही है। छोटा शहर अकेला नहीं करता। बड़ा निगल लेता है।

कल रात उनकी और पापा की इतनी जोर से याद आयी, उनकी गोद की हुड़क जो मचती है।

जिनेवा जाने से पहले फ़ोन कर उनका आशीर्वाद लेगी। एयरपोर्ट से उन्हें फ़ोन करेगी।

अब उससे यह न कहने लगें कि वह ग्वालियर से उसके रास्ते के लिए खस्ता बनाकर भेज रही हैं–कोई आने वाला न मिला तो कूरियर से सुरक्षित भिजवाने का जतन करेंगी।

"माँ, क्यूँ याद आ रही हो इस वक्त इतनी ज़्यादा–"

सुनते ही भड़भड़ाया मन आँखों में उमड़ आया। हास्यास्पद लगने वाले उसके पापा के तमाम सम्बोधन उसे पुकारने के, पिघलने को बेचैन हो आये उनके होंठों पर। मुन्ना, मोन्टू, मोरी बिल्लरिया, चुनमुन, पुत्ती, पिड़कुल, पीपीलिका, बन्दरिया, गुलबुल और बछिया–

सिर पर भरे बादलों–सा वक्त गुजरने लगा। वक्त बहने के लिए ही तो होता है। ऐसे बहता है कि कब उम्र गुजर गयी, अन्दाजा ही नहीं लगता।

जिनेवा से प्रशिक्षण लेकर लौटी दीवू हांगकांग, आस्ट्रेलिया और अमेरिका की यात्रा पर निकल गयी।

पाठक जी बात होने पर अपनी बिल्लरिया को समझाते। नित्य प्रति सोने से पूर्व डायरी लिखना न भूलें। अलग–अलग जगहों के अलग–अलग अलबम बनाना न भूलें। यह करना न भूलें, वह करना न भूले।

उधर से, "हाँ पापा", "हाँ पापा!" में ही जवाब मिलता रहा होगा, बिना सुने, उन्हें अन्दाजा है।

पिछली किसी शाम पाठक जी हुलस के मित्र मेजर अनताड़े को फ़ोन पर बता रहे थे। एक वे हैं कि एक ही शहर में घर–घुसरू से बने हुए कभी बाहर निकलने की ही नहीं सोची।

ग्वालियर न छोड़ने के चक्कर में उन्होंने अपने कई महत्वपूर्ण तबादले भोपाल जाकर राजनीतिज्ञों के दरवाज़े खटखटाकर निरस्त करवाये। पदोन्नति का मोह छोड़।

देश ही नहीं घूम पाये वह और उनकी दीवू का एक पाँव–हवाई जहाज में ही बना रहता है!

शादी, हाँ, उसकी शादी की चिन्ता बराबर बनी हुई है उन्हें। वे भी तो परिचित हैं उनके रायबरेली वाले बड़े मामा प्रोफेसर रामबचन तिवारी से।

आई.ए.एस. में इसी साल चुन लिए गये सर्वेश मिश्रा के मामा के माध्यम से उन्होंने दीवू और सर्वेश के ब्याह और लेन–देन के सन्दर्भ में बात चलाई है। तस्वीरें माँगी गयी थीं दीवू की तो अनुराधा ने भेज दी हैं बड़े मामा जी को। बात लड़का–लड़की की पसन्द पर टिकी हुई है।

न, न, न, आप ठीक कह रहे हैं मेजर साहब! पसन्द के बावजूद टीम टाम में लाखों ढीले करने पड़ सकते हैं।

हा...हमने भी तय कर लिया, कौन दो–चार औलादों को लग्गे लगाना है–हमें, ले–दे के एक दीवू ही तो है।

कपड़े तह अलमारी में सरियाते हुए चिंहुक कर ख़्याल आया, गैस पर चाय का पानी चढ़ा कर आयी थी।

काम से हाथ खींच दौड़ी तो पाया पतीले की पेंछी अँगारा हो रही है।

अलमारी जब–जब कपड़े रखने–निकालने के लिए खोलती हैं, बीच के कोने में हैंगर पर टँगे अनिरुद्ध के स्कूल के कोट को छूना नहीं भूलती।

पलटी और शेष कपड़ों को यथा स्थान रख कोट को छूने लगी।

साँस गहरा आयी।

कितना रुके और? रुका जाये, तब न! मुँह देखे बिना सब्र नहीं बँधता जैसे विदा कर दिया हो दीवू को।

मकर संक्रान्ति से पहले ही अड़ गयीं। खिचड़ी वहीं मनायेगी और यहाँ निकालकर रख जायेगी ताकि पाठक जी हाथ लगाकर भिजवा दें नया बाज़ार द्विवेदी पण्डित जी के घर।

मोबाइल पर दीवू को सूचित कर दिया। बारह जनवरी को वह ताज से दिल्ली आने की टिकट बुक कराने जा रही है। कोई हील–हुज्जत नहीं सुननी उन्हें। काम–धन्धों की व्यस्तता सभी पर लदी होती है। उसके बाहर आने–जाने से उन्हें कौन दिक्कत। घर है न रहने के लिए।

पाठक जी ने पहले ही साथ चलने से मना कर दिया था। पेड़ूई पर हर्निया गुमटे–सा बाहर निकल आया है। बाड़े के डॉक्टर मित्तल से निरन्तर परामर्श कर रहे हैं। हर्निया के लिए बने विशेष बेल्ट को उन्होंने बाँधे रखने का सुझाव दिया हैं। दर्द मामूली–सा उठता है, उनके लौटने तक आपरेशन टालेंगे। प्रोस्टेट की नई समस्या शुरू हो गयी है। दीवू से उनके कष्ट का रोना न रोये। समय पर बताना ज़रूरी होगा, तब बता दिया जायेगा। मामूली ऑपरेशन है। नौकरी उसकी बड़ी है, बड़ी नौकरी की समस्याएँ दम–चुसनी होती हैं। उन्होंने सरकारी नौकरी की है। सरकारी नौकरी ताजी बियाई भैंस–सी दरवाज़े बँधी सदैव निश्चिन्त किये रहती है।

सुनकर दीवू ने अबकी कोई ना–नुकर नहीं की। कहा कि वह गुड़गाँव से निजामुद्दीन स्टेशन पहुँच कर उन्हें ले लेगी। चिन्ता न करें।

मौसम ने उनकी अधीरता को अनुकूलता से सहलाये रखा।

आशंकाओं को परे ढकेल दो रोज से चमकीले सुनहरे घाम की चढ़त ने कोहरे को ठिठकाये रखा था। उम्मीद थी कि ताज निर्धारित समय पर निज़ामुद्दीन पहुँच जायेगी।

गाड़ी की रफ्तार जहाँ कहीं भी धीमी पड़ती, उनका जी बेलगाम होने लगता, पन्हाई गाय–सा बछिया से लिपटने को व्याकुल।

उनकी आँखों पर जैसे भरोसा नहीं था। व्याकुलता ने अपनी आँखें खोल लीं थीं। अँधेरे और दूर उजाले गें उगती और पीछे छूटती बस्तियों को खिड़की के मोटे काँच को भेद पहचान लेना चाहती थीं वे आँखें कि दिल्ली कितनी दूर है!

दीवू की गृहस्थी ढोकर ले जा रही हैं। देखते ही आँखें चमकाती अपने चिरपरिचित चिलबिले अन्दाज़ में ख़ुशी से उछल पड़ेगी बावली।

उसकी खुशी बाड़े तोड़ती है तो वह आसमान में उड़ते गुब्बारे–सी उड़ने लगती है और उसके पाँवों को हथेलियों से कस, वे भी उसके संग उड़ान भरने लगती हैं।

उड़ानें कल रात भी भरी थीं उन्होंने।

पिछले दस वर्षों से वह पाठक जी को मनाने की कोशिश कर रही हैं कि अन्य व्यावहारिकता छोड़ वे तनिक दुनियादार हो जाये, मगर बात उठाते ही उनकी वही पुरानी तोतारटंत शुरू हो जाती। कोई कमी है हम लोगों को? ग्वालियर जैसी ऐतिहासिक नगरी में अपनी छत के नीचे बैठे हुए हैं। गुजारे को खासी पेंशन है। खासी इसीलिए कि हमारे खर्च ही क्या हैं। हारी–बीमारी के लिए सी.जी. एच.एस. की सुविधा मामूली नहीं। तो फिर सांगीपुर की बित्ता भर की ज़मीन बँटवाकर कौन कारूँ का खजाना झोली में आ गिरेगा! बड़े भैया के बड़के ने अपना वर्तमान–भविष्य सब कुछ झोंक दिया–हरहों की सानी–पानी और खेत–खलिहानों की गोड़ाई–बोवाई में।

'बोलो, क्या चाहती हो तुम?' तन आये थे पाठक जी।

बोलने में निर्लज्ज हो आईं। ध्यान से उनकी सुनें। अपने इधर बीस बिसुआ का बीघा होता है और डेढ़ लाख प्रति बीघे का हिसाब चल रहा है। उनके हिस्से के छह बीघे के नौ लाख बनते हैं। नौ लाख की रकम छोटी नहीं होती। ज़मीन की कीमत और छटी पे कमीशन के बकाये की रकम हाथ आयेगी तो दीवू की भाँवरों की चिन्ता से उन्हें मुक्ति मिलेगी। आई.ए.एस. दामाद का सपना निर्विघ्न साकार हो सकेगा।

जहाँ तक लड़की के पसन्द आने का प्रश्न है, बेटी देख मजाल कोई मुँह फेर ले!

तंग हो आये पाठक जी ने पिण्ड छुड़ाया।

इसी हफ्ते वह बड़े भैया को गाँव चिट्ठी भेज देंगे।

उन्हें स्पष्ट लिख देंगे अपने हिस्से के छह बीघा खेत वे बेचने की सोच रहे हैं। बड़े भैया चाहें तो उनके खेत स्वयं ख़रीद लें। उन्हें भी अच्छा लगेगा अगर घर की ज़मीन घर में ही बनी रहे। आँगन, दुआर बँटवाने का उनका कोई इरादा नहीं है। वैसे भी उन्हें नहीं लगता कि बड़के के तीनों बेटे स्कूली शिक्षा पूरी कर गाँव में बने रहेंगे और उच्च शिक्षा ग्रहण कर गाँव लौटने की सोचेंगे। बड़के को भी आगे चलकर छोटकवू से बँटवारा कर गाँव–देहरी का खाता बन्दकर बच्चों के संग रहने को मजबूर होना पड़ेगा।

बड़े भैया का छोटा बेटा छोटकवू, यानी की एडवोकेट बीरेन्द्र पाठक इलाहाबाद में वकालत कर रहा है। बता रहा था उनसे तगड़े आसामियों के झूठे–सच्चे मुक़दमे हाथ में न लेता तो वकालत का काला कोट खूँटी पर टाँग नगरनिगम की क्लर्की करने की नौबत आ चुकी होती उसकी।

'पिछले महीने ही नैनी में हज़ार गज का प्लाट ख़रीदा है छोटकवू ने!'

'ख़रीदा होगा, हमसे तो उधार नहीं माँगा उसने!" घिसे रेकार्ड–सी सूचना की दोहराहट ने पाठक जी में गुर्राहट पैदा कर दी।

आगे इस विषय पर चुप रहना ही बेहतर लगा उन्हें।

गाड़ी तुगलकाबाद छू रही है।

तुगलकाबाद पार करते ही पहियों की रफ्तार धीमी होने लगी।

घन्टे भर विलम्ब से पहुँच रही निज़ामुद्दीन। प्लेटफार्म पर प्रतीक्षा करती दीवू परेशान हो रही होगी।

तेज हुई दिल की धक, धक उन्हें दिल के दिन–ब–दिन कमजोर होने की आशंका से भर देती है। प्लेटफार्म की सीढ़ियाँ चढ़ने में भी दम फूलने लगा है। पाठक जी को नहीं बतातीं इस भय से कि उनकी देह की चूलें कौन कम हिली हुई हैं।

गाड़ी यही ख़त्म होती है, उन्हें हड़बड़ाने की कतई ज़रूरत नहीं। सोचा उन्होंने।

रास्ते भर सामान पर नज़र गड़ाये हुए आयीं हैं। उतर जायेगा आराम से। अलबत्ता कुलियों का बखेड़ा ज़रूर है। ग्वालियर के कुली दिल्ली से फ़र्क हैं। दिल्ली के कुलियों की मनमानी से भय लगता है उन्हें। पाठक जी ने चेतावनी देकर भेजा है उन्हें। उठवायी जो माँगें, सो चुपचाप दे देना।

खिड़की से झाँकते ही दीवू ठीक डिब्बे के सामने खड़ी दिखी। लम्बे से काले कोट में। कुछ लम्बी हो आयी—सी लगी।

पागल ने कानों को ढकने के लिए स्कार्फ क्यों नहीं बाँध रखा? इतनी रात में बालों के लहराते कट कौन देखेगा!

वे अपनी सीट पर ही बैठी रहीं। सीट नम्बर दीवू को पता है। डिब्बे में कुली घुसते नज़र नहीं आये। मिल जायेंगे। जाड़े के दिन हैं।

उतरती सवारियों से बचती दीवू, 'माँ...' की गुहार लगाती उनकी बाँहों में भर कर सिमट गयी और वे गौरैया हो आयीं।

विह्वलता को आँखों में छलकने से बरजा उन्होंने।

उन्होंने महसूस किया, सीने से आ लगी बेटी संयत है।

"माँ, सामान?"

उन्होंने सीट के नीचे इशारा करते हुए उससे नीचे उतर कुली देख लेने का आग्रह किया।

"ज़रूरत नहीं है कुली की। विकी है न साथ!"

दीवू की मुड़ती नज़र के साथ उसके ठीक पीछे आ खड़े हुए लड़के की ओर देखा उन्होंने, जो उनकी नज़र अपने ऊपर पड़ते ही उनके पाँव छूने नीचे झुक गया। शालीन सकुचाहट से सरोबार।

"आन्टी, आप चलकर प्लेटफार्म पर खड़ी हो जायें, मैं सामान उतारता हूँ।"

"ये...सारा अपना सामान है?"

"तो ये हैं विकी उर्फ विवेक साहनी उर्फ़ सहपाठी मददगार। जे.जे.जे. की सहायक प्रोजेक्ट मैनेजर को घर दिलवाने वाला!"

प्लेटफार्म पर आकर खड़ी हो गयीं वे उनके निर्देशानुसार।

होशियार है लड़की उनकी। सर्दी की ठिठुरती रात में जे.जे.जे. की सहायक प्रोजेक्ट मैनेजर होने के बावजूद गुड़गाँव से निज़ामुद्दीन उन्हें अकेले लेने आना, सुविधाओं से भरे शहर के जोखिमों का सामना करते हुए आसान नहीं था। सामान उतरवाने से लेकर कुली आदि के प्रबन्ध का जिम्मा आगे बढ़ विकी ने ले लिया अपने कन्धों पर। अच्छी मैनेजर है दीवू। सोचा उनके मन ने।

मन ने मन को आश्वस्त भी किया। स्कूल, कॉलेज की दोस्तियाँ ही असली दोस्तियाँ होती हैं। उसकी जगह न रिश्तेदार ले सकते हैं, न कार्यालयीन सहकर्मी क्योंकि बीच में उनके न कोई स्वार्थ होता है, न प्रतिस्पर्धा।

ऐसा नहीं है कि दिल्ली में उनके गाँव–जवार के लोग नहीं रहते, मगर उनसे उन्होंने सदैव दूरी बरती है। वरना बच्चों को आगरे का ताजमहल दिखाने के बहाने वे ग्वालियर का किला देखने उनके घर आ टपकते। इस मुद्दे पर पाठक जी भी उनसे सहमत हैं कि पढ़ने वाले बच्चों को भूलकर भी रिश्तेदारों को देहरी नहीं डकानी चाहिए। किताबें खोलने की बजाय बच्चे वहाँ घर का आटा माँडते नज़र आयेंगे।

गाड़ी विकी चला रहा है। पीछे बैठे हुए इच्छा हुई कि विकी की बगल में बैठी हुई दीवू से पूछ ही लें, "गाड़ी अच्छी है, तुमने ख़रीदी, वही है न!"

बिना बोले हुए जाने दीवू ने कैसे सुन ली उनके मन की बात, "यह गाड़ी विकी की है माँ! सेंट्रो में स्टील ग्रे रंग उपलब्ध नहीं था। शोरूम वालों ने कहा है कि पन्द्रह–बीस रोज लग जायेंगे गाड़ी की डिलीवरी में।"

"दिल्ली तुम मेरी उसी गाड़ी में घूमोगी।"

"बरई वाले गुलाबजामुन लेकर आयी हो न माँ।"

"लाई हूँ न," प्रफुल्लित हो आया जी। "दुकान से ताजे बनवा कर लाये हैं तेरे पापा।" आवाज़ मचली, "कहाँ रखे हैं?"

"तेरे पाँवों के आगे जो लाल रंग वाला एयर बैग रखा हुआ है न, उसी में हैं सेलम वाले स्टील के बड़े कटोरदाने में।"

सब दरका।

सावधानीपूर्वक एयर बैग उठाकर गोद में रख लिया गया। गाड़ी चला रहे विकी से अँग्रेजी में पूछा गया, "गुलाब जामुन खाओगे?"

जाने विकी ने क्या जवाब दिया कि उचटकर एयर बैग खोले बिना ही सघनाते कोहरे की नमी को पोंछने लगी।

दीवू का उचटना उन्हें रुचा नहीं।

आँखें फेर उन्होंने खिड़की से सटा लीं। रूमाल निकाल खिड़की का शीशा पोंछा।

पिघली चाँदनी सी सघनाती धुन्ध की झीनी परत के आर–पार सड़कों के किनारे खुदे हुए मिले।

बड़ी तेजी से मैट्रो दिल्ली को ढोने के लिए कमर कस रही है।

कभी सिर के ऊपर से फ्लाई ओवर गुजरते हैं तो कभी गाड़ी फ्लाई ओवर की सर्पीली छाती पर फर्राटे भरने लगती है।

दिल्ली केंचुल बदल रही है। ऊँची–ऊँची हैलोजिन के सुनहरे आलोक में स्वप्नलोक सिरजती।

आदमी पहले बदलता है या शहर!

कुछ आदमी शहर को बदलते हैं, शेष आदमी शहर के बदलते ही स्वयं को बदल लेते हैं–

"सुनो माँ", पीछे तिरछे हो मुड़ते हुए दीवू ने चेहरा उसकी ओर घुमाया–मैंने तुम्हें बताया था न फ्लैट सातवें माले पर है?

"बताया होता तो मुझे याद होता न! परेशान हो रहे थे सामान ऊपर कैसे चढ़ेगा, घर ऊपर हुआ अगर–"

"वो, हुआ ऐसे कि इसी कॉलोनी में छोटी वाली बिल्डिंग में से एक तीसरे माले वाला फ्लैट पसन्द किया था पहले। लिफ्ट न होने की वजह से उसे छोड़ दिया।"

अपनी सीट पर सीधी हो गयी दीवू।

इधर व्यापी खामोशी उनके भीतर चटखने लगी।

हो सकता है उन्हें भ्रम हुआ हो। विकी को डिब्बे से सामान ढोता देख दीवू खीझी लगी थी उन्हें। प्लेटफार्म पर सामान उतार लेने के बाद ही जाकर कुली मिला था। पाठक जी की पुरानी पैंटों से सिले गये झोलों का सदुपयोग भी अखरा होगा उसे। अल्यूमिनियम का पुराना ट्रंक देख बिदकी होगी। भारी–भरकम डबल बैड की रजाई सुरक्षित लाने का और क्या तरीक़ा हो सकता था? पिछले महीने ही कैंटीन से दो बढ़िया एयर बैग मँगवाये हैं पाठक जी ने, लेकिन उन्हें हाथ नहीं लगाया खरोंच पड़ने के अन्देशे से। कड़ाही, तवा, चिमटा पुराने झोलों में ही भले। यह क्या जाने गृहस्थी के झंझट। घर ले लेने भर से घर नहीं बस जाता। वे तो अपने संग नींबू निचोड़ने की नींबूदानी तक लेकर आयी हैं। कब किस चीज़ की ज़रूरत आन लगे, कौन जाने। उसके ब्याह के लिए उसके पैदा होते ही चीज़–बस्त जोड़ने–सँजोने लगी थीं।

उन्हें तो अपनी अड़तीस साल पुरानी गृहस्थी में भी लगता रहता है कि वे अब तक अपनी बैठक को उस तरह नहीं सज़ा पायीं जिस तरह सज़ाना चाह रही थीं।

"बस, आ गये माँ! वह रहा सामने इफको चौक। हम यहीं से मुड़ेंगे।"

मालूम है– पिछली बार यहीं किसी मॉल में ले गयी थीं।

इफको चौक से गाड़ी बाँयें मुड़ गयी।

पहुँच भी गये। रास्ते भर दोनों अँग्रेजी में लगातार बतियाते रहे हैं। इलाहाबाद विश्वविद्यालय से उन्होंने भी अँग्रेजी में एम.ए. किया है, मगर एक बात उनके पल्ले नहीं पड़ी। पड़ती कैसे। खुसुर–पुसुर गलबहियाँ डाले कानों को ही समझ में आती है।

कालोनी बड़ी शानदार लगी उन्हें। सज़ावटी पेड़–पौधों से सजे–धजे गुलमोहर अभी कद काढ़ रहे हैं। दो–चार वर्षों के भीतर ही रिहाइश के लिए तैयार हुई लगती है।

दीवू ने घर का लैच खोला। ठिठक गयी दरवाज़े पर। दोनों ओर क्रिसमस ट्री के दो गमले रखे हुए थे और चौखट के ऊपर लटक रहा था कच्छी तोरण। यहाँ कैसे आया? पिछली बार दीवू, शांभवी,

अनिमा और शुभ्रा के साथ मयूर विहार के निकट 'अक्षरधाम' गयी थी तो ग्वालियर के लिए हूबहू तोरण ख़रीदा था उन्होंने। कौड़ियों की झालर में गुँथे–गदराए रंग–बिरंगे गेंदों के फूलों जैसे फुँदनों से अलंकृत। छोटा, पर ठीक वैसी ही धज के लटके हुए नन्हे चोटीले।

देहरी के भीतर पाँव देते ही एक सुरुचिपूर्ण बैठक चढ़े बसन्त–सी आँखों में अँज गयी।

उदास हो आयीं। उम्र की दीवार पर दरकनें मुँह काढ़ने लगी हैं और उनके सपनों की बैठक सपनों में ही जड़ी ज़मीन पर पाँव तक नहीं दे पायी।

दीवू ने उन्हें रसोई दिखायी। "यह मॉड्यूलर किचन है माँ!"

"बस फ्रिज, माइक्रोवेव अवन और वाटर प्यूरीफायर भर ख़रीदे हैं'' –गेरुए परदे खींच दरवाज़े के कोनों में समेट उनकी कोहनी पकड़ उसने उन्हें अपना शयनकक्ष दिखाया, "हमारा बैडरूम–।"

हमारा माने, उन्हें भी वह अपने साथ ही सुलायेगी।

मोटे गद्दे से सज़ा हुआ पीतल का शाहाना भारी–भरकम पलंग, पाठक जी के साथ मुम्बई के जुहू होटल में एक बार ऐसे ही शाहाना पलंग पर सोने की कोशिश में रात भर पलक नहीं झपकी थी!

उनके चेहरे पर नज़र टिकाये दीवू ने उनके गालों को हल्के से छुआ–

"माँ..."

अचकचाई। "बहुत कलात्मक है, बहुत सुन्दर!"

"मैं तेरे लिए धानी रंग पर कत्थई फूलों वाली मखमल की डबल बैड की बहुत प्यारी–सी रजाई भरवा कर लायी हूँ। अभी निकालकर लायी।"

उमग कर वे मुड़ीं।

"रुई की?"

"रुई की।"

"कौन ओढ़ेगा रुई की रजाई माँ?" रुई की गद्दे–रजाइयों में डस्ट माइट्स हो जाते हैं। मैंने फोम की ख़रीद ली हैं।

"पर, तूने ही तो कहा था भरवाने के लिए?"

"कहा होगा। तब तुम्हारी पसन्द, मेरी पसन्द रही होगी।" दोनों हाथ नचा कन्धे उचकाये दीवू ने।

हतप्रभ हो उठीं। सीने में अचानक चम्बल के डूह भरभरा आये। कैसे बरदाश्त कर ले कुतरती उपेक्षा!

अगले ही पल सम्भलीं। पराये बच्चे के सामने नादानी उचित नहीं। भले विकी दीवू का सहपाठी रहा है। जो कुछ अपनी बच्ची से निपटना है, उसके जाने के बाद निपटा जा सकता है। सामान जहाँ पड़ा है, वहीं पड़ा रहेगा। ठौर–ठिकाने सुबह रखा जायेगा। जल्दी क्या है।

वह मुड़कर शयनकक्ष से बाहर निकल आयीं।

बैठक में रखे हुए सामान में से लाल रंग वाला मिठाई का एयर बैग ढूँढ़ने लगीं। एक अन्य एयरबैग के नीचे रखा हुआ दिख गया।

उन्हें ऊपर वाला बैग उठाते देख विकी उनकी मदद को लपक आया। एयर बैग भी खोल दिया उसने।

बैग से उन्होंने मुरैना की गजक वाले किलो–किलो भर कें दो डिब्बे बाहर निकाले। गुड़ और चीनी, दोनों के। इतने सामान की उठवायी ही कुली सौ से ऊपर धरा लेता। बहुत मदद की लड़के ने।

खड़े हो डिब्बे उन्होंने विकी की ओर बढ़ाये।

'एक से ऊपर हो रहा बेटा। अब तुम घर के लिए निकल लो। घर वाले परेशान हो रहे होंगे तुम्हारे लिए।'

तभी सकुचाये से ठिठके खड़े विकी के हाथों से गजक के दोनों डिब्बे अपने हाथ में लेते हुए दीवू ने तनिक विनीत हो आये स्वर में उन्हें सम्बोधित किया, "माँ...मैं–"

"मैं तुम्हें और पापा को बताने की अब तक हिम्मत नहीं सँजो पायी। कई बार कोशिश की मगर–

सच तो यह है इतने बड़े शहर में अकेले रहना मुश्किल है किसी भी लड़की के लिए।

हमने और विकी ने बिना फेरों के साथ रहने का निश्चय किया है– हम इस इन्तजार में थे–अब तुम आ गयी हो तो हमारे सम्बन्धों पर स्वीकृति की मुहर लग जाएगी।"

वे ढहती–सी पास वाले सोफे के हत्थे से टिक, सोफे में निढ़ाल हो धँस गयीं।

"आइये माँ, मैं आपको बगल वाला कमरा दिखा दूँ। आपका दीवान वहीं बिछा हुआ है। पहले कुछ खायेंगी?"

बड़ी कठिनाई से अपने स्वर को बटोरकर होंठों तक खींचा।

"रास्ते में दवा खानी थी, साथ लायी कचौड़ियों में से एक निकालकर खा ली थी।"

कुछ अबोले पल उनके निकट अन्यमनस्क से ठिठके हुए से खड़े रहे। उन्हें उनका कमरा दिखाने के लिए। फिर शायद उन्हें भी महसूस हुआ होगा। उन्हें उनकी मनःस्थिति में ही इस जटिल समय में छोड़ देना मुनासिब होगा। उनके कमरे का दरवाज़ा उनसे ज़्यादा दूर नहीं है।

उनके बैडरूम का दरवाज़ा बन्द होते ही उनकी नींद भी वहीं बन्द हो गयी।

❑❑